2022年度辽宁省教育厅高校基本科研项目
蕾切尔·卡森作品中的生态思想及其当代价值研究（LJKMR20221776）

倾听自然的呐喊：

蕾切尔·卡森

生态文学研究

孙建军　著

九州出版社
JIUZHOUPRESS

图书在版编目（CIP）数据

倾听自然的呐喊：蕾切尔·卡森生态文学研究 / 孙
建军著. -- 北京：九州出版社，2023.10
ISBN 978-7-5225-2271-5

Ⅰ. ①倾… Ⅱ. ①孙… Ⅲ. ①卡森(Carson,
Rachel 1907-1964)－文学研究 Ⅳ. ①I712.065

中国国家版本馆CIP数据核字(2023)第191010号

倾听自然的呐喊 ： 蕾切尔·卡森生态文学研究

作　　者	孙建军　著
责任编辑	云岩涛
出版发行	九州出版社
地　　址	北京市西城区阜外大街甲35号(100037)
发行电话	(010)68992190/3/5/6
网　　址	www.jiuzhoupress.com
印　　刷	定州启航印刷有限公司
开　　本	710毫米×1000毫米　　16开
印　　张	14.5
字　　数	200千字
版　　次	2023年10月第1版
印　　次	2023年10月第1次印刷
书　　号	ISBN 978-7-5225-2271-5
定　　价	88.00元

前　言

蕾切尔·卡森（Rachel Carson）是美国历史上蜚声文坛的生态文学作家，也是海洋生物学家，被誉为"大自然的贞女""为野生动物献身的女英雄"。蕾切尔·卡森的作品风格生动、深情、感人，她以敏锐的观察力、细腻的描写技巧和对自然的深厚感情，将自然界的美和保护自然的重要性展现在人们眼前。她的文字表述直观、精准、透彻，具有强烈的叙事性和感染力，激励了无数读者走向环保事业。可以说，蕾切尔·卡森为人类环境保护意识的启蒙点燃了一盏明灯。

本书第一章，主要介绍了生态文学的概念及西方生态文学的发展和成就。其中，第一节阐述了生态文学的概念，探讨了其在文学领域的意义。第二节从历史的角度介绍了西方生态文学的发展，重点分析了其产生和发展的背景。第三节则总结了20世纪60年代以后的西方生态文学的成就。

本书第二章主要介绍了生态文学领域的代表人物蕾切尔·卡森的生平及其经历对其生态文学创作的影响。其中，第一节介绍了蕾切尔·卡森的生平，从她的家庭背景、学历和职业经历等方面全面展现了她的人生历程。第二节则分析了蕾切尔·卡森的经历对其生态文学创作的影响，从她的人生境遇、工作经历和科学素养等角度阐述了她的文学创作背景。

本书第三章主要介绍了蕾切尔·卡森的生态文学创作及其作品的影响和传播情况。其中，第一节主要介绍了蕾切尔·卡森的生态文学创作，包括她的主要作品和创作思路。第二节则探讨了蕾切尔·卡森生态文学作品的影响，介绍了她的作品对世界环境保护、世界文学创作和世界科学传播的影响。第三节则介绍了蕾切尔·卡森生态文学作品的传播与接受，从不同角度探讨了她的作品在文学界和社会中的传播情况。

本书第四章主要介绍了蕾切尔·卡森的生态思想形成的理论、科学和社会背景。其中，第一节介绍了蕾切尔·卡森生态思想形成的理论渊源。第二节则探讨了蕾切尔·卡森生态思想形成的科学背景，从生物科学、土壤科学等角度分析了她的科学素养对其生态思想的影响。第三节则介绍了蕾切尔·卡森生态思想形成的社会背景，包括世界环境公害事件频频发生和人类对太空的探索等因素对她的思想产生的影响。

本书第五章主要介绍了蕾切尔·卡森文学作品中的生态思想。其中，第一节介绍了人与自然共生思想，强调了人与自然之间互相依存的关系。第二节介绍了生态整体主义思想，阐述了生态系统的整体性和互联性。第三节介绍了生态责任思想，强调了人类应对环境问题负有的责任。第四节介绍了非人类中心主义思想，强调了人类是大自然的重要组成部分。第五节介绍了生态美学思想，探讨了人类对生态美的欣赏和保护。

本书第六章主要介绍了蕾切尔·卡森生态文学作品的叙事研究。其中，第一节介绍了蕾切尔·卡森生态文学作品的叙事视角，包括她对自然的观察和描述。第二节介绍了蕾切尔·卡森生态文学作品的叙事模式，从故事性叙事、动物叙事和陌生化叙事三个方面分析了她的叙事模式。第三节介绍了蕾切尔·卡森生态文学作品的叙事形态，包括作品中非虚构叙事的特点和具体体现。

本书第七章主要介绍了蕾切尔·卡森生态文学作品的当代价值。其中，第一节介绍了蕾切尔·卡森生态文学作品的当代文学价值，包括她的文学成就和对当代文学的影响。第二节介绍了蕾切尔·卡森生态文学作品的当代社会价值，包括她的作品对当代国际环境保护和农药安全使用的影响。第三节介绍了蕾切尔·卡森生态文学作品的当代科学价值，包括她的作品对环境心理学和环境经济学的影响。

　　由于作者水平有限，书中难免存在疏漏，恳请广大读者批评指正。

目 录

第一章 生态文学概述

第一节 生态文学的概念

生态文学是伴随着人类对自然生态环境的关注而兴起的一种文学主题类型。人类是自然的产物，也是自然生态的一部分。人类的生存与发展的过程是对自然生态不断选择与适应的过程。自然生态环境的变化不仅会对人类的社会生态产生直接影响，还对人类的文化生态有着不可忽视的作用。自古至今，人类对自然环境的探索和认知，以及自然生态对人类生存和命运的影响始终贯穿于人类文化之中，成为作家文学活动中经验价值的来源、情感关注的对象，以及内容表达的主体。本节主要对生态文学的概念、特征及成就进行研究。

一、生态文学的相关概念

要想认识和了解生态文学的概念，应当先了解"生态"这一词语及相关的概念。

（一）生 态

"生态"一词在汉语中出现较早。南朝梁简文帝《筝赋》记载："丹 黄成叶，翠阴如黛。佳人采掇，动容生态。"[①]这里的"生态"一词意为 "显露美好的姿态"。此外，唐代杜甫《晓发公安》一诗："北城击柝复欲 罢，东方明星亦不迟。邻鸡野哭如昨日，物色生态能几时。"[②]这句话中的 "生态"一词，意为"生动的意态"。除了中国古代文学之外，近现代文 学中也出现了"生态"一词。例如，秦牧在《艺海拾贝·虾趣》中指出： "我曾经把一只虾养活了一个多月，观察过虾的生态。"[③]这句话中的"生 态"则意为生物的生理特性与生活习惯。

现代生态学范畴的"生态"一词起源于古希腊，本义指生物的生活 状态，即生物在一定的自然环境下生存和发展的状态，也指生物的生理 特性和生活习性。

19世纪以来，伴随着生态科学的兴起和发展，"生态"一词的内涵 不断丰富，在本义的基础上增加了生物之间以及生物与环境之间的关系， 体现了人与外部生存环境和生存条件的紧密关联性。"生态"一词的外延 则包含了自然生态、社会生态和综合生态。其中，自然生态是指人类外 在的整体生存环境，是由自然界存在的生物群落与它们的生活环境相互 作用、相互制约而构成的统一整体。社会生态是指人类自身不同个体与 不同群体之间的关系。综合生态是指人类与生物种群之间及不同生物种 群之间的联系与平衡。

---

① 任继愈.中华传世文选：汉魏六朝百三家集选[M].长春：吉林人民出版社， 1998：467.
② 李白，杜甫.李白杜甫诗全集[M].张式铭，整理.北京：北京燕山出版社， 2009：526.
③ 秦牧.艺海拾贝[M].北京：中国青年出版社，2008：22.

（二）生态系统

生态系统是指在一个特定的环境里，其间的所有生物和此特定环境的统称。此特定环境里的非生物（如空气、水、土壤等）与其间的生物之间相互作用，不断地进行物质和能量的交换，并通过物质流和能量流的连接，形成一个整体，即生态系统或生态系。

（三）生态思维

生态思维是指以生态理念为价值坐标的思维方式，尊重地球上不同生物的生理特征和生活习性，其逻辑着眼点为"只有一个地球"的事实，落脚点则为人与自然和谐相处的生态价值。

（四）生态意识

生态意识是指根据社会和自然的具体可能性，用最好的方式解决社会和自然关系问题方面反映社会和自然相互关系问题的诸观点、理论和情感的总和。①

生态意识是由生态、生态学衍生出来的反映人与自然环境和谐发展的新的价值观，属于生态哲学的学科概念，诞生于 20 世纪下半叶，是现代社会人类文明的重要标志，是人类思想的先进理念。

生态意识强调充分认识人类活动对大自然的影响，以人类社会的持续、全面发展为重点，自觉限制自身的活动，以达到人与自然和谐发展的目的。

（五）生态文学

文学是语言的艺术，也是人类思想的反映，其不仅与社会和历史密切相关，还是社会的缩影和历史的见证。

---

① 基鲁索夫.生态意识是社会和自然最优相互作用的条件[J].世界哲学，1986（4）：31-38.

生态文学是以生态整体主义为思想基础，以生态系统整体利益为最高价值，考察和表现自然与人之关系，探寻生态危机之社会根源的文学。①

生态文学与自然文学、环境文学之间存在一定的联系与区别。

自然文学与生态文学相比，强调作者对自然的间接认识和礼赞，注重对自然界的现象、生命、物质等的描绘，强调自然的"物"的属性或工具特性。自然文学中的"自然"大多被视为审美客体，是作家进行叙事和抒发情感的工具和背景，而自然本身的生态意义及其价值则被忽略。此外，与生态文学的科学性和理性相比，自然文学带有较强的非理性色彩，自然文学的审美风格具有鲜明的抒情色彩，其所抒发的情感带有较强的个人情感倾向，而生态文学所抒发的情感立足于全人类、生态、地球甚至宇宙，具有较强的集体情感倾向。此外，自然文学的最终指向是作者投射于自然上的人格精神，追求人的精神与自然的契合。例如，陶渊明的"采菊东篱下，悠然见南山"这句诗歌中的"菊花"和"南山"既是自然中存在的形象，也是寄予着作者隐喻的意象，诗歌中对"菊花"和"南山"的描写并不是诗歌表达的重点，而"人"以及"作者的态度、心境"才是诗歌表达的重点。

环境文学最早是 1984 年由我国作家高桦提出的概念。从已发表的环境文学相关作品，以及环境文学的批评来看，环境文学是一种侧重描述环境被破坏的状况和肯定环保成就的文学。

与自然文学不同，环境文学所描述的对象和出发点是自然；与生态文学也不同，环境文学所描述的自然是自然现象和结果，所反映的是人类对自然的破坏。因此，环境文学具有强烈的批判性和揭露性，强调现实性和真实性。环境文学的内容与生态文学的内容具有一定的相似性，然而生态文学着眼的内容通常更加宽泛。从一定意义上看，环境文学属

---

① 王诺．欧美生态文学 [M]．北京：北京大学出版社，2003：11．

于生态文学的早期状态，具有一定的理性。与生态文学相比，环境文学所描述的对象虽然是自然，但其目的是让人类更好地生存和发展，环境文学中的自然仍是被人类改造的客体。

与自然文学和环境文学相比，生态文学具有较强的科学性和理性。判断一个文学作品是否属于生态文学可从以下三个方面着手。

（1）生态文学的作者必须具备以生态整体主义为基础的生态思想和生态视角。

（2）生态文学作品应该通过描写生态或自然来表现生态危机并探讨其社会根源。

（3）生态文学不是以任何一个物种包括人类或者任何一个局部的利益为价值判断的标准，而是以生态系统的平衡、稳定和整体利益为出发点和最高标准的。①

生态文学、自然文学与环境文学的特点及文学体裁如表1-1所示。

表1-1　生态文学、自然文学与环境文学的特点及文学体裁一览表

类　型	特　点	文学体裁
生态文学	以人和自然的关系为中心，兼具科学性与人文性	小说、诗歌、散文、报告文学等
自然文学	自然是人的审美客体，更多地承载着个人情感，最终指向的是人的精神世界	散文和诗歌
环境文学	致力于批评、谴责人类对自然的破坏和征服，尤其以真实性和问题性取胜	散文和报告文学

综上所述，生态文学与自然文学、环境文学的立足点、表达内容和目的均存在一定的区别，只有明晰了三者之间的不同，才能更好地理解生态文学的概念。

---

① 王诺. 欧美生态文学 [M]. 北京：北京大学出版社，2003：7.

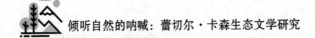

二、生态文学的特征

任何文学体裁的内涵均应存在有别于其他文学体裁的特征，生态文学与其他文学作品相比，具有以下几个特征。

（一）以生态整体主义为思想基础

与自然文学和环境文学不同，生态文学以生态整体主义为思想基础，对"人类中心主义"和"生态中心主义"进行批判，倡导生态人文主义。生态文学对以人为中心、强调人对自然的决定作用的"人类中心主义"进行批判，否定人类将自然作为任意挥霍的资源库。同时，生态文学对过分强调自然而忽略人的能动性和主体性地位的"生态中心主义"加以否认，将生态系统的整体利益作为最高利益，认可和尊重自然的内在价值，以"生态人文主义"调和"人类中心主义"和"生态中心主义"的矛盾，克服这两种理论的偏颇，并且将两者加以统一。此外，生态文学不仅注重维护自然整体生态，还注重构建人类精神生态，倡导将处理好人与人之间、人与社会之间的关系作为从根本上解决生态危机的手段。

（二）科学性

生态文学以生态整体利益和生态整体共存作为创作基础，与自然文学和环境文学相比，生态文学更强调科学性，具有强烈的理性色彩。生态文学源起于世界生态危机出现之后，其所表达的重点既非对自然的纯粹赞美，也非对破坏自然的行为进行愤怒的控诉和批判，而是强调在不放弃人作为生物的生存权利的同时，借助人的理性对自己的行为进行控制，重视人在自然中的忧患意识和责任意识。

生态文学属于人文学科，然而其中却蕴含着较强的科学性。生态文学的科学性主要体现在以下三个方面。

（1）生态文学的文本形态受自然科学知识和自然科学术语直接镶嵌的影响。

（2）生态文学的文体形态受自然科学的思维特征和研究方法的影响。

（3）生态文学写作的叙事模式和伦理立场受自然科学认知的影响。

从以上三个方面来看，生态文学的科学性表现在生态文学中蕴含的科学知识、科学思维、科学叙事等方面。

生态文学的兴起与发展建立在自然科学的发展和现代化工业发展的基础之上，生态文学作家以丰富的自然学科知识为基础，对已发生的自然灾害进行理性的分析，科学地探索自然灾害与现代化工业发展之间的理性联系，在传播自然科学知识的同时，通过文学故事的形式表达作家的忧虑，倡导人类将生态整体利益作为最高利益，处理好人与自然的关系。

以美国生态作家蕾切尔·卡森为例。蕾切尔·卡森作为一名海洋生物学家，其在《寂静的春天》中以科学详细的数据描绘了杀虫剂等化工产品的滥用对人类自身以及地球生态造成的可怕后果和严重危害，涉及化学、生物学、数学等学科的专业知识。这些专业性的内容和大量科学数据，使其作品呈现出强烈的科学性和理性色彩。

（三）文学性

生态文学作为一种以生态为主题的文学类型，具有文学的形象性、真实性、情感性和符号性的特点，并且以小说、散文、诗歌、戏剧等文学体裁为艺术表现形式，具有较强的文学性特征。

以蕾切尔·卡森的《寂静的春天》为例。《寂静的春天》的开头虚构了一个林地场景，这一场景可以存在于地球上任何一个推行现代化的城镇。书中的语言时而轻快自在，风趣幽默；时而行文犀利，对种种行为进行辛辣的讽刺；时而又以科学数据进行论证，引人沉思。该书开头这段文字既带有报告文学的特点，又具有散文和小说的韵味，体现出较强的文学性。

（四）超越性

生态文学的产生和发展均建立在现实生态问题的基础之上，体现出较强的现实性和时代性，然而生态文学的主题并不局限于某个生态问题，而是以此为出发点，上升至对历史、社会、文明的反思，注重对道德和精神价值的发掘，最终强调对人类生态观和价值观的塑造，体现出较强的超越性。

以蕾切尔·卡森《寂静的春天》为例。《寂静的春天》每一章均以具体的实际情况的描写为开头，但又不局限于此，而是在对这些现实状况进行反思的基础上，对人类的行为进行反思，在此期间将作者的观点纳入其中，引导读者进行生态观和价值观重塑。

（五）整合性

生态文学的整合性特征主要体现在生态文学所涉及的领域以及文体等方面。生态文学具有文学性，其涵盖了生态、历史、文化、社会、伦理、心理学、文学、美学等诸多领域，是一种跨学科、多层面的艺术，其所阐释的内容具有整合性。

从生态文学的文体来看，生态文学可以是散文文体、报告文学文体，还可以是小说文体、诗歌文体，以及非虚构等各类文学体裁。

三、中国生态文学的成就

现代意义上的生态文学兴起于西方，后逐渐在世界各国全面发展，在众多富有生态意识和责任感的科学家与作家的努力下，生态文学至今已取得丰硕的成果。由于本书所研究的对象蕾切尔·卡森是一位美国生态作家，后文将对以欧美为代表的西方生态文学的发展及其成就进行详细介绍，所以此处重点对中国生态文学的成就进行简要介绍。

中国生态文学与英美等国的生态文学相比，起步较晚，然而，在一批卓越作家的努力下，中国生态文学仍然取得了斐然的成果。

中国生态文学按照时间大体可以划分为两个阶段，第一个阶段是20世纪80年代的生态文学，第二个阶段是20世纪90年代之后的生态文学。

（一）20世纪80年代中国生态文学的成就

中国生态文学兴起于20世纪80年代初期，中国学者普遍将1980年《人民文学》第9期刊发的张长的短篇小说《希望的绿叶》视作中国最早发表的生态文学作品。

这一阶段，中国生态文学体裁以报告文学为主，代表作品主要包括黄宗英的《小木屋》、麦天枢的《西部在移民》、沙青的《西部移民》、徐刚的《黄河传》《倾听大地》《可可西里》、李青松的《蛇胆的诉讼》《国宝和它的保护者》《秦岭大熊猫》、梅洁的《西部的倾诉》、王治安《国土的忧思》、陈祖芬的《一个人、一只熊猫和一座山》，以及哲夫的生态纪实丛书《黄河生态报告》《黄河追踪》《帝国时代的黄河》等。

纵观这一阶段的中国生态文学，体裁相对较为单一，并且作品中所表现出来的思想以揭示生态危机、彰显环境保护意识为主，可见此阶段的生态文学尚未完全成熟。

（二）20世纪90年代之后中国生态文学的成就

20世纪90年代之后，中国生态文学逐渐走向成熟，这一时期伴随着《中国环境报》《绿色时报》等报纸的生态文艺副刊的开辟，以及生态文学刊物《绿叶》的创办，我国涌现出一大批关注生态文明、倡导生态道德的作家，甚至有许多已经取得文学成就的作家纷纷加入其中。例如，萧乾、汪曾祺、王蒙、黄宗英、张洁、刘心武、贾平凹、张承志、徐刚、刘先平、方敏、郭雪波、李青松、哲夫、张炜、余华、池莉、阿来、叶广芩、于坚、蔺瑾、沈石溪、金曾豪、李子玉、梁泊、牧铃、乔传藻、刘兴诗、朱新望、李迪、刘绮、薛屹峰、格日勒其木格·黑鹤、姜戎、宗璞、乌热尔图、冯苓植、杨志军等。

进入 21 世纪后，中国生态文学创作日益繁荣，出现了专门的生态文学作家，生态文学的体裁更加丰富，生态文学呈现出蔚为大观之势。

20 世纪 90 年代之后中国生态文学代表作家和作品如表 1-2 所示。

表 1-2　20 世纪 90 年代之后中国生态文学代表作家和作品一览表

序　号	体　裁	代表作家和作品
1	小说	莫言《天下太平》、阿来《遥远的温泉》《天火》《云中记》《河上柏影》、钟平《塬上》、姜戎《狼图腾》、温亚军《寻找太阳》、肖勇《重耳神兔的传说》、铁凝《咳嗽天鹅》、胡云发《老海失踪》、雪漠《猎原》、关仁山《白纸门》、李宁武《落雁》、王华《桥溪庄》、杜光辉《可可西里狼》、郭雪波《沙狐》《沙狼》《沙溪》《大漠狼孩》、贾平凹《怀念狼》《带灯》、孙正连《洪峰》、叶广芩《猴子村长》、迟子建《额尔古纳河右岸》、杨志军《藏獒》、张炜《刺猬歌》、张景祥《狗村》、格日勒其木格·黑鹤《黑焰》、李克威《中国虎》、红柯《生命树》、阿云嘎《黑马奔向狼山》、白雪林《霍林河歌谣》等
2	散文	温亚军《驮水的日子》、李存葆《大河遗梦》等
3	报告文学	黄宗英《小木屋》、沙青《北京失去平衡》《依稀大地湾——我或我们的精神现实》、张健雄《崩溃的黄土地》、何博传《山坳上的中国》、吴志峰《永远的太湖》等
4	诗歌	周涛《巩乃斯的马》、达伍扎西《天湖》、华海《喊山》《白鹭》《湖心岛》、于坚《避雨之树》《棕榈之死》等

表 1-2 所列的生态作家和作品仅为万中之一。伴随着中国生态文学创作的繁荣，中国生态文学批评也日益走向成熟。

值得强调的是，中国生态文学是世界生态文学的重要组成部分，为推动世界生态文学的发展做出了重要贡献。

第二节　西方生态文学的发展

西方生态文学在世界生态文学中起源较早，可以追溯至上古时期，本节主要对西方生态文学的产生以及发展历程进行详细分析。

一、上古时期至 18 世纪末西方生态文学的发展

西方生态文学萌芽于上古时期，以欧美为代表的西方生态文学可以追溯至上古时期的神话、诗歌等文学体裁。

以希腊神话为例，其中包含许多由于人类对动植物的摧残与掠夺而受到自然惩罚的神话。例如，德律俄珀由于随手摘取了忘忧树的花朵就受到惩罚而变成了一棵树。

弥尔顿的《失乐园》对人类随意开采和滥用自然资源的现象进行了严厉的批判。

英国斯威夫特的《格列佛游记》描绘了一个由马治理的慧骃国，当格列佛到达慧骃国时，他学会了马语，并且深深地被马的美德征服，希望与马为友，他深刻地认识到了人类对自然进行征服和占用以及滥用自然资源的贪婪，通过对慧骃国人的赞美表现了对人类行为的批判。

法国思想家卢梭在人类生态思想发展进程中起到了承上启下的重要作用，其生态思想较为系统，并且对欧美的生态思想的发展产生了深远的影响（表 1-3）。

表1-3 卢梭生态思想主要内容一览表

序　号	生态思想	主要内容
1	对征服和控制自然的批判	告诫人类将发展限制在自然能够承载以及自然规律允许的范围之内，不要违背自然规律，更不要幻想人类能够战胜自然
2	对人类欲望的批判	告诫人类如果任由欲望无限膨胀，最终人类将被自身的欲望吞噬
3	对工业文明和科技的批判	指出工业文明在给人类带来幸福的同时，由于人类的盲目而给自然和人类造成了巨大的伤害
4	生态正义观	关注生态的非正义和不平等
5	简单生活观	倡导物质生活的简单化、物质需求有限化和精神生活的无限丰富化
6	回归自然观	倡导回归自然环境与回归人的自然天性，是人类健康生存的必然选择

除了卢梭之外，歌德在其《少年维特的烦恼》中对大自然进行了赞美，同时抨击了人类自视为自然之主宰的观念。

荷尔德林在其文学作品中提出了诗意的生存观，呼吁人类诗意地栖居在大地上。这一观点获得了海德格尔、贝特等思想家和哲学家的赞同。

二、19世纪西方生态文学的发展

进入19世纪后，以欧美为代表的西方生态文学获得了蓬勃发展。

德国浪漫主义文学家蒂克的《金发的埃克伯特》是一本童话集，书中对简朴而宁静的生活方式进行了赞美，同时对人类对于金钱和物质的追求而造成的恶果进行了揭示。

德国文学家诺瓦利斯对工业文明进行了严厉的批判，其文学作品揭示了人类工业文明对自然的持久毁灭。

德国浪漫主义诗人阿尔尼姆在诗歌中对人类为了发展而摧毁古树的行为进行了批判，指出人类在对自然进行破坏的同时，也对人类文明的根源进行了破坏。

法国浪漫主义作家夏多布里昂在其《人与自然》中揭示了人类与自然的关系，强调自然界的森林先于人类而存在，而人类对自然的破坏造成了沙漠的形成。

布莱克对人性的天真以及自然的野性进行了赞美，对工业城市进行了深刻的批判。

英国浪漫主义诗人亨特在其诗歌《鱼、人和精灵》中通过对事物进行不同视角的观察与叙述，揭示了任何一种生物的优劣都是相对的，以人的视角看鱼，则鱼十分可笑；而以鱼的视角看人，人则显得无比愚蠢和丑陋。该诗歌反映了亨特对自然万物的尊重，以及对生态整体观的倡导。

英国浪漫主义诗人华兹华斯创作了大量赞美大自然以及歌咏自然与人和谐关系的杰作，从自然对人的美好影响方面探讨和表现了自然与人的关系，指出人类在自然面前是谦恭的学生，呼吁人类应当向自然学习。

柯尔律治的诗歌《古舟子咏》是一首生态寓言诗，用自然伦理悲剧对人类随意摧残自然的行为进行了批判。

济慈的《夜莺颂》以第二人称对夜莺以及自然进行了赞美，强调了自然事物对人类具有治愈心灵的力量。

意大利诗人莱奥帕尔迪对人与自然的关系进行了揭示，对人是世界的主宰这一观念进行了深刻的批判，指出人类的生死和繁衍均取决于自然，并且对人类追求物质生活享受以及狂妄自大的行为进行了严厉的批判，对科学技术发展的意义进行了质疑。

奥地利作家施蒂夫特在其小说《我曾祖父的记事册》中塑造了热爱自然、与自然平等相处的主人公的形象。

俄罗斯浪漫主义诗人丘特切夫在其诗歌《大地还是满目凄凉》《大自然不像你们所希望的》《不，大地母亲啊》等中塑造了充满灵性的自然万物的形象，对自然事物进行了深切的赞美。

法国文学家和思想家雨果明确指出人类应当建立起与自然之间的道德关系。

法国诗人维尼在《狼之死》中描绘了人类在猎杀狼之后狼的神态，以及诗人对自然界中的野兽的赞美、对人类猎杀野兽行为的羞愧。

美国小说家库珀在其小说《拓荒者》中描写了人类大规模射杀北美候鸽等灭绝物种和破坏自然资源的行为，对人类文明对荒野的破坏进行了严厉的批判。

美国浪漫主义文学家梭罗在《瓦尔登湖》《缅因森林》等作品中赞美了大地，并且将大地比喻为"祖母"，强调自然及人与自然中所有动植物之间是平等的兄弟关系，表现出强烈的生态主义思想（表1-4）。

表1-4　梭罗生态思想一览表

序　号	梭罗生态思想
1	物质生活简单化，追求简朴
2	全身心地投入自然，发掘大自然的美
3	对人类只想占用和掠夺自然的思想进行了批判，倡导人类诗意地对待自然，在自然里进行诗意的生存
4	强调人与自然和谐共生，倡导通过人与自然的和谐来推动人与人之间的和谐
5	强调维护生态系统的和谐平衡

美国诗人杰弗斯在诗歌中赞美自然的伟大。

美国科幻小说作家赫伯特·乔治·威尔斯在《时间机器》中对在掠夺自然的基础上建立起来的人类文明进行了可怕的预测。其在《时间机器》中讲述了公元802701年人类已然分化为两个种族，包括爱洛伊人和莫洛克人。爱洛伊人长相精致美丽，却失去了劳动能力，他们生活在地上，以瓜果为食，每天只知游戏和玩乐。莫洛克人则正好相反，他们面目狰狞，终日劳动，过惯了地下潮湿阴暗的生活，慢慢进化为像老鼠一样的穴居动物。由于食物匮乏，莫洛克人晚上会四处捕食爱洛伊人。H.G.威尔斯借此提醒人类一味发展工业社会，重视机器制造，忽视自然保护将会给人类的后代带来可怕的后果。

三、20世纪60年代前西方生态文学的发展

进入20世纪以后，随着工业社会的发展，工业生产对自然的破坏得到了越来越多人的重视，许多欧美等文学作家在作品中越来越多地揭示了人类活动对自然环境的破坏。

英国诗人和乡土小说家托马斯·哈代的小说《林地居民》《还乡》《远离尘嚣》对英国的乡野美丽画面进行了细致入微的描写，塑造了多个自然之子的形象，并对人类对自然的破坏和掠夺表达了强烈的不满。此外，哈代的诗歌中也表达了对人类残忍对待动物的不满与愤慨之情，如《一包包肉》等。

英国诗人和短篇小说家拉迪亚德·吉卜林著有《丛林之书》《就这样的故事》《吉姆》和《关于我自己的某些事》等。《丛林之书》中描绘了一个高贵的大自然形象，与人类的懦弱、胆小以及微不足道形成了鲜明对比。

弗吉尼亚·伍尔夫的代表小说作品《达洛维夫人》《到灯塔去》等将人类与自然界的动植物联系在一起，以自然意象影射人物。

赫伯特·乔治·威尔斯作为一名科幻小说作家，除了19世纪末的《时间机器》等小说之外，其在20世纪上半叶还创作了大量杰出的科幻小说。这些小说表现出对人类对技术的不当使用的担心，描绘了人类随意更改自然生物基因所造成的恶果。

爱尔兰诗人威廉·巴特勒·叶芝的诗作《茵尼斯弗利湖心岛》《当你老了》等诗歌均表现出强烈的自然生态倾向。

罗伯特·路易斯·史蒂文森在其作品《尘与影》中对人类破坏大自然的行为进行了严厉的批判，强调人类并不是自然的主人，而是大地上的尘土和影子。

威尔士诗人狄兰·托马斯所创作的诗歌《通过绿色的茎管催动花朵的力》强调了自然之力对人类以及自然界中其他生物的影响。

劳伦斯创作的《恋爱中的女人》《查特莱夫人的情人》均对工业文明对自然造成的伤害进行了描绘，强调了只有回归自然、回归本性才能挽救人类。

英国作家 C.S. 路易斯的散文《人之废》对人类征服自然的行为进行了批判，阐释了人类对自然的征服与破坏，最终将会导致人类自身的灾难。

俄罗斯诗人维克多·弗拉基米洛维奇·赫列勃尼科夫在其诗歌作品《森林姑娘》《水獭的孩子们》《和谐世界》中对人与自然的和谐关系进行了讴歌和赞美，强调人应平等地对待自然界的万事万物。除此之外，赫列勃尼科夫的诗歌《吊车》则对人类工业文明以及科技不加限制发展的后果进行了想象。

俄罗斯文学家列昂尼德·马克西莫维奇·列昂诺夫的小说《俄罗斯森林》中塑造了一位致力于保护森林而屡遭打击却仍然不改其志的林学家，其为了保护森林不受人类的荼毒而到处宣讲保护森林的意义。该小说对人类大肆破坏森林的行径进行了批判，强调森林是人类的朋友，如果失去了森林，那么万顷良田将会变为不毛之地，最终深受其害的将会是人类自身。

德国小说家阿尔弗雷德·德布林在其小说集《一朵蒲公英的被害》中描绘了人类对蒲公英等生物进行的摧残和掠夺，将会使森林生命进行抗争，对人类进行报复。

诗人雷曼在其诗集《绿色上帝》《诱人的尘埃》等中表达了鲜明的生态整体观，指出人回归自然、摆脱现代文明社会不安定生活的出路。

法国诗人戈蒂耶在其诗歌《朗德的松》中表达了对人类破坏自然森林的行为的强烈谴责。

法国作家加里在《天根》中着重强调大自然是人类生存的根源，也是所有生命之根，如果人类对大自然进行肆意破坏，那么最终人类自己也将走向毁灭。

美国作家奥尔多·利奥波德是20世纪上半叶享有国际声望的科学家和环境保护主义者，被称作"美国新保护活动的先知""美国新环境理论的创始者""生态伦理之父"。20世纪20年代其在美国中部和北部的一些州从事野生动物考察工作，并创作了《猎物管理》，他也因此被公认为是野生动物管理研究的始创者。1935年，利奥波德与自然科学家罗伯特·马歇尔一起创建了"荒野学会"，宗旨是保护与扩大面临被侵害和被污染的荒野大地以及荒野上的自由生命。

利奥波德提出了生态整体主义的核心准则："有助于维持生命共同体的和谐、稳定和美丽的事就是正确的，否则就是错误的。"这个准则的提出是人类思想史上石破天惊的大事，它标志着生态整体主义的正式确立，标志着人类的思想经过数千年以人类为中心的发展之后，终于超越了人类自身的局限，开始从生态整体的宏观视角来思考问题了。

利奥波德还是生态美学和生态文学的奠基人。其创作的《沙乡年鉴》是土地伦理学的开山之作；《大雁归来》是一篇极具生态主义思想的散文佳作，被人民教育出版社选入语文教科书。

除了利奥波德之外，约翰·缪尔是美国早期环保运动的领袖。他的大自然探险文字，包括随笔、专著，特别是关于加利福尼亚的内华达山脉的作品，广为流传。其生态文学作品包括《我们的国家公园》《我在塞拉的第一个夏天》《我童年和青年时代的故事》《约塞米蒂》等。

威廉·福克纳在小说《去吧，摩西》中对荒野的毁灭进行了论述。

海明威的小说《一个非洲故事》《老人与海》表现出对人与自然关系的思考。

美国剧作家阿尔比在《海景》中虚构了人类夫妇在海滩与蜥蜴夫妇的对话，揭示了人类的自以为是以及虚伪和残酷，反映了人类对自然的破坏，倡导了保护自然生态环境的观念。

美国剧作家桑顿·怀尔德在《我们的小镇》中描绘了风光秀丽的格罗佛斯角小镇以及小镇居民恬静祥和的日常生活。小镇居民与大自然的日月星辰、山川河流、花鸟鱼虫为伴，和谐共处，并从大自然中汲取对生活的爱、希望与力量。该剧作反映了人类社会进步与自然生态平衡的协同发展，表达了人与自然和谐共生的深刻主题。

美国生态诗人杰弗斯在其诗歌中对人类中心主义等观念进行了批判和讽刺，对人类这样无止境地对自然进行破坏的行为的恶果进行了预测。

诗人肯明斯的诗歌《可怜这个忙碌的怪物，残酷的人类》对人类的贪欲以及不加节制破坏自然的行为进行了讽刺。

综上所述，进入 20 世纪后，欧美等西方国家涌现出了一大批作家，他们借助诗歌、散文、小说、戏剧等多种文学体裁对人与自然的关系进行反思，并对人类肆无忌惮破坏自然的行为进行了深刻的批判，为 20 世纪 60 年代以后生态文学的大发展和大繁荣奠定了重要基础。

第三节 西方生态文学的成就

20世纪以来，尤其是20世纪60年代后，伴随着欧美等国对自然环境的重视，以及生态科学的发展，以及蕾切尔·卡森的《寂静的春天》的发表，西方生态文学的创作取得了巨大成就。本节主要对20世纪60年代以后西方生态文学的成就进行研究。

一、美国生态文学的成就

纵观20世纪的西方生态文学，乃至世界生态文学史，蕾切尔·卡森的生态作品均具有代表性。

20世纪60年代，蕾切尔·卡森的生态作品《寂静的春天》的出版激发了英美等国作家对生态环境的关注，进一步推动了生态文学的发展。在此之后，英美等国产生了多部以生态为主题的小说。

美国作家爱德华·艾比在20世纪下半叶创作出生态小说《有意破坏帮》(*The Monkey Wrench Gang*)、《海都克还活着》，其创作深刻地改变了许多美国和其他国家民众的价值观念与生活方式，唤醒了人们的生态意识，激发起许多人为保护地球家园而行动。

《有意破坏帮》讲述的是以海都克为首的四人小组以"生态性有意破坏"的方式保卫地球家园的故事。小说以典型的美式幽默为序曲——在新修建拦水大坝的大桥通车仪式上，唯发展主义的代表们即将剪断彩带，突然，大桥被拦腰炸毁。这样的生态性有意破坏以"让原有的保持原样"为目的、以不危害任何人的生命为前提，试图通过类似工业革命时代捣毁机器运动的破坏性方式，来阻止人类对地球生态的破坏。除了这次行动之外，四人小组还捣毁了打破生态平衡工程的推土机、拔掉勘探桩、割断电线，他们最为惊人的举动是试图用装满炸药的船只炸毁重达 79 万吨、耗资 7.5 亿美元建成的格伦峡谷大坝。"有意破坏帮"的行动引起政府及唯发展主义者的强烈不满和凶猛报复，警察对他们展开了全面围捕，他们不得不长时间逃亡。在小说结尾处，除了海都克跳下悬崖生死未卜以外，其他三人全部被捕，并遭到判决。

《有意破坏帮》被誉为生态文学史上的一个传奇，这部小说的出版直接促成了"地球优先！"等环境保护组织的成立。在这部小说中，艾比为实现生态保护目的，创造了"生态有意破坏"这一词来表现他的思想。艾比在小说中强调，自然并非为了服务于人而存在，而是有其自身的固有价值。艾比通过该书表达了鲜明的生态保护思想，倡导生态中心主义，认可荒野价值和荒野精神，反对唯发展主义的思想。

美国后现代主义作家唐纳德·巴塞尔姆于 1970 创作的短篇小说《玻璃山》用精妙娴熟的后现代主义创作手法颠覆了一个传统的英雄救美的童话故事，反映了当时美国社会由于受到工业文明冲击而导致社会生态失衡：城市凌乱无序，生活环境恶化，人际关系冷漠。巴塞尔姆通过这篇小说向人们发出生态警告：人类必须重新认识自己与自然的关系，摒弃"人类中心主义"，应充分尊重自然，与其和谐共生，同时，人类也应该反思自我，懂得控制自己的欲望，重构人与人之间的良好关系。只有这样，自然环境和人类社会才可以保持平衡健康的状态，人类才能够持续发展。

美国印第安作家琳达·霍根的代表小说《恶之灵》《太阳风暴》《力》《靠鲸生活的人》均表现出鲜明的生态主题。

《靠鲸生活的人》以 1855 年的《尼亚湾条约》事件为背景。根据该条约，居住在美国华盛顿州的阿兹卡族人以出让土地为代价，获得美国联邦政府同意捕鲸的权利。但在 1926 年，随着鲸鱼数量的下降，阿兹卡族人自动放弃了捕猎行为。1994 年，当灰头鲸从濒危物种保护名单中被撤销时，阿兹卡族人又请求政府恢复他们的捕鲸权。1996 年后，政府同意阿兹卡族人每年为部落仪式而最多猎捕五头鲸鱼。但 1999 年春天，八名阿兹卡族人驾驶独木舟进入华盛顿州西北海岸的尼亚湾打算重拾捕鲸活动时引起了社会的激烈争论。

《靠鲸生活的人》以一个尊重大海和鲸鱼，以鲸鱼为祖先和图腾的土著部落为背景，细致地描绘了现代文明的发展和人类中心主义导致的生态失衡，倡导回归传统生态智慧，重新实现身份认同。这部小说反映了琳达·霍根坚定的生物中心主义的思想。

美国作家约翰·斯坦贝克的《人鼠之间》《愤怒的葡萄》《伊甸园之东》《恼人的冬天》等小说均传达出明确的生态理念。

约翰·斯坦贝克的中篇小说《人鼠之间》，通过讲述 20 世纪 30 年代美国经济大萧条时期，两个美国流动农业工人企图通过农场劳动而改变生活的愿望逐渐破灭的故事。在残酷的现实面前，他们只想拥有一所小房子，几亩地，一头牛，几头猪，一大片菜园，一窝兔子和几只鸡——一处能获得温饱的小农场，都无法实现。为了这一小小的、可怜的梦想而努力的两位主人公如同田鼠般在土地上流浪，最终却只能走向幻灭。这部小说也体现出人类与土地的紧密关系，农民一旦被资本家及其代理人夺走土地，就失去了家园，只能一步步沦为流动农业工人，不得不背井离乡，通过为其他农场主打短工而艰难度日，如同田野中的老鼠一样无根无家。这部小说通过两位主人公的奋斗过程表达了人类渴望回归土地，与大自然建立起连接的愿望。

《愤怒的葡萄》讲述了贫苦农民被迫失去土地后从风沙弥漫的俄克拉何马州平原流落到富庶的加利福尼亚州谷地的悲惨故事。小说开篇对人类贪婪索取自然而导致自然灾害的现象进行了描绘，玉米地里本该旺盛生长的玉米被太阳晒得叶子卷边，而由于水土流失严重，庄稼无法获得丰收，漫漫沙尘无论清晨还是黑夜都弥漫在空气中，对庄稼的生长和农民的安全造成严重威胁。沙尘弥漫的原因主要是人类对土地无情的剥削。小说中约翰·斯坦贝克借业主之口对人类贪婪索取自然的行为进行了批判："你们也知道这土地越来越糟了。你们知道棉花对土地起了什么作用；它把土地弄坏了，吸干了地里的血。"[①]人类为了经济利益一味对土地进行索取，忽略了对土地的呵护，不给土地进行换血的机会，最终导致土地变得贫瘠，无力再适应自然的变化，形成了尘暴灾难。在土地上世代生活的农民必须承受这一后果，不得不离开这片土地到西部寻求理想的家园。

厄休拉·勒奎恩是美国文坛上一位极其独特的科幻小说家，其一生曾多次获得星云奖等科幻小说大奖，其"地海三部曲"——《地海巫师》《地海古墓》和《地海彼岸》，以及伊库盟系列的代表作品《黑暗的左手》，对人类与自然的关系进行了思考，表现出较强的生态倾向。

厄休拉·勒奎恩的小说《倾诉》中的阿卡星人借助倾诉和倾听来理解生活，他们对树叶和花朵的枯荣之理、阿卡星系行星的运动等进行倾诉，其倾诉的内容包含世界上的万事万物。在阿卡星人的眼中，一棵树、一具躯体、一座山、动物、植物、岩石、河流都记录了万象和虚无，并像摇曳的火焰一般鲜活，值得认真倾听。阿卡星人重视倾听，认为如果失去了倾听，人们会认不出山在水中的倒影，或者不再耕种，或者过度耕种，或者在河流、大地上排放毒素从而对河流和大地造成污染。在阿卡星人看来，万事万物有条有理，人类必须学会倾听自然，以及倾诉真的"理性"。唯其如此才能了解世界和守护世界，否则人类就会走向迷失和灭亡。

在小说《变化的位面》中，厄休拉·勒奎恩刻画了一个奇异的安萨位面。在这一位面中生活的安萨人的一生长约三年，一年相当于二十四个地球年。安萨位面也有四季变化，安萨人的生活方式伴随着季节的变迁而发生变化。总而言之，安萨人的一生与自然的变迁、季节的交替紧

---

① 斯坦贝克.愤怒的葡萄 [M].胡仲持，译.上海：译文出版社，2003：35.

密地缠绕在一起，全身心地体验自然。这种生活方式在科技发达的其他星球人看来极具原始性和动物性。然而安萨人却不愿进行任何改变，而是享受这种嵌入自然的生活方式。小说通过安萨人的生活方式强调了人类与自然的嵌入关系。

厄休拉·勒奎恩的科幻主题小说《世界的词语是森林》中的新塔希提星球上的艾斯珊人以一种平等的态度对待森林中的一草一木，他们认为如果森林灭亡，那么森林中的其他动物种群也会随之灭亡，人类的世界也会随之崩塌。因此，艾斯珊人以树种的名字为自己的后代命名。例如，铜柳树、白桦林、山楂树、榆树、栗子树、苹果树等。每一位新生儿的降临及其日后的身份均与树林密切相关，他们遇到陌生人也会迅速了解陌生人来自哪丛树林并将此作为认知陌生人的方式。这种对待森林的态度反映了他们对人类与自然之间平等关系的重视，强调了构建人类与自然命运共同体的重要性。

二、英国生态文学的成就

20世纪60年代后，英国生态文学创作进入繁荣期，出现了大量小说、诗歌、散文等多种体裁的生态文学作品。

英国作家爱德华·摩根·福斯特的《天使不敢涉足的地方》《印度之行》《看得见风景的房间》《霍华德庄园》等，都承载了作者深刻的生态思想。

福斯特的小说《印度之行》中描写道："天空主宰着万物，不仅主宰气候和时令，连大地何时穿上美丽服装也要由它来安排。天空独自能做的事却甚少，好像它只能稍稍帮助花儿开放。但是天空高兴的时候，会把光辉洒满昌德拉普尔印度人居住区，也会把恩惠施与天下黎民。天空之所以能做出这般奇迹，是因为它力大无穷，巨大无边。"①这段文字充分彰显了福斯特对自然力量的认识以及对自然的敬畏之心。在敬畏自然的同时，福斯特还充分尊重和维护自然生命的生存权利，并对自然界客观存在事物的内在价值给予充分重视。

《霍华德庄园》使用较大篇幅对霍华德庄园及其附近的自然景观进行了细致的描写，并展现了孩子们在自然中尽情玩乐的场景。小说除了对自然生态的描摹，忠实呈现了现代文明对人类精神生态造成的混乱状态：追求物质生产与追寻精神生活之间的矛盾、新兴商业文明与传统文化认知之间的冲突、不同社会阶层的人们思想的摩擦和关系的裂痕，以及人与自然的日渐疏远和人自身的异化。福斯特主张将外部自然生态和内部精神生态相联结，令人与人之间的关系相沟通，使人类自身回归于自然，获得本真，从而达到人与人、人与自然和谐的境界，反映出作家浓厚的生态和谐观。

威廉·戈尔丁的小说《蝇王》《蝎子王》《埃及日记》《到世界的尽头》等，或从自然界中的生物的视角着手对世界进行观察和描绘，或从人与自然的关系着手，表现出鲜明的生态倾向。

安格斯·威尔逊的主要小说作品《盎格鲁-撒克逊态度》《艾略特太太的中年》《动物园里的老人们》《不是闹着玩的事》《放把火让世界燃烧》等表现出较强的生态思想。例如，《动物园里的老人们》对人与动物的关系的建立进行了探讨，揭示了人与动物共同存在于大自然的事实，强调大自然不是人类的私产而是人与动物共同的家园，对动物园圈养动物的行为进行了批判。

1999年，英国作家多丽丝·莱辛出版了《玛拉和丹恩历险记》。这是一部科幻寓言小说，是多丽丝·莱辛对人与自然关系的深刻思考，这种思考促使多丽丝·莱辛构想了一段未来社会中人类从依附于自然、对

---

① 福斯特.印度之行[M].杨自俭，邵翠英，译.合肥：安徽文艺出版社，1990：5.

现代科技进行反思、到重建田园般生活的求生之路，体现了多丽丝·莱辛对恢复世界魅力的强烈愿望，该小说被誉为"冰川时期的出埃及记"。该小说讲述了玛拉和丹恩两姐弟——两个生活在南半球艾弗里克洲的王室后代，在战争中不幸失去了父母，在村子的人们的支持下过着隐姓埋名的生活。此后，在战争的影响下，部族整体迁移逃亡，由非洲南部向着北方前行。在迁移的过程中，主人公经历了各种艰难险阻。在这个过程中，主人公亲身感受了环境恶化的后果。人类的破坏导致自然环境受到了严重创伤，未来的地球不再适宜人类生存，所有的文明都在人类科技的滥用下而毁灭，自然生态的失衡导致人类与动物发生严重的异化问题，未来的人类也难以维持自身的本来面目。小说的结尾，主人公历经千辛万险，最终到达了一个美丽富饶的农场尽头，那里有人们生存不可或缺的水资源、繁茂的植物和友好的动物。迁居到此的人们摒弃了科技和机械，过着自给自足的手工生活，将人类行为对自然的影响降到最低，最大限度地实现了人与环境、人与其他物种的共同生存与和谐发展。在这部小说中，多丽丝·莱辛对自然生态的失衡和社会生态危机以及人类的精神生态的崩溃进行了详细的描绘，并且通过主人公生态意识的觉醒和提升，对人类中心主义进行了批判，努力构建了一个美丽而富饶的生态理想国，实现了人类的生态栖居，彰显了作者的生态整体观和生态环境保护意识。

英国诗人巴兹尔·邦廷于20世纪60年代创作了半自传体长诗《布里格弗莱特斯》。在这一长诗中，诗人描绘了一个自然物种相互联系的自然界，表现出较为鲜明的生态整体观。

英国诗人威斯坦·休·奥登的诗歌《风》《林》《山》《湖》《岛》《原》《溪》等以自然界的事物命名，并将自然事物与自然界和人联系在一起，倡导自然与人类和谐发展。

英国诗人菲利普·拉金的诗歌《高窗》、小说《吉尔》和《冬天的女孩》等均表现出较强的生态意识和生态倾向。

英国诗人特德·休斯的诗集《雨中鹰》《乌鸦》《四季之歌》《观狼》《新诗选》《河流》等，均表现出鲜明的生态倾向。其中，《河流》中将人类与自然界联系在一起，对人类破坏自然界的行为进行了强烈谴责。

英国诗人迈克尔·朗利的诗集《没有连续不断的城市》《被激发的观点》《躺在墙上的人》《回音门》《金雀花火焰》《鬼魂兰花》等表现出鲜明的生态倾向。

除此之外，英国诗人 R.S. 托马斯、特德·休斯、谢默斯·希尼、诺曼·麦凯格、帕特里克·卡瓦纳、杰弗里·格里格森、伊恩·克里奇顿·史密斯、查尔斯·汤姆林森、约翰·蒙塔格、索利·麦克莱恩、莱斯利·诺里斯、威廉·斯卡梅尔、莫利·霍尔顿、格林·休斯、斯图尔特·康恩、麦克尔·罗伯茨和大卫·斯科特等人也是 20 世纪英国杰出的生态文学作家。

三、法国生态文学的成就

20 世纪 60 年代以来，法国作家越来越关注生态的发展，诞生了许多生态文学作品。

让－马里·古斯塔夫·勒·克莱齐奥是 20 世纪后半叶法国新寓言派代表作家之一，其于 2008 年获得诺贝尔文学奖，代表作品有《诉讼笔录》《巨人们》《另一边的旅行》《沙漠》等。

《诉讼笔录》是克莱齐奥的长篇小说，讲述了主人公亚当告别伊甸园来到现代文明世界，企图享受现代文明的良好成果，最后却沦落得像乞丐一样，四处流浪，栖身于荒置的破屋内，一身破衣，喝啤酒，抽香烟，偷东西，像大都市里随处可见的流浪汉。人们已经习惯于他的不吭声，把他当作聋人、哑巴、盲人。他唯一的伙伴是在路上遇到的一条狗，他跟踪它，由于对它过于关注，他差不多变成了它。正是将自己降格为一条狗，他反倒更加清楚地观察到整个世界。小说的最后，主人公亚当在幻觉中回到了"伊甸园"。这部小说通过主人公亚当在现代世界的经历表达了对人类中心主义的消解，对人类物质文明进行了批判，传达了向往自然的情怀。

法国散文家、诗人、语言学家埃尔韦·巴赞是法国 20 世纪的著名作家，其创作的《荒凉岛的幸运者》《绿色教会》等小说表现出强烈的生态色彩。

《绿色教会》描绘了一个无名无姓的人想要与人类划清界限，他离开了都市，进入森林生活，在森林中赤身裸体，无拘无束。被叙述者发现后，他告诉叙述者要抛弃社会，返回自然。为了降低这一无名无姓之人对社会的威胁，当地法院将其抓捕并监禁起来。小说的末尾，这一无名无姓之人，最终从监禁处逃了出来，重新回到了森林生活。

米歇尔·图尼埃于 1967 年发表了小说《礼拜五，或太平洋上的虚无缥缈境》，小说重新讲述了鲁滨逊与星期五的故事。在这部小说中，米歇尔·图尼埃塑造了一个被星期五影响而回归自然，与万物和谐相处和紧密结合，幸福地生活在大自然怀抱中的人物形象。

四、德国、瑞士生态文学的成就

受欧美等其他国家生态文学的影响，20 世纪 60 年代以后，德国和瑞士作家创作了大量生态文学作品。

君特·格拉斯是 20 世纪德国文学的代表性作家，其创作的小说《铁皮鼓》内涵深刻。20 世纪 60 年代后，君特·格拉斯的长篇小说《母老鼠》《比目鱼》《蜗牛日记》《狗岁月》对人类对世界的影响进行了想象和批判。

德国作家莫妮卡·马龙的作品被称为"环境小说"，以关注环境而闻名。其第一部小说《飞灰》描写了德国工业时期因雾霾引起环境污染问题，同时展现了个人与社会、感情与现实的纠葛和冲突。小说的主人公约瑟法·纳德勒是一位女记者，她在写一篇关于某化工厂因发电设备老化而引发环境污染的报道时，疑虑重重：究竟是坚守新闻道德、真实地揭露工厂对环境的威胁，还是屈从上级压力、写一个可以发表的版本？纳德勒是一位单身母亲，她既渴望家庭的温暖，又害怕失去自由，职业与家庭的双重压力让她无所适从。这部小说阴郁的文字背后是无所畏惧的批判，灰蒙的画面中闪烁着勇气的光芒，同时也对人类工业社会对自然的污染进行了揭示。

德国作家福尔克尔·布劳恩的《大废料厂》对露天煤矿开采对自然生态环境的破坏进行了描绘。

德国作家沃尔夫·基尔斯腾的《铅树》通过工业社会对自然的掠夺开发，对人类工业社会对大自然的摧毁进行了深刻揭示，警示人类如果不立即采取措施，行动起来保护生态环境，那么人类的家园最终将变成荒漠。

瑞士作家弗兰茨·霍勒尔的短篇小说《重新占领》讲述了自然对人类的报复，对人类对自然的掠夺式关系进行了思考。

瑞士女作家格特露德·洛腾埃格尔的《大陆》以工业生产对小山村的影响故事讲述了工业生产对传统乡村环境的破坏。

五、俄罗斯生态文学的成就

20 世纪 60 年代后，俄罗斯生态文学创作十分繁荣，涌现出了艾特玛托夫、阿斯塔菲耶夫、拉斯普京、瓦西里耶夫等影响深远的生态文学作家。

艾特玛托夫创作的小说《白轮船》《花狗崖》《死刑台》等均表现出较强的生态倾向。其中，《白轮船》讲述了七岁的孩子和外公在护林所相依为命。男孩在"长角鹿妈妈"传说的熏陶下日渐长大，他常常用望远镜在山头眺望白轮船，船上有他素未谋面、已组建了新家庭的爸爸。一天，鹿又重新造访了这座山林，男孩和外公兴奋不已。但姨父奥罗兹库尔逼迫外公射杀了长角鹿妈妈，大摆鹿肉宴。那天晚上，外公因羞愧，醉酒瘫在了泥地里。男孩受到刺激，决定去白轮船上找他的爸爸。于是，男孩摇摇晃晃地走到河边，径直跨进水里……小说的结尾，孩子变成鱼顺着河游走了。这部小说从孩童的视角对人类贪婪和野蛮的暴行进行了揭露。

阿斯塔菲耶夫的《鱼王》是一部短篇小说集，其中包含12个各自独立的短篇，这些短篇围绕着人和自然的问题，以不同的角度和方式展开不同的侧面，合在一起便显露出连贯的内容，显露出一个大的意象，即"世界往何处去？"《鱼王》的末尾指出人们只有一个地球，而地球走向生存还是毁灭取决于人类对待地球的方式。

拉斯普京的小说《告别马焦拉》讲述了人类的工业建设与生态自然发展之间冲突的故事。俄语中的"马焦拉"一词与"母亲"一词属于同根词，以"马焦拉"象征母亲。马焦拉岛位于安加拉河上，因河上要建造大型水电站，所以历史悠久的马焦拉岛只能被淹没、被遗弃，而那些在岛上世代耕作、繁衍生息、安居乐业的居民们不得不告别祖辈们留下的土地，去陌生的新镇过城市生活。面对"马焦拉"的剧变，居民们表现出了截然不同的态度，反映出了人们对故土、大自然的情感，隐晦地表达了作者对被人类行为破坏的大自然的哀思之情。

阿纳托利·瓦西里耶维奇·普列洛夫斯基创作的诗歌合集《世纪之路》由写于不同年代的长诗组成。这六部长诗，各自独立成篇，相互间并无贯穿始终的情节联系和描写对象，均以西伯利亚为背景，通过诗人——主人公的遐想、回忆、见闻、对话，抒发对西伯利亚和西伯利亚人的感情，以及他对西伯利亚的哲理思索。

长诗之一《路基》是对广袤丰饶的西伯利亚、古老而又年轻的西伯利亚道路和道路建设者的礼赞。

长诗之二《车站》是作者对其青少年时代居住过的伊尔库茨克和雅

库茨克及其他"西伯利亚城"的述怀。

长诗之三《自然保护区》，写出了作者在欣赏建设给西伯利亚带来巨变的同时，又在替孕育了一代又一代勤劳勇敢的西伯利亚人的大自然担忧。

长诗之四《射击》继续着"保护西伯利亚"的主题。诗人希望，让路基百倍强大，让人们百倍有力，让人们与森林和睦相处，别让西伯利亚变成一个树桩的王国。

长诗之五《犁沟》分为"播种""灌溉""收获"三部分，表现了西伯利亚农民的劳动生活，歌颂了他们淳朴爱劳动的性格和为西伯利亚的繁荣做出的巨大贡献。

长诗之六《西伯利亚人》，作者满怀激情讴歌了世代在西伯利亚这片土地上繁衍生息、开发耕耘的各族人民，希望各族人民共同生活，珍重一致的传统，维护自由和和平。

《世纪之路》对人类对自然的无节制开发进行了揭露和批判，并告诫人类，人类不是自然的主人而是自然的儿子。

瓦西里耶夫的长篇小说《不要射击白天鹅》塑造了一位可歌可泣的生态英雄——护林员叶戈尔。为了使他看护的森林里的黑湖重现往昔天鹅湖的美好景象，贫寒的叶戈尔想方设法买来四只雪白的天鹅，放养在林区的湖里。然而没过多久，白天鹅竟然全都被一伙偷猎的歹徒打死。叶戈尔也在保护白天鹅的过程中被歹徒殴打致死。叶戈尔的悲剧告诫读者戕害自然的势力远比珍惜爱护自然的人们强大。生态英雄和所有生态保护者面对的最大困难不是生态问题，而是社会问题，是众多的误解他们、讥讽他们、诬蔑他们、排斥他们甚至迫害他们的人。在现实社会中，有意或无意、直接或间接地破坏生态的人依旧占绝大多数。小说赞扬了人类本性的真、善、美，揭示了人类是自然之子，人类只有停止无止境地对自然进行索取，才能保护人类自己。否则，人类毁掉的恰恰是自己的立足之地。

六、加拿大生态文学的成就

20 世纪后半叶，加拿大的许多作家加入生态文学创作的行列，创作出大量杰出的文学作品，具体如下。

阿尔·珀迪的诗歌《动物之死》对人类杀害野生动物取其皮毛的行为进行了批判。

法利·莫厄特的小说对狼、鹿等野生动物的生活习性和生存现状进行了揭示，对工业文明造成的生态灾难和社会灾难进行了深刻的讽刺。

法利·莫厄特的小说《与狼共度》讲述了一段人与狼之间的传奇故事，这也是作者深入野外观察狼生活的真实经历。当时，还是加拿大野生动物保护署的博物学家莫厄特接受了一项任务，去荒无人烟的极地附近调查狼的分布情况，考察狼的罪恶，以获取证据对狼进行制裁。因为据传言，当地驯鹿急剧减少，是因为狼的嗜血屠杀。于是，莫厄特带着满满一运输机的辎重，踏上了北极寻狼之旅。

在长达两年的考察中，莫厄特一次次走进狼的隐秘世界，窥探到荒原狼群的种种生活细节：狩猎前的高歌仪式、搬家中的警戒守望、闲暇时的追逐打闹、给狼崽子们上课……通过与荒原狼"乔治一家"的亲密接触，作者发现，狼不再是阴险凶残、无情无义的形象，狼群成员团结、忠诚、重感情，夫妻之间浪漫温情，它们的社会性和共情能力毫不亚于人类。这部在实地考察研究基础上写就的《与狼共度》，不仅是一部为狼正名的纪实之作，也是近距离了解真实狼群的小说。小说指出狼不但不与人为敌，反而绵绵有情，同时狼群捕食驯鹿的数量十分有限，毁灭驯鹿的真正元凶其实是人以及人进行的商业贸易。在小说中，法利·莫厄特对人类盲目地屠杀动物的行为进行了猛烈的批判。

除了《与狼共度》之外，莫厄特还创作了《鲸之殇》《鹿之民》《屠海》等生态文学作品。其中，《鲸之殇》讲述了一头怀孕母鲸被困海湾，被人

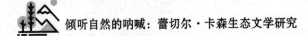

类无情射杀的悲惨故事。人类无情而残忍的扫射，雄鲸不离不弃的守候，作者努力而徒劳地寻求救援，整个故事温馨与悲伤、残酷与绝望相交织。全书亦详细梳理了两三个世纪以来，世界各大海域中所有鲸类惨遭屠戮、几近灭绝的真实情况，揭露了工业化时代以来人类无限膨胀的欲望，批判了人性的自私与丑陋，读来令人触目惊心，具有强烈的警示意义。

第二章 蕾切尔·卡森生平概述

第一节 蕾切尔·卡森的生平

蕾切尔·卡森是 20 世纪美国重要的生态文学作家之一，也是世界生态文学史上里程碑式的人物。她描写自然环境，揭示生态问题，传播生态哲学思想，对公众生态观念的形成、生态学研究和环保运动的发展、美国乃至世界许多国家的环境政策和发展战略产生了极其深刻、极为广泛的影响。本节主要对蕾切尔·卡森的生平进行介绍。

一、崭露头角

1907 年，蕾切尔·卡森出生于宾夕法尼亚州春谷镇一个占地 65 英亩（26 公顷）的农场里，是这个农场主家庭的第三个孩子。这座由蕾切尔·卡森家经营的农场产量不高，然而，农场里的牛、马、鸡等动物为蕾切尔·卡森最初了解自然奠定了生活基础。此外，该农场的房子后面有着开阔的牧场，其中既有种满了苹果树和梨树的果园，也有一片野生动植物遍布的丛林，为年少的蕾切尔·卡森提供了天然的户外活动地。

蕾切尔·卡森出生时，其哥哥和姐姐均已入学读书，儿童时代的蕾切尔·卡森缺少玩伴，逐渐养成了较为孤僻的个性，常常在树林和小溪边与野鸟和动物为伴。这一段经历为蕾切尔·卡森日后投身生态科学研究和生态文学创作奠定了基础。

蕾切尔·卡森年幼时即表现出强烈的创作欲望。1918 年，年仅 11 岁的蕾切尔·卡森根据已参加空军的哥哥寄回的家信中讲述的一位壮烈牺牲的飞行指导员的故事，创作了《白云中的战役》一文。这篇文章最终荣获了一个儿童征文比赛的最佳散文银质奖。大受鼓舞的蕾切尔·卡森于同年发表了数篇小说和散文。

1921 年，蕾切尔·卡森收到了第一份稿酬。同年夏天，她开始向多家杂志投稿。即使收到退稿她也不灰心丧气，而是更加如饥似渴地阅读和写作。

1925 年，蕾切尔·卡森中学毕业。为了使蕾切尔·卡森就读大学，父母通过变卖土地和典当家用瓷器为其凑够了学费，蕾切尔·卡森得以进入宾夕法尼亚州女子学院（Pennsylvania College for Women，PCW）就读。在校期间，蕾切尔·卡森学习了英语、生物等课程，依然坚持写作，写作的方向转向了海洋小说。

1929 年，蕾切尔·卡森考入约翰·霍普金斯大学，并于 1932 年获得海洋动物学硕士学位。正当蕾切尔·卡森准备攻读博士课程时，由于父亲去世，她不得不放弃攻读博士，转而参加工作。

二、走上作家之路

1935 年，蕾切尔·卡森受邀为渔业局撰写题为《水下罗曼史》的有关海洋生命的公共教育广播短文。蕾切尔·卡森的文章得到了渔业局代理局长的认同，广播节目也大获成功。这次写作经历成为蕾切尔·卡森人生的重要转折点。之后，蕾切尔·卡森再次接受渔业局撰写一本介绍海洋生命的小册子的工作。1936 年，蕾切尔·卡森完成了这本命名为《水的世界》的小册子，随后成为渔业局的科学工作者。

在此期间，蕾切尔·卡森笔耕不辍，向当时的许多知名报刊投稿。1936 年 9 月，《水的世界》经过修改后被更名为《海底世界》并在《大西洋月报》上发表。这一作品的成功发表，标志着蕾切尔·卡森独特写作风格的确立，即集科学的精确性与富有诗意的洞悉力和想象力于一身，令人信服地捕捉大自然永恒的循环、韵律和关系。自此，她的写作灵感便如泉喷涌了。[①]

《海底世界》的发表使蕾切尔·卡森吸引了更多伯乐的赏识，其中包括出版商以及畅销书作者等，他们鼓励蕾切尔·卡森去创作一本介绍海洋生物的书籍。1941 年，蕾切尔·卡森出版了《海风下》一书。这本书的出版并未获得社会市场的热烈反响，但却获得了科学界的认同，这使蕾切尔·卡森备感欣慰。

1943 年，蕾切尔·卡森晋升为助理水生物学者，并被调往华盛顿的渔业协调员办事处。半年后，她再次晋升为水生物学者，并被委任为负责"战时渔业项目"事务的情报专员。

1946 年，蕾切尔·卡森为了撰写题为《保护在行动》的系列报道，到多个自然保护区进行实地考察，借此机会对美国的自然保护成果进行了深入系统的了解。最终，蕾切尔·卡森主持的考察成果《资源保护在行动》获得出版，蕾切尔·卡森对生物学在自然循环和自然节律中的作用，以及自然栖息地和野生生物生存要求的相互制约关系的阐述，使这一系列报道大获成功。

在此期间，蕾切尔·卡森并未放弃对海洋的研究，1948 年，她在杂志上发表了《大赤潮之谜》《田野和溪流》两篇文章。

1949 年，蕾切尔·卡森继任渔业局总编，计划撰写一本包含海洋

---

① 利尔.自然的见证人：蕾切尔·卡逊传[M].贺天同，译．北京：光明日报出版社，1999：81.

学最新成果的海洋自然史著作。同年年底，为了全身心投入写作，蕾切尔·卡森辞去了渔业局的工作。1951年，《我们周围的大海》出版，登上了畅销书排行榜，成为畅销书。《我们周围的大海》的畅销，带动了《海风下》的再版与畅销。1952年，蕾切尔·卡森被授予约翰·勃拉夫奖章，同时获得图书贸易组织授予的年度国家图书奖。

1955年，《海的边缘》出版，再一次成为畅销书。

三、为自然仗义执言

早在1945年，一些政府工作报告便指出DDT可能对自然和人类存在危害。当时还在渔业与野生动物管理署工作的蕾切尔·卡森曾阅读过这些早期研究报告。

1957年前后，蕾切尔·卡森的亲人离世，使其陷入悲伤之中。同年春天，美国国会召开关于农业部喷洒杀虫剂的听证会，同年秋天，农业部决定执行消灭火蚁的计划。蕾切尔·卡森听说此消息后立即意识到该计划将会对野生动物构成极大威胁。之后，蕾切尔·卡森通过之前工作的美国鱼类及野生动植物管理局对该计划提出了反对。同年秋天，14名长岛居民联名提起诉讼，要求永久禁止联邦政府在长岛喷洒杀虫剂。此事引起了蕾切尔·卡森的关注。

1958年，蕾切尔·卡森了解到DDT对自然的危害，决定写一本关于自然保护的书籍。她曾说："我对杀虫剂的作用了解得越多，就越感到害怕，我意识到这是一本书的写作素材。我发现，作为一个自然主义者，对我非常重要的事物都受到了威胁，在我所能做的事当中，没有一样比写书更重要。"①

1962年，经过艰难的书写，《寂静的春天》终于出版。这本记录杀

---

① 斯图尔特.雷切尔·卡森 [M].傅霞，译.杭州：浙江人民出版社，2007：139.

虫剂危害的书籍很快登上《纽约时报》畅销书排行榜榜首。之后被翻译成多种语言，在世界各地发行。

1964 年 4 月，蕾切尔·卡森去世，其所遗留的《寂静的春天》等生态文学作品在世界范围内获得刊行，并引发了世界各国人民对生态环境的关注。

纵观蕾切尔·卡森的生平，其年幼时对文学和自然的热爱伴随了她的一生，蕾切尔·卡森的生态文学由于独特的文风和生态保护思想成为世界生态文学领域里的璀璨明珠。

第二节　蕾切尔·卡森的经历对其生态文学创作的影响

蕾切尔·卡森的生平及经历对其生态文学的创作产生了巨大的影响，本节主要对此进行深入分析。

一、母亲的影响

蕾切尔·卡森的母亲一生酷爱读书、酷爱自然，对博物学有浓厚的兴趣，还具有很高的音乐天赋，弹钢琴、唱歌甚至作曲都有很高水准。纵观蕾切尔·卡森的一生，除了大学和研究生期间与母亲分开之外，其一直与母亲居住在一起。母亲是激发蕾切尔·卡森对自然兴趣的引领人，也是蕾切尔·卡森梦想的支持者。从这一视角来看，母亲在蕾切尔·卡森生态思想的形成以及生态文学的创作过程中起着不可忽视的作用。

蕾切尔·卡森年幼时与父母家人共同在宾夕法尼亚州的一个农场居

住，1 岁时，母亲就常带她到牧场周围的野外散步游玩，给花鸟鱼虫起名字，使其在自然环境中接受启蒙。母亲不仅带蕾切尔·卡森到大自然中"探险"，还订阅了多本儿童杂志，常常为其读书、弹琴，并鼓励蕾切尔·卡森阅读、绘画和创作诗歌。

蕾切尔·卡森年幼时，母亲鼓励她提问并自己通过阅读寻找问题的答案。因此，蕾切尔·卡森很小就开始了阅读，这一行为对蕾切尔·卡森拓展想象空间、探寻世界的真知产生了深远的影响。

蕾切尔·卡森在母亲的影响下阅读儿童杂志，并在母亲的鼓励下进行创作。正是由于母亲的支持，蕾切尔·卡森才得以在年仅 11 岁时就向杂志投稿，并因此受到鼓励，在心中种下文学的种子，梦想成为一名作家。

20 世纪 20 年代，中学毕业后继续求学的学生很少，蕾切尔·卡森家境贫寒，然而母亲想让女儿接受最好的教育，同时为了实现蕾切尔·卡森的作家梦，坚持送蕾切尔·卡森读大学。母亲认为知识和自我尊重远比物质占有或社会认同更为重要，这一观点对蕾切尔·卡森的一生产生了极其深刻的影响。

蕾切尔·卡森在成年后进行创作时，也总是将手稿读给母亲听。蕾切尔·卡森晚年撰写《寂静的春天》时母亲去世，在悼母祭文中，蕾切尔·卡森郑重说明了母亲对她一生的巨大影响："玛丽亚·卡逊一生都热爱自然资源保护事业，并极大地影响了她的女儿——1952 年最畅销书籍《我们周围的海》的作者蕾切尔。"①

母亲去世后，蕾切尔·卡森在写给朋友的信中指出："认识她的每个人都说热爱生活和一切有生命的事物是她的一大优良品质。她老人家是我所见过的最'敬畏生命'（阿尔伯特·施韦策语）的人。她温柔、热情，

---

① 利尔.自然的见证人：蕾切尔·卡逊传 [M] 贺天同，译．北京：光明日报出版社，1999：279.

但一旦认定某件事是错误的，她就会像当代的十字军一样勇敢地与之斗争。想到母亲对我的支持，我应该振作起来，完成我的作品。"①

二、良师益友的影响

除了母亲之外，良师益友对蕾切尔·卡森走上生态文学创作的道路也产生了巨大影响。

（一）导师的影响

1.格蕾丝·克罗夫

蕾切尔·卡森进入宾夕法尼亚州女子学院时将主修课列为英语，老师格蕾丝·克罗夫对蕾切尔·卡森十分赏识，并且课后常和蕾切尔·卡森一起聊天、喝茶，讨论文学、写作、音乐和艺术。正是在格蕾丝·克罗夫的鼓励下，蕾切尔·卡森加入了学校的学生报纸《箭》，以及文学补充读物《文范》的编辑部，成为校报的编辑。此外，格蕾丝·克罗夫还捕捉和发现了蕾切尔·卡森即将成熟的写作特点，对其文稿进行了恰如其分的评价，帮助蕾切尔·卡森发现其写作的优点。

蕾切尔·卡森曾指出："给我们上英语作文的老师是一位卓越的女性，她真是对我的生活产生了很大的影响。"②

2.玛丽·斯科特·斯金克

如果说格蕾丝·克罗夫为蕾切尔·卡森将来走上作家之路而尽力扶持和训练，那么玛丽·斯科特·斯金克则是蕾切尔·卡森走上自然科学研究道路的指路人。

① 利尔.自然的见证人：蕾切尔·卡逊传[M]贺天同，译.北京：光明日报出版社，1999：280.

② 布鲁克斯.生命之家：蕾切尔·卡逊传[M].叶凡，译.南昌：江西教育出版社，1999：16.

宾夕法尼亚州女子学院的生物系主任玛丽·斯科特·斯金克教授对蕾切尔·卡森最终成为一名生态文学作家产生了极其深刻的影响。玛丽·斯科特·斯金克对生物学十分热爱，要求学生上生物课时必须到实验室做实验。生物实验课程为蕾切尔·卡森打开了新世界的大门。

20世纪二三十年代，涉足自然科学领域的女性很少，玛丽·斯科特·斯金克却克服了重重困难，在哥伦比亚师范学院获得了自然科学学士学位，并在哥伦比亚大学获得了动物学硕士学位。玛丽·斯科特·斯金克在自然科学领域的成就及其投入教学中的热情深深地吸引了蕾切尔·卡森，激发了蕾切尔·卡森对自然科学的兴趣，而玛丽·斯科特·斯金克也成为蕾切尔·卡森一生的楷模。

蕾切尔·卡森的勤奋好学及其在生物实验课上的表现很快吸引了玛丽·斯科特·斯金克，她很快就成为蕾切尔·卡森的良师益友。斯金克向蕾切尔·卡森揭示：通过自然科学研究，她能够理解自然界而不仅仅是观察自然界；动物学、心理学和细菌学都是令人迷醉的学问；仅仅是生物学尚不能满足她的求知欲，她还要学更多的知识。这直接导致蕾切尔·卡森大学三年级时将主修专业从英语转为动物学，为其后来走上自然科学研究之路，以及成为一名生态文学作家奠定了重要基础。

在蕾切尔·卡森看来，玛丽·斯科特·斯金克是其心目中自然科学工作者的榜样，也是其在这一领域中效法终身的典范。玛丽·斯科特·斯金克不仅点燃了蕾切尔·卡森对自然科学的热情，而且常常与蕾切尔·卡森结伴到野外旅行，并在旅行中对野外的动植物和自然环境进行观察。玛丽·斯科特·斯金克在野外旅行中表现出对珍稀动植物物种保护的关注也对蕾切尔·卡森产生了深远影响。蕾切尔·卡森大学的最后一年，玛丽·斯科特·斯金克决定继续攻读动物学博士学位。玛丽·斯科特·斯金克的这一决定获得了蕾切尔·卡森的理解，而蕾切尔·卡森也随即申请进入约翰·霍普金斯大学动物学攻读研究生。

此外，玛丽·斯科特·斯金克还为蕾切尔·卡森顺利进入约翰·霍普金斯大学攻读研究生，以及到伍兹霍尔海洋生物实验室进行暑期进修等事宜上提供了极大帮助。正是伍兹霍尔海洋生物实验室的进修经历使蕾切尔·卡森第一次走进梦想中的大海，接触到海洋生物，明确了其未来从事事业的方向。

玛丽·斯科特·斯金克对蕾切尔·卡森的影响不止于此，蕾切尔·卡森毕业后，玛丽·斯科特·斯金克仍然与其保持联系，其直接发掘并培育了卡森的生态学意识，滋润了她的才华，坚定了她的抱负，点燃了她的思想，并对其在自然科学学习和研究方面倾力帮助。

正是由于玛丽·斯科特·斯金克等良师的指导，蕾切尔·卡森才最终确立了自己的人生梦想。

（二）伯乐的启迪

独具慧眼的伯乐是蕾切尔·卡森走上生态文学创作之路的重要影响因素。蕾切尔·卡森在生态文学创作之路上遇到了两位伯乐，推动其正式走上了文学创作的道路。

蕾切尔·卡森在《大西洋月刊》上的短文《海底世界》发表后，引起了位于纽约市的西蒙和舒斯特出版公司的高级编辑昆西·豪，以及记者、人文历史学家和画家亨德里克·威廉·房龙的注意。这两位独具慧眼的伯乐读到《海底世界》后均十分感兴趣，并不约而同地询问蕾切尔·卡森有没有写一本关于海底世界的书籍。得到启发的蕾切尔·卡森，随即为昆西·豪和亨德里克·威廉·房龙寄去了一份有关海底世界书籍的粗略提纲。

在亨德里克·威廉·房龙的提议下，蕾切尔·卡森与昆西·豪会面并商定了书籍的大纲，使其第一本书《海风下》的出版提上了日程，为蕾切尔·卡森之后连续出版长篇生态文学作品奠定了基础。

三、所学专业的影响

蕾切尔·卡森在大学时受玛丽·斯科特·斯金克的影响而将自然科学改为主修专业，并进入约翰·霍普金斯大学动物学攻读研究生。专业学习使蕾切尔·卡森有机会走进自然的世界，深入了解自然动植物的习性。

研究生学习期间，为了完成硕士论文，蕾切尔·卡森相继对响尾蛇、鳞尾鼯鼠、鱼类的胚胎等进行研究。除此之外，蕾切尔·卡森还进行了鳗鱼的耐盐性课题研究，这些研究使其进一步了解了海洋生物。

除了学校学习之外，蕾切尔·卡森每年暑假还到生物实验室进行研究，同时，还在约翰·霍普金斯暑期学校讲授动物学，并在马里兰大学担任实验室助理兼动物学讲师。这些与专业相关的学习或工作经历使得蕾切尔·卡森具备了生态科学家的素养，为她成为一名生态文学作家奠定了专业基础。

四、生活及工作环境的影响

蕾切尔·卡森走上生态文学创作之路还受到其家庭及经济环境与工作环境的极大影响。

（一）家庭及经济环境的影响

蕾切尔·卡森生于一个五口之家，其父母虽然拥有一个 64 英亩土地的农场，但却不善经营，农场的出产量不高。其父亲一直在外工作，然而微薄的薪资需要用于三个子女的成长和教育，以及家庭支出，负担较重。因此，在蕾切尔·卡森年幼时，其父亲就开始陆续出售农场的土地。

蕾切尔·卡森与其姐姐和哥哥的年龄差距较大，然而由于哥哥姐姐两人均没能读完中学，所以成年后无法找到具有稳定收入的工作。蕾切尔·卡森尚未成年时，家中已经历了多次经济危机。蕾切尔·卡森在读高中时，离婚的姐姐带着两个孩子回到父母家中，而哥哥一家也住在父母家中。

蕾切尔·卡森考上宾夕法尼亚州女子学院后获得了每年 100 美元的奖学金，然而为了凑够剩余的学费以及寄宿费用，蕾切尔·卡森的父母不得不通过出售农场的土地，以及农场的苹果、鸡，甚至家传银器和瓷器来筹钱。此外，其母亲还通过教授钢琴获得微薄的报酬来供养蕾切尔·卡森学习。然而这仅够支付蕾切尔·卡森两年的学费。

1928 年，蕾切尔·卡森大学即将毕业时，她已经欠了学校 1600 美元的债务，并与学校约定自 1930 年开始偿还债务。1932 年，无力如期偿还大学债务的蕾切尔·卡森与 PCW 就抵押给他们的泉溪镇的土地签署了一份协议，PCW 有权以他们认为合适的价格出售这些土地，以此作为蕾切尔欠款的偿还。

蕾切尔·卡森在读研究生期间虽然申请到了每年 200 美元的奖学金，然而由于每年的学费为 250 ~ 300 美元，并且由于父母、姐姐等一家人均搬离故乡，到蕾切尔·卡森租住的房子，因此蕾切尔·卡森不得不在学习时担任多个兼职以支付学费和家人的生活费。

为了改善经济窘迫的现实，蕾切尔·卡森做了大量努力，其中包括大学期间的兼职教学，以及工作后的兼职写作。

研究生毕业后，受经济危机的影响，以优异成绩取得硕士学位的蕾切尔·卡森没有及时找到理想的工作，在进行兼职教学的同时，不得不重新提笔写作以期增加收入，这一决定使蕾切尔·卡森在大学时中断的写作欲望再次复燃。

1935 年，蕾切尔·卡森的父亲去世，全家人失去了一份稳定的收入来源。

这件事严重打乱了蕾切尔·卡森的学业规划，她不得不放弃继续攻读博士学位的梦想，转而工作以获得稳定的收入供养家人。1937 年，蕾切尔·卡森的姐姐去世，留下了两个还在上中学的女儿，需要蕾切尔·卡森和妈妈将其抚养成人。

蕾切尔·卡森成长过程中如影随形的经济窘境一度压得蕾切尔·卡森喘不过气。写作可以获得一定的收入，是改善经济窘境的一种方式。如果说幼年时期蕾切尔·卡森的写作是出于兴趣，那么成年后的写作除了兴趣，还出于写作带来的收入。

1936年，蕾切尔·卡森向《巴尔的摩太阳报》等处投稿，讲述有关腓鱼退化以及环境污染导致渔业受损的事实。同时，利用自己对鱼类的研究撰写文章。

1937年，蕾切尔·卡森将其所写的一篇稿件修改后寄到《大西洋月报》并以《海底世界》之名成功发表，正是这篇文章的发表使得蕾切尔·卡森受到伯乐赏识，逐渐走上生态文学创作之路。

（二）工作环境的影响

蕾切尔·卡森研究生毕业后意外获得了为美国渔业局编制《水下的罗曼史》广播稿的任务。这份工作意外地使其将写作才能与生物专业联系起来。不久，蕾切尔·卡森被美国渔业局科技咨询部聘为中等水生生物学研究者，正式成为一名科研机构科学工作者。该工作要求其经常和专家进行有关鱼类生物学的切磋和讨论，需要经常访问实验室和现场工作站，除此之外，还需要在图书馆查阅大量资料。这一工作进一步强化了蕾切尔·卡森和大自然之间的联系，也加深了其对海洋生命生态学的理解。

例如，为了加深对某一地区渔业经济和人文背景的理解，或者为了研究某种特殊的鱼类，蕾切尔·卡森需要到特定的海湾进行调查，并与渔民、船夫进行交谈，参观各种工厂等，同时，还可以从其他科研工作者处获得可靠的信息和研究的途径，这些均使蕾切尔·卡森受益匪浅。

蕾切尔·卡森在工作时常将观察到的动植物活动特点、相关的气候以及地理特点、人文背景等记录下来并将笔记摘录到卡片上，收藏在木制的卡片盒子里。

这种研究工作还为蕾切尔·卡森的业余写作积累了大量素材，不断加深和拓宽了其对大自然的探索，使其获得与海洋和大地亲近的机会，为其之后走上生态文学创作之路创设了有利的环境。例如，蕾切尔·卡森多次前往伍兹霍尔的海洋生物实验室进行研究，而其工作又为其到伍兹霍尔渔业研究站访问，以及了解其他海洋生物学家的研究提供了便利。

除此之外，科研机构科学工作者的身份使得蕾切尔·卡森有机会参加各种生物议题的论坛和会议，不断获得最新生物研究成果或关注人类对自然的最新发现，极大地拓宽了她的科学视野。例如，1938年2月，北美野生生物会议召开后，蕾切尔·卡森开始关注野生生物资源保护和野生生物栖息地遭到人为破坏的问题。这一关注点也成了其生态文学创作的主题。

随着蕾切尔·卡森在职务上的不断晋级，其视野也不断拓宽。1942年，蕾切尔·卡森晋升为助理水生物学者之后，恰逢美国联邦政府机构整编，蕾切尔·卡森进入美国鱼类和野生生物调查署（United States Fish and Wildlife Service，FWS）工作，这为蕾切尔·卡森提供了更多现场研究的机会，使其有机会到捕鱼船上观看打捞上来的海洋生物，也使她对许多海洋动植物有了深入研究。

二战期间，蕾切尔·卡森被委任为负责"战时渔业项目"事务的情报专员，这为其提供了更多关于自然的资料，同时进一步锻炼了蕾切尔·卡森的科普类作品写作才能。1936—1945年，近10年的政府科研工作使蕾切尔·卡森进一步认定了未来发展的方向，即在写作上获得成功。

1946年，蕾切尔·卡森《保护在行动》的12本系列报道小册子计划获批，这使蕾切尔·卡森获得了到多个野生生物保护区进行现场考察的机会，使其经验不断积累，视野不断扩大，进一步深入了解了大自然，并对人类活动对保护区环境所造成的影响有了进一步的认识。

1949 年，蕾切尔·卡森继任为 FWS 总编后，为了撰写一本包括海洋学最新成果的海洋自然史著作在图书馆查阅了大量资料。

综上所述，蕾切尔·卡森自幼即表现出对文学和自然的兴趣，其母亲、导师以及伯乐均在某种程度上成为其人生路上的引领者，而蕾切尔·卡森特殊的生活和工作经历为其最终走上生态文学创作之路奠定了坚实的基础。

第三章 蕾切尔·卡森的生态文学作品

第一节 蕾切尔·卡森的生态文学创作

蕾切尔·卡森一生主要创作了四部生态文学作品，分别为《海风下》《我们周围的大海》《海的边缘》和《寂静的春天》。本节主要对蕾切尔·卡森的生态文学创作进行简要概括。

一、《海风下》

《海风下》是蕾切尔·卡森创作的第一本生态文学作品。这本书的创作出于偶然。

1937年，《大西洋月报》以《海底世界》为题刊载了蕾切尔·卡森原题为《水的世界》的稿件。在这一稿件中，蕾切尔·卡森展现了一个社会大众不曾走近和了解的大海：

螃蟹躲在它水草底下的家，汹涌的海浪卷起层层的泡沫不断地敲击着它；长长的、缓缓的波浪从远洋传来，在这轻快的步伐下鱼群却在厮杀；海豚跃出海面呼吸上面的空气；我们没人知道海底世界的兴衰变迁，阳光穿越100英尺深的海水，变成昏暗的蓝光，在这儿住着蟹子、软体动物、海星和珊瑚；成群的小鱼在昏暗中闪着光，来回游弋，像是银色的流星雨；美洲鳗在岩石中间潜伏着、等候着；6英里以下的海则在永远不变的沉寂、寒冷和黑暗之中，人们对此知之更少。①

这一篇小文成为改变蕾切尔·卡森的重要契机，在昆西·豪和亨德里克·威廉·房龙两位伯乐的赏识和推动下，蕾切尔·卡森确定了书的大纲，并决定以海洋为主角进行创作。蕾切尔·卡森对《海风下》的创作报以极大的热情，为了在工作之余赶稿，常常写作到深夜，全身心投入其中，甚至在蕾切尔·卡森晚年回忆其写作生涯时，仍然对《海风下》的创作经历念念不忘。

在《海风下》这本书中，蕾切尔·卡森展现出了其成熟的生态文学创作风格：集科学的精确性与富有诗意的洞悉力和想象于一身，捕捉大自然永恒的循环、韵律和神奇。

蕾切尔·卡森在出版此书时抱有极大期待，然而此书出版时却正值二战爆发，突如其来的战争打破了蕾切尔·卡森的期待。《海风下》初版时仅仅售出两三千册，直到蕾切尔·卡森的第二本书《我们周围的大海》出版并登上畅销书榜后，其第一本书《海风下》才重新迎来读者的赏识，并迅速登上畅销书榜。

在《海风下》的序言中，蕾切尔·卡森讲述了写作动机，"想要生动地呈现其十年逐渐认识清楚的海洋及其生物的生活实况"。②

在蕾切尔·卡森生活的年代，除了生物科学家之外，人们很少了解自然界的生物如何生存与繁衍。人们习惯从人类的视角出发，以人类为

---

① 布鲁克斯．生命之家：蕾切尔·卡逊传 [M]．叶凡，译．南昌：江西教育出版社，1999：20．

② 卡森．海风下 [M]．尹萍，译．北京：北京联合出版公司，2018：1．

万物的中心对生物进行观察，在这一过程中通常以人类的实用价值或审美价值对生物进行评判。

蕾切尔·卡森创造性地在《海风下》中使用了生物视角，将海洋作为主角进行呈现，展现了生活在海洋中生物的生存习性。如同蕾切尔·卡森所言，"我喜欢也好，不愿意也罢，海的意志不可避免地充塞着全书每一页，生活在海洋中的生物无论大小全由它主宰生死。"①

《海风下》的体裁如同科普散文，字里行间充斥着诗意的抒情，然而却不滥情，而是恰到好处地让人们体会到大海的美丽与神秘，同时文章的叙事又极为客观地展现了自然界真实的一面。全书共划分为三个部分，根据时间顺序展现了海岸、外海以及海底生物的生活，每一部分又分为多章，每章中又细分多节。整部书既有宏观视角，又有微观观察，内容极其丰富。读者在阅读这部书时，如同观看一个个海洋动物纪录片，达到了客观真实与诗情画意的完美结合。

《海风下》的第一部分《海的边缘》，展现了北卡罗来纳的一段海岸的生态。此部分由五章——潮汐、春日翱翔、集结在北极、夏末和向海之风构成。在这一部分中，作者对北卡罗来纳海岸生活的种种生物进行了描写，读者可以看到海燕麦在起伏的沙丘间生长，宽广的盐沼和寂静的峡湾由于海洋生物的到来而变得热闹且富有生机。

蕾切尔·卡森在这部分重点讲述了滨鸟的活动轨迹，记录下了其他鸟类和海洋生物伴随季节变换而进行的种种移动。

第二部分《鸥鸟飞处》，讲述了与北卡罗来纳海岸同一区域所发生的故事。在鲜少见到陆地的海洋，伴随着季节的循环，各种美丽而奇特的生物在这里生长。

蕾切尔·卡森在这部分重点讲述了鲭鱼的故事，即从鲭鱼的出生、幼年时的漂泊到青少年时的海港之旅，再到鲭鱼成年后惊心动魄的猎食与被猎食的经历。

---

① 卡森．海风下 [M]．尹萍，译．北京：北京联合出版公司，2018：1.

第三部分《溯河归海》，讲述了一些具有特殊生活习性的海洋生物，它们从河川游回深海生活的奇异经历。

蕾切尔·卡森在这部分重点对鳗鲡的生命周期进行了讲述。

蕾切尔·卡森在《海风下》这本书中充分展现了海洋生物和鸟类根据自然气候和大海潮涨潮落的变化而形成的独特的生活习性，展现了不以人类意志为转移的海洋生态世界的奇妙。

为了使广大读者更加了解海洋生物，蕾切尔·卡森在写作中采用了一些人类容易理解的情绪表达方式，并且在每章后附加了文中所提到的海洋动物或植物的注释。

《海风下》章节目录及内容概要如表 3-1 所示。

表 3-1 《海风下》章节目录及内容概要一览表

部　名	章　名	节　名
第一部 海的 边缘	第一章 潮　汐	峡湾小岛
		夜间合唱队
		沙滩雌龟
		嗜血的野鼠
		春虫试演
		溯河之旅
		河口刺网
		鳗族的大餐
		渔人靴声

部　名	章　名	节　名
第一部 海的 边缘	第二章 春日翱翔	三趾鹬北返
		鸟的战争
		"船滩"海岬
		鬼蟹夜袭
		池沼雪鹭
		杓鹬寻栖
		满月的夜晚
		春潮大涨
		向北进发
	第三章 集结在北极	旅鼠的穴室
		未孵出的雪鸮
		雪封北极
		光秃的泥滩地
		融雪盈湖泊
		三趾鹬夫妻
		穷尽一生的绚烂
		雏鸟破壳
		护雏的方法
		苔原漫游
		花落如雨
		南飞
		天空的鸟之河

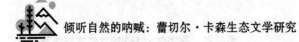

续　表

部　名	章　名	节　名
第一部 海的 边缘	第四章 夏　末	幼鲥入海
		海水漫池塘
		鲻鱼跳跃
		空中海盗
		高空恶斗
	第五章 向海之风	随潮出海
		浮动的海中世界
		沙丘渔人
		鲻鱼入网
		被弃的生命
第二部 鸥鸟 飞处	第六章 春之移民	鲭鱼苏醒
		肥沃沙洲
		鱼的队伍
	第七章 鲭鱼诞生	鲭鱼卵的飘零
		触丝之网
		胚胎鱼形成
		随波逐流
		新生小蟹子
	第八章 猎食浮游生物	海燕北来
		被猎捕的滋味
		沉入黑暗
		逃出水母的魔掌
		同类相残

续表

部　名	章　名	节　名
第二部 鸥鸟 飞处	第九章 港　湾	潮水带来食物
		水底花园
		贪食的青鳕
		幼鱼公敌
		藏身有术
		搁浅的鱼群
		滨鸟群飞
		水母的致命旅程
	第十章 航　线	海中新生活
		遭遇鼠海豚
		旗鱼长剑
		海沟边缘
		铁钩上的鲱鱼碎片
		岩隙鳕鱼精
		拖网
	第十一章 海上秋暖	秋来的消息
		半岁"大头钉"
		会发光的刺网
		浮木掩体
		抢夺死乌贼
		浓雾笼罩海面
		岩穴中的大妖怪
		星星点点的海域
		剃刀似的高鳍

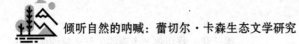

续 表

部 名	章 名	节 名
第二部 鸥鸟 飞处	第十二章 曳 网	黑暗中的生命微光
		捕鲭船
		定有逃生之路
		网中的彗星
		再下一次网
		狗鲨抢鱼
		在墨绿中穿梭
第三章 溯河归海	第十三章 奔流入海	秋水淙淙
		安桂腊的焦躁
		池中鳗
		落叶纷飞
		浣熊的夜猎
		并入河的主流
		更换肤色远赴大海
		河居生涯告终
	第十四章 寒冬天堂	群鸭乘西北风来
		深入温暖海谷
		鳟鱼队合流
		"玛丽号"社区
		丑怪鱼的伪装术
		绒鸭的夜晚
		寒意像一堵墙

续 表

部　名	章　名	节　名
第三章 溯河归海	第十五章 归　返	深海蓝光
		仅见微光的海域
		海中生物分层而居
		鳗鲡在海沟交会
		攀升大海
		寻找清浅水域
		等待入侵陆地
		逆流上河

二、《我们周围的大海》

《我们周围的大海》对蕾切尔·卡森而言，是一本"难产"之书，较之第一本《海之风》的出版，该书的出版过程更加曲折。然而该书出版后却意外获得了读者的青睐，成为长期霸占热销榜的"畅销书"。正是由于该书的出版，蕾切尔·卡森才终于走进大众的视野，其书中表达的生态思想也得以传播开来。

1948 年，进入不惑之年的蕾切尔·卡森确定了成为一名作家的人生目标，决心创作一本关于海洋的书。经过艰难的努力，1951 年，蕾切尔·卡森的第二本生态文学作品《我们周围的大海》如期出版。

《我们周围的大海》用三部分对大海进行了较为系统的介绍，包括《母亲海洋》《躁动海洋》和《人类与海洋》。

在第一部分《母亲海洋》中，蕾切尔·卡森从混沌初始、万千海面、岁月更迭、无日之海、隐蔽的陆地、漫长的沉积、岛屿诞生、远古海洋的变迁八个方面对海洋的形成和变迁进行了介绍。

在第二部分《躁动海洋》中，从风与水，风、阳光、星球旋转，潮起潮落三个方面对海洋的动力进行了介绍。

在第三部分《人类与海洋》中，从世纪冷与热、海水里的宝藏、环洋航行三个方面介绍了人类对海洋的依赖。

《我们周围的大海》目录及内容概要如表3-2所示。

表3-2 《我们周围的大海》目录及内容概要一览表

部　名	章　名
第一部 海洋母亲	混沌初始
	万千海面
	岁月更迭
	无日之海
	隐蔽的陆地
	漫长的沉积
	岛屿诞生
	远古海洋的变迁
第二部 躁动海洋	风与水
	风、阳光、星球旋转
	潮起潮落
第三部 人类与海洋	世纪冷与热
	海水里的宝藏
	环洋航行

该书约在10年后再版，1960年蕾切尔·卡森在《我们周围的大海》再版序言中写到了在该书出版之前人们对海洋的认知概况。她指出海洋是地球上尚未被人类认清的疆域，人类只知道轮船在海面上航行，潜水

艇在海面下穿行，却对海洋的运动动力学知之甚少，海洋学家虽然借助科研仪器设备勾勒出了海底的地形地貌，对深水的流动进行了研究，能够采集海底样本，然而从总体上看，人类对大海的认知还处于初级阶段。

1951年，《我们周围的大海》的出版向公众介绍了一些当时关于海洋研究的最新知识，出版后很快成了畅销书，并长时间占据《纽约时报》畅销书排行榜首。此外，RKO电影公司以《我们周围的海洋》作为底本拍摄了一部纪录片，让公众得以通过画面了解海洋。

1951—1960年，海洋科学获得了快速发展，借助科学发现和研究，人们得以进一步了解海洋。

与此同时，20世纪五六十年代科学技术的快速发展不断扩大人类活动的影响范围，蕾切尔·卡森则在1960年的再版序言中指出人类活动对海洋的影响，并警告人们，受人类活动的影响，海洋正在以一种极其危险的方式发生着变化，而这种人类对海洋所造成的威胁，最终将会威胁人类自身的发展。

由此可见，蕾切尔·卡森对自然生态环境有着极其敏锐的洞察力和前瞻意识，她重申了《我们周围的海洋》一书的观点，指出海洋是运动的，海洋生物的运动和迁徙地域广泛，许多深入大海中的废弃物迟早会被释放出来。她希望以此警醒人类，重视海洋自身的运动和发展，避免对海洋进行破坏。

三、《海的边缘》

在前两部生态文学作品均成为畅销书的基础上，蕾切尔·卡森于1955年出版了《海的边缘》。

与蕾切尔·卡森的前两部生态文学作品不同，《海的边缘》是唯一一本大量采用蕾切尔·卡森本人实地考察所获素材的著作。尽管在创作此书期间，蕾切尔·卡森也通过查阅期刊、论文、找专家咨询等方式查阅了大量科学资料。在《海的边缘》一书中，蕾切尔·卡森以一种独特的叙述手法进行了讲述，将读者带进其探秘的海滩的世界。

《海的边缘》将视角对准海岸以及海岸周围的海洋生命。蕾切尔·卡森的写作模式打破了当时读者习惯的分门别类讲述生物的指南和手册，她按照海洋生物共生的区域，即海洋生物生活的栖息地进行编排。这种编排形式使《海的边缘》更突出了生态学的写作。

在创作《海的边缘》时，蕾切尔·卡森曾受邀在美国科学促进会大会上发言。在此次演讲中，蕾切尔·卡森引用了当时的新概念，从生态学的视角对大海以及海边的生物进行观察和思考。

海边就是一个实验室，做实验者是大自然自己，她做着生命演化的实验，做着在一个有生命和无生命等各种因素构成的复杂系统内，生物微妙平衡的实验。在海滨生物学的早期阶段，发现、描述、命名海边发现的动植物就已经了不起了，而人类现已远远超越了这个阶段；在生态科学的黎明期，人们认识到了某些种类的动物是某些生境特有的，同样，我们现在也超越了这个阶段。今天，我们的头脑里一直萦绕着两个问题："一种动物为什么会生活在它现在生活的地方？""将它固定在其所在环境的那些个束缚的本质究竟是什么？"[①]

这段发言表现出蕾切尔·卡森对海滩周围生态整体化的思考。

在《海的边缘》的自序中，蕾切尔·卡森强调了海岸对人类生活的意义，指出海岸与大海一样，均让人类着迷。海岸对于大海中的生命和人类有着特殊的意义。对于人类而言，海岸是生命最初的发源地。原始的生命在浅滩进行繁衍和进化，经历了漫长的时间后，最终演化出地球上丰富多样的生物。

《海的边缘》目录及内容概要如表3-3所示。

---

① 威廉·苏德.更遥远的海岸 [M].张大川，译.上海：上海科技教育出版社，2019：158.

表3-3　《海的边缘》目录及内容概要一览表

序　号	章　名	内容概要
第一章	边缘世界	作者回忆了海岸使其难忘的地方
第二章	沿海生物面面观	介绍了海浪、洋流、潮汐、海水等塑造海岸生物的海洋力
第三章	岩石林立的海岸	崎岖的砾石海岸及其周围的海洋生物
第四章	沙滩外沿	普通沙滩及其周围的海洋生物
第五章	珊瑚海岸	含珊瑚礁等物种的沙滩及其周围的海洋生物
第六章	永恒的海洋	结束语
附　录	生物分类体系	原生植物与原生动物、原生植物门、多孔动物门、腔肠动物门、栉水母动物门、扁形动物门、纽形动物门、环节动物门、节肢动物门、苔藓动物门、棘皮动物门、软体动物、脊索动物门

在蕾切尔·卡森看来，海岸具有双重本质，伴随着潮汐的节奏，既属于大海，又属于陆地。而海岸环境的多变决定了在海岸生存的生物必须具有强大的韧性与活力，唯其如此才能在海岸上生存。而海岸生物的丰富多样性又引发了作者对海洋生态系统的进一步思考。

正如蕾切尔·卡森在文末提出的深思：

凝思丰富的海岸生命，教我们不安地感受到某种我们并不理解的宇宙真理。成群的硅藻在夜晚的海里闪烁着微小的光芒，它们究竟在传达什么样的讯息？成团的藤壶染白了岩石，其中的每个小生物都在潮水扫掠之际，找到生存的要素，这又表达了什么样的真理？如原生般透明纤弱的膜孔苔虫，为了某种我们不能理解的原因，非得以亿兆的数量聚集在岸边的岩石和海草之中而存在—这么微小的生物对大海有什么意义？这些问题经常浮现在我们的脑海中，令我们困惑不已。而在寻觅答案之际，我们也接近了生命本身的最高奥秘。①

从海之边缘的生物联想到其对于整个海洋生态圈的意义，书中表现出来的生态思想显而易见。而这一点也正是蕾切尔·卡森的生态文学作品相继成为畅销书的原因之一。

四、《寂静的春天》

《寂静的春天》是蕾切尔·卡森一生最为重要的生态文学作品之一，也是对世界产生巨大影响的巨作，被誉为世界范围内改变人类历史进程的少数几本书之一。正是由于《寂静的春天》的创作，使蕾切尔·卡森再次突破了个人的局限，开始关注自然和人类的长远命运。

（一）《寂静的春天》的创作背景

1939 年，瑞士化学家保罗·穆勒发明了一种具有极大杀虫功效的化合物——DDT。DDT 是一种白色粉末状化合物，不溶于水，但可以配制成粉剂、油基喷雾剂，还能做成烟雾"炸弹"用来熏蒸房舍。经过一系列的实验，保罗·穆勒宣布 DDT 对人类和其他哺乳动物均无害。

第二次世界大战期间，DDT 被广泛应用于杀灭蚊子，阻止疟疾和伤寒的传播。有人发现使用 DDT 后可以在较长时间内杀灭蚊子，特别是将其喷洒在建筑物的内壁墙上，效果更加持久。

第二次世界大战之后，一波合成杀虫剂投入使用，DDT 是第一种。它逐渐取代了天然杀虫剂。

1950 年，美国生产的 DDT 有 12% 被输送到海外防控疟疾。农用、商用、家用 DDT 的生产量一路飙升。

DDT 属"有机氯类"化合物，其分子是以碳原子为主干，由氢、氯、

---

① 卡森. 海之滨[M]. 庄安祺，译. 北京：北京联合出版公司，2019：215.

碳原子化合而成，有时人们也叫它"氯化烃"。DDT大获成功后，研究人员很快发现，有些情况下昆虫会对DDT产生抗药性，于是，一些研究人员又掀起了研发氯化烃类杀虫剂的热潮。不久林丹、氯丹、七气氯、毒杀芬、狄氏剂、艾氏剂、异狄氏剂等被研发出来，并很快被投入生产。

据有关数据统计，1952年，艾氏剂、狄氏剂、异狄氏剂、七氯、氯丹和毒杀芬的总产量为4 900万磅。20世纪50年代末，这些化学合成杀虫剂的产量又翻了一番。

有数据显示，1959年，美国国内的DDT使用量创下新高，一年用掉8 000万磅。DDT在美国销售了差不多30年，总用量估计达13.5亿磅。

一些公司不但生产DDT，还生产其他合成杀虫剂，这些公司包括杜邦、陶式化学公司、联合碳化物公司孟山都、汤普森化学公司、美国氨基氰公司、壳牌化学公司等。

尽管DDT等化学合成杀虫剂由于费用低廉而使用广泛，然而，DDT等化学合成杀虫剂并非绝对安全。DDT等化学合成杀虫剂具有毒性，其目的是杀灭害虫，且在使用中必须严格限定使用剂量和使用区域。

尽管政府有关部门早就警示过公众不要把DDT喷洒在动物身上，但还是有很多人用DDT为猫、狗除虱子。

有机氯化合物，不论是表皮吸收，还是吸入、摄入，其亲脂性很强，很容易储存于脂肪组织，长期接触会越聚越多，从而导致慢性中毒。另外，有机氯化合物常会附着于各种表面，能在土壤里保持活性，对土壤植物和动物产生长期不良影响。

除了有机氯化合物之外，一些化学家发现有机磷酸盐的化合物也能杀虫。有机磷酸盐本身无毒，它们由多种具有重要生物学意义的分子构成。但是，人类开发出来的某些有机磷酸盐能够阻断神经脉冲——致命的神经毒剂沙林就是其中的一种，神经毒剂VX也一样。这两种有机磷酸盐均为化学战毒剂，已经被联合国确定为大规模毁灭性武器。

然而，20世纪50年代的化学合成杀虫剂中也包括有机磷杀虫剂，如对硫磷和马拉硫磷。此类杀虫剂比有机氯杀虫剂的毒性大，但在环境中的残效期较短。有机磷酸盐比较容易代谢，一般不在脂肪里蓄积，但是，急性暴露时会对神经系统造成严重损害，特别是对胎儿神经系统的不良影响更为严重。

尽管自 1945 年前后，一些科学家即通过各种田野调查对 DDT 等化学合成杀虫剂的副作用进行了研究，并且提出了一些有利的证据，还通过写文章的方式呼吁公众不要把 DDT 当作纯粹的"福音"。专家们认为在了解 DDT 更多的情况之前，不支持在农业生产中大规模使用 DDT。然而，这些反对之声与化学杀虫剂的大规模生产相比，力量十分微弱。

1957 年，美国联邦政府颁布了《联邦植物虫害法》（Federal Plant Pest Act）。其中的细则指出，美国政府打算提供配套资金，帮助州府事业机构和私营集团实施一项计划：用 10 年时间，为 220 多万英亩土地喷洒七氯或狄氏剂，彻底消灭这一地区的火蚁。

1957 年秋，14 名长岛居民联名提起诉讼，要求永久禁止联邦政府在长岛喷洒杀虫剂。同年 12 月初，联邦法院举行了听证会。原告律师指出，无人证明舞毒蛾给长岛带来了麻烦。1958 年长岛居民败诉。

1958 年，许多田野报告显示，在喷洒七氯或狄氏剂灭蚁的地区，野生动物的数量不断减少。一些科学家通过发表评论或向政府提交联名报告的方式对灭蚁计划提出了质疑。然而，由于时间所限，证明 DDT 等化学杀虫剂存在危害的证据不足，这些反对 DDT 等化学杀虫剂滥用的声音显得十分微弱。

（二）《寂静的春天》的创作契机

自 1951 年《我们周围的大海》和 1955 年《海的边缘》出版后，蕾切尔·卡森成了一位名副其实的畅销书作家，足够多的版税使其实现了经济自由，而且也使其成了一位在海洋学领域广为人知且受人尊敬的生物学家。

　　纵观蕾切尔·卡森前三部书籍——《海风下》《我们周围的大海》《海的边缘》几乎均围绕大海写作。受限于当时的科学研究，社会公众对大海知之较少，因此，蕾切尔·卡森的写作对于读者来说具有一定的猎奇性。再加上蕾切尔·卡森真心热爱海洋，其对海洋生物的考察过程充满乐趣。因此，出版社和读者预见蕾切尔·卡森的下一部书会延续之前的风格。然而在 1958 年，蕾切尔·卡森收到了朋友哈金斯寄来的一封信。哈金斯在信中说，州政府启用飞机开展空中喷洒 DDT（有机氯类杀虫剂）的灭蚊行动，致使她与丈夫的私人禽鸟保护区中的许多鸟儿都死了。奥尔加·欧文斯·哈金斯希望借助卡尔森的影响力，呼吁不要再发生此类喷洒事件。这封信成为卡森构思和创作《寂静的春天》的最初动机。

　　早在 DDT 投入使用后不久，生物学家已经注意到 DDT 导致鸟类、鱼类死亡的现象，并在学术论文中发表过相关的研究观察。但这些论文并没有出现在公众视野中，被误导的公众认为，DDT 除了杀死虫子外没有任何伤害，可以被广泛使用。

　　蕾切尔·卡森作为一名具有敏锐的前瞻意识的科学家，十分关注 DDT 等化学杀虫剂的使用。

　　早在 20 世纪 40 年代，蕾切尔·卡森就已经从专业途径接触到 DDT 等农药的危害问题。1944 年，卡森曾写信给《读者文摘》杂志，提议写一篇文章，讨论 DDT 对野生动物的伤害。蕾切尔·卡森原意是想借《读者文摘》的影响力提醒公众，即使看起来伟大的发明，也要斟酌用法与用量。然而《读者文摘》杂志的广告商婴儿食品公司不同意发表这篇文章，在广告商看来，文章中的观点会让妈妈们担心食品的安全性，不再购买他们的产品。《读者文摘》也因此拒绝了蕾切尔·卡森发表此类文章。由于蕾切尔·卡森当时还陷于工作和家庭琐事之中，无暇顾及太多，只能放弃了这次尝试。

　　20 世纪 50 年代中期，越来越多的科学家开始关注 DDT 等化学杀虫剂滥用的危害，并发表了一些学术论文。然而，这些学术论文由于过于专业，因此影响范围很小。与此同时，公众在使用 DDT 等化学杀虫剂的过程中逐渐发现了其对生物的危害，各地纷纷出现了反对农药的呼声。

1957 年，美国农业部使用 DDT 等杀虫剂试图灭杀南方 8000 多平方千米内的火蚂蚁。项目的执行者信心满满地认为，杀虫剂可以彻底消灭这些害虫。然而所到之处杀灭的不只是火蚂蚁，草原云雀、犰狳、负鼠的尸体也随地可见，并发出恶臭。因此，该项目覆盖的地区出现了大量反对滥用杀虫剂的呼声。

1958 年，蕾切尔·卡森收到友人奥尔加·欧文斯·哈金斯的信后，便开始深入搜集和整理化学杀虫剂危害环境的证据和相关研究文献。

蕾切尔·卡森收集一切与化学杀虫剂有关的报道，并对其进行整理。伴随着了解的深入，蕾切尔·卡森深刻意识到使用杀虫剂和除草剂会导致大规模野生动植物死亡，同时还会摧毁野生动植物的栖息地，甚至对人类的生存也产生了极大威胁。于是，她挺身而出，决定写作一本书，将真相公之于众。

（三）《寂静的春天》的创作及出版

蕾切尔·卡森深知书籍出版后整个化工产业将会对其进行猛烈的攻击，然而强烈的责任感使其抵抗住所有压力，坚持完成了《寂静的春天》一书的创作。

在写给好友的信中，蕾切尔·卡森指出："我想拯救的这个美丽世界，在我心中是至高无上的——我对于那些愚蠢、没有人性的做法深恶痛绝……现在我觉得自己起码能做点小事。"[①]

与前三部生态文学作品不同，在创作《寂静的春天》一书时，蕾切尔·卡森已然成名，其文学创作更加自由。不过，事实上《寂静的春天》一书的创作却比以往任何一本书都更加艰难，在此过程中，蕾切尔·卡森遭遇了亲人离世、自己百病缠身、遭遇化工产业的抹黑等种种阻挠。

---

① 卡森.寂静的春天[M].韩正，译.北京：人民教育出版社，2017：3.

1958 年，卡森开始动笔。第一步是阅读大量报告和论文。当时很多关于农药的研究才刚刚起步，不能得出确切的结论。卡森也深知科学家在该问题上意见不一，采访谁和如何问，会得到不同的结果。因此她在调查与写作时格外严谨，确保每一个细节都无懈可击。

为了使论述观点和材料准确无误，蕾切尔·卡森阅读了数千篇研究报告和文章，尽量客观地分析有关的科研成果，以防出现违背科学的描写，她反复地推敲过《寂静的春天》中的每一个段落，仔细核对过每一个事例、每一个数字，以免出现科学上的偏差。

此外，她还大量引用文献、采访科学家，单附录中的文献列表与访谈记录表就长达 55 页。

1960 年后，蕾切尔·卡森被确诊为癌症，她忍受着身体巨大的疼痛，坚持完成了此书的创作。

《寂静的春天》完成后，还得到了来自各个科学领域的 16 位专家的联名确认，以证明书中数据的严谨性和科学性。

《寂静的春天》的书名取自济慈的诗句"湖中的芦苇已经枯了，也没有鸟儿歌唱"。其以寓言式的开头向读者描绘了一个虚设的"一切生物看来与周围环境相处得很和谐"的位于美国中部的美丽城镇的突变。

春天本应是万物复苏的季节，小镇本应是百花齐放，百鸟齐鸣，庄稼遍布，果园成林，溪水潺潺，鱼儿畅游……一派生机勃勃、欣欣向荣。然而，在不知不觉中，植物枯萎了，鸟儿飞走了，鱼儿消失了，牲畜死去了，居民病倒了……到处气息奄奄、死气沉沉。

本该喧闹的春天变得异常寂静，这是美国无数城镇的缩影，是什么使得城镇的春天变得寂静无声了呢？不是什么魔法，也不是敌人的迫害，而是人们自己的行为使自己受害。

蕾切尔·卡森在书中详尽地阐述和分析了人们大量且广泛使用以DDT 为代表的杀虫剂给大自然和人们生存的环境带来的难以逆转的危害。正是由于人们在农业中滥用杀虫剂，导致 DDT 的毒性在害虫体内存留，鸟类、蛙类食用害虫以后毒性转移到鸟类、蛙类体中，导致鸟类、蛙类的死亡。大自然是一个高度严密的整体，每一个物种都与其他物种有着非常严谨的关系。随着食物链的上移，这种毒害逐渐蔓延到许多哺乳动物，最终导致整个链状关系的崩溃。

同时，杀虫剂的毒素还会进入土壤、渗入河流，从而影响到土地上生长的各种植物、粮食作物以及河流中的鱼类等生物。

人类使用杀虫剂，导致大量昆虫、鸟类绝迹，致使各种作物、鱼类消亡，原本虫鸣鸟唱、鱼儿戏水、绿意盎然的春天变得寂寥一片，无声无息。

蕾切尔·卡森向人们展示，无论是食物链还是生态链，杀虫剂的使用最终都会使作为生态系统中一员的人类无可避免地深受其害，人类要为自己的行为付出惨痛的代价。

蕾切尔·卡森试图让人们明白：人类不是万物主宰，不能随心所欲改造自然，人类必须清醒地认识到自己也是自然的一部分，只有尊重自然规律，重视生态和谐，人类才能得到长久的生存与发展（表3-4）。

表3-4 《寂静的春天》的章节目录及主要内容一览表

序　号	章　名	内容概要
第一章	明天的寓言	借助一个虚构的城镇揭示人类对自然生态污染的恶果正反馈到人类自身的事实
第二章	忍耐的义务	明确指出地球上所有生命的进化均是生物和环境的相互作用，而杀虫剂的使用会破坏生物和环境的相互作用关系
第三章	死神之药	指出化学合成杀虫剂的来源、生产原理以及其对人类及其他生物所造成的伤害，明确化学合成杀虫剂如果不加控制地使用就是"死神之药"

续 表

序 号	章 名	内容概要
第四章	陆地之水	指出化学合成杀虫剂对水资源污染的事实，以及水资源污染对人类及其他生物的致命危害
第五章	土壤王国	指出化学合成杀虫剂对土壤的污染、污染原理，以及土壤污染对人类农业生产和生态环境造成的威胁
第六章	地球的绿色外衣	指出地球上的植物是地球的"绿色外衣"，如果大面积喷洒农药，不仅会杀死植物，还会杀死以植物为基础构建的整个生态系统
第七章	无妄之灾	用事实和例证指出化学合成杀虫剂对自然界中生物的危害，指出化学合成杀虫剂会对自然界物种造成无差别的伤害
第八章	消失的歌声	用大量事例列举了 DDT 对鸟类造成的伤害
第九章	死亡之河	用大量事实例证证实化学合成杀虫剂对河流的污染和对鱼类的危害
第十章	祸从天降	用大量实例证实空中喷洒农药对牛奶、蔬菜，以及蜜蜂、家禽、牲畜、宠物、鸟类等的危害
第十一章	超乎波吉亚家族的想象	指出 DDT 等化学合成杀虫剂对人的直接伤害
第十二章	人类的代价	指出化学合成杀虫剂的滥用对人类公共卫生的危害
第十三章	小窗之外	指出化学合成杀虫剂的滥用对生物遗传基因造成的危害
第十四章	四分之一的概率	指出化学合成杀虫剂与癌症之间的关系
第十五章	自然的反击	指出化学合成杀虫剂并不能真正防止昆虫肆虐，反而会破坏自然生态平衡，从而导致人类陷入灾难

续　表

序　号	章　名	内容概要
第十六章	雪崩的轰隆声	指出化学合成杀虫剂可能会使昆虫产生抗药性，从而对农业和林业产生危害，同时还会摧毁人类自身抵御隐患的能力
第十七章	另辟蹊径	指出生物防治可以替代化学合成杀虫剂用以消灭有害昆虫，同时对自然生物和人类起到保护作用

从 1962 年 6 月中旬开始，《寂静的春天》于正式出版前在《纽约客》杂志上进行了数周连载，立刻引起几十家报纸和杂志的转载。

1962 年 9 月，全书出版，迅速登上畅销书榜首。同年 12 月，《寂静的春天》的销售量已达到 10 万册。

蕾切尔·卡森用通俗的语言和科学而有条理的证据证明了化学合成杀虫剂滥用的严重后果。与舆论的热烈讨论接踵而来的是化学公司的强烈攻击，他们质疑蕾切尔·卡森的专业性，甚至对蕾切尔·卡森进行人身攻击。

研制和生产杀虫剂的工业巨头们还炮制了一本模仿《寂静的春天》的写作风格的《荒凉的年代》，描绘了一个人类失去杀虫剂的恐怖世界。此外，一些化学品协会和营养协会，以及一些以第三方专家身份出现的学者也对《寂静的春天》进行各种攻击。

与此同时，《寂静的春天》的出版也引发了许多科学家的关注与支持。这些支持者用科学的研究数据对蕾切尔·卡森书中的内容进行了肯定。

1963 年 4 月 3 日，蕾切尔·卡森接受了唯一一次电视采访。她在采访中指出："人本是自然的一部分。对自然宣战，就是对人类自己宣战。我们前所未有的挑战是：人类社会要证明自己的成熟和驾驭能力，不是靠掌控自然，而是靠掌控自己。"这一观点正是《寂静的春天》倡导的生态哲学观。

蕾切尔·卡森在《寂静的春天》中揭示了滥用化学合成杀虫剂的危害，提出了人类如何认识和处理与自然关系的大话题，以及科学家的社会责任、技术进步的局限性，并试图从生态学的角度提供解决方案，而不是一味地陈述问题。加上文中随处可见的闪动着智慧并叙述得极其优美的文字段落，使得《寂静的春天》一书摆脱了科普读物那种枯燥说教式的文体，细腻的文笔中流露出对大自然的热爱和对人类未来的关注。这本不同寻常的书籍在其出版后产生了巨大的影响，甚至在一定意义上改变了历史的进程。

第二节　蕾切尔·卡森生态文学作品的影响

蕾切尔·卡森一生主要创作了四部生态文学作品，除了"海洋三部曲"使其获得赞誉之外，《寂静的春天》则使蕾切尔·卡森不再仅作为一名畅销书作家而为人所知，而是作为一名生态主义保护者而闻名。蕾切尔·卡森的四部生态文学作品产生了极其深远的影响，这种影响不仅存在于美国国内，还扩散到了世界各国。本节主要对此进行详细分析。

一、蕾切尔·卡森生态文学作品对世界环境保护的影响

蕾切尔·卡森的生态文学作品，尤其是《寂静的春天》出版后，对世界环境保护产生了极其深远的影响。

（一）蕾切尔·卡森生态文学作品对美国环境保护的影响

蕾切尔·卡森的《寂静的春天》向社会大众系统地揭露了大规模使

用化学合成杀虫剂而导致的一系列无法设想的灾难性后果。

该书以大量翔实科学的调查例证，针对 20 世纪 40—60 年代，美国无节制使用以 DDT 为代表的有机氯等杀虫剂带来的人类健康、环境污染和生态破坏等问题，作者以敏锐的观察思考，预言"寂静的春天"式的生态灾难的出现，给全人类敲响了警钟，首开全球环境保护事业之先河，也极大地促进了包括农药在内的化学品产业的科学发展和化学品的合理应用。

《寂静的春天》于 1962 年出版，当年即售出 50 万册，同时也在美国引起了巨大的争议。书中惊世骇俗的关于农药危害人类环境的预言，不仅受到与之利害攸关的生产与经济部门的猛烈抨击，也强烈震撼了广大民众。卡森女士对长期以来流行于世界的"向大自然宣战""征服大自然"之类口号的质疑与宣战，对杀虫剂制造商和使用者的抨击，对无意检讨纵容滥用农药行为的政府的批评，使她遭受了空前的诋毁和攻击。但蕾切尔·卡森以自己非凡的勇气和执着，捍卫着对真理的追求。

最终，蕾切尔·卡森的坚忍、无畏和执着得到了回报。

1962 年年底，已有 40 多个立法提案在美国各州通过，决定限制使用杀虫剂，包括 DDT 在内的几种剧毒杀虫剂从生产与使用的名单中彻底删除。

在社会舆论的压力下，1963 年 1 月，当时的美国总统约翰·肯尼迪责成"总统科学顾问委员会"（President's Scientific Advisory Committee，PSAC）对杀虫剂的问题进行调查。1963 年，PSAC 完成了相关调查，并提交了一份有关农药的工作报告《杀虫剂的使用》。该报告支持了蕾切尔·卡森的观点，对化工界和农业部的大规模喷药计划持批判态度，同时，该报告承认了《寂静的春天》在向社会公众介绍杀虫剂危害方面的价值，建议政府有关各部门和机构实行公众宣传计划，向大众说明杀虫剂的用途及其毒性。

1969 年，美国颁布了《美国环境政策法》（National Environmental

Policy Act，NEPA），标志其环境政策和立法进入了一个新的阶段，从以治为主变为以防为主，从防治污染转变为保护整个生态环境。

1970年4月22日，一些环境保护工作者和社会名流为了唤起社会公众和各级政府对环境问题的警觉，呼吁政府采取行动，发起了"地球日"活动。这一天，全美国有10 000所中、小学，2 000所高等院校和全国的各大团体共2 000多万人参加了这次活动。人们举行集会、游行、宣讲和其他多种形式的宣传活动，高举着受污染的地球模型、巨画和图表，高呼口号，要求政府采取措施保护环境。全美三大商业电视网和公共广播系统对"地球日"的活动情况做了全天候的报道。

在此之后，每年4月22日被设定为世界地球日，如今地球日的庆祝活动已发展至全球192个国家，每年有超过10亿人参与其中，使其成为世界上最大的民间环保节日。

自1969年第一个地球日起，众多环保团体相继建立起来，包括环境防护基金会、环境行动、美国自然资源保护委员会。

1970年12月2日，美国国家环境保护局（中文常简称：美国国家环保局或美国环保局，英文：U.S. Environmental Protection Agency，缩写为EPA或USEPA）成立，EPA的具体职责包括根据国会颁布的环境法律制定和执行环境法规，从事或赞助环境研究及环保项目，加强环境教育以培养公众的环保意识和责任感。

1972年，DDT被美国国家环境保护局禁用。

随后在20世纪70年代，美国政府有关部门相继颁布了《环境质量改善法》《美国环境教育法》《海岸带管理法》《海洋哺乳动物保护法》《海洋保护研究及禁渔区法》《联邦环境杀虫剂控制法》《噪声控制法》《安全饮用水法》《濒危物种法》《联邦土地政策及管理法》《有毒物质运输法》《资源保护与回收法》和《有毒物质控制法》。

进入20世纪80年代后，美国进一步加强了酸、能源、资源和废弃物处置方面的立法，制定了《酸雨法》《机动车燃料效益法》《生物量及酒精燃料法》《固体废物处置法》《超基金法》和《核废弃物政策法》等一系列环境保护法。

（二）蕾切尔·卡森生态文学作品对世界环境保护的影响

1962 年《寂静的春天》出版后，不仅在美国掀起了轩然大波，还被译成多国文字传播至多个国家。截至 1963 年，《寂静的春天》已经被译成了法语、德语、意大利语、瑞典语、挪威语、芬兰语、荷兰语、西班牙语、巴西语、日语，在世界范围内传播。

之后，《寂静的春天》传播至更多国家。截至 1987 年，这本书已经累计出售近 200 万册。直到今天，《寂静的春天》还保持着平均每年卖出大概 3 万本的销售纪录。

1970 年，《东京宣言》呼吁："把每个人享有的健康和福利等要素不受侵害的环境权利和当代人传给后代人的遗产应是一种富有自然美的环境资源权利，作为一种基本人权，在法律体系中确定下来。"这是人与环境关系发展史上的一座里程碑。

1972 年 6 月 5 日，世界上多个国家在斯德哥尔摩召开人类第一次环境大会，这一天被确定为"世界环境日"。同年，6 月 16 日联合国人类环境会议全体会议上通过了联合国人类环境会议宣言又称斯德哥尔摩人类环境会议宣言，简称人类环境宣言（United Nations declaration of the human environment）。

人类环境宣言中阐明了与会国和国际组织所取得的七点共同看法和二十六项原则，以鼓舞和指导世界各国人民保护和改善人类环境。其中七点共同看法如下：

（1）由于科学技术的迅速发展，人类能在空前规模上改造和利用环境。人类环境的两个方面，即天然和人为的两个方面，对于人类的幸福和对于享受基本人权，甚至生存权利本身，都是必不可少的。

（2）保护和改善人类环境是关系到全世界各国人民的幸福和经济发

展的重要问题，也是全世界各国人民的迫切希望和各国政府的责任。

（3）在现代，如果人类明智地改造环境，可以给各国人民带来利益并提高人们的生活质量；如果使用不当，就会给人类和人类环境造成无法估量的损害。

（4）在发展中国家，环境问题大半是由于发展不足造成的，因此，必须致力于发展工作；在工业化的国家里，环境问题一般是同工业化和技术发展有关。

（5）人口的自然增长不断给保护环境带来一些问题，但采用适当的政策并适当采取措施，就可以有效解决这些问题。

（6）面对世界各地的行动，我们必须更审慎地考虑它们对环境产生的后果。为现代人和子孙后代的生存与发展保护和改善人类环境，已成为人类一个紧迫的目标。这个目标将同争取和平和全世界的经济与社会发展两个基本目标协调实现。

（7）为实现这一环境目标，要求人民、团体以及企业、各级机关共同承担责任，大家应为这一目标的实现共同努力。其中各级政府应承担最大的责任。国与国之间应进行广泛合作，国际组织应采取行动，以谋求共同的利益。会议呼吁各国政府和人民为着全体人民和他们的子孙后代的利益而做出共同的努力。

此外，在七大共同看法的基础上还提出了二十六项原则：人的环境权利和保护环境的义务，保护和合理利用各种自然资源，防治污染，促进经济和社会发展，使发展同保护和改善环境协调一致，筹集资金，援助发展中国家，对发展和保护环境进行规划，实行适当的人口政策，发展环境科学、技术和教育，销毁核武器和其他一切大规模毁灭手段，加强国家对环境的管理，加强国际合作，等等。

同年，美国最权威的书评组织推选《寂静的春天》为近50年来最具影响力的书籍之一，影响世界历史进程的十大重要著作之一。

时至今日，蕾切尔·卡森的《寂静的春天》仍然在世界环境保护领

域起着极其重要的作用。

综上所述，蕾切尔·卡森《寂静的春天》作为一本生态文学作品出版后，对人们的观念产生了深远的影响。蕾切尔·卡森用科学理性的事实数据和富于情感的文字使人们意识到人与环境之间的关系，直接或间接地促进了世界环境保护的发展，因此被誉为"现代环境保护之母"。

二、蕾切尔·卡森生态文学作品对世界文学创作的影响

文学评论家 E.B. 怀特读了整本《寂静的春天》之后，评论其为"《汤姆叔叔的小屋》似的书——将对改变潮流有所帮助的一类书"[①]。《寂静的春天》不仅在生态环境领域改变了时代潮流，在文学领域同样具有开创性的意义。

（一）促进了世界生态文学创作的繁荣

世界生态文学创作的历史可以追溯至远古时期，然而在蕾切尔·卡森之前，生态文学的创作尚未进入成熟期。蕾切尔·卡森生态文学作品的相继出版，尤其是《寂静的春天》的出版，推动美国本土以及世界各国生态文学的创作逐渐进入繁荣期。

在美国本土，蕾切尔·卡森被誉为"生态文学之母"。继蕾切尔·卡森之后，1968 年，爱德华·艾比发表了散文集《沙漠独居者》，在这部生态文学作品中，爱德华·艾比使用了诗一样的语言将生态整体观引入现代人的生活。温德尔·贝里在散文集《吊脚楼》中表现出强烈的处所意识和回归家园的意识。安妮·迪拉德作为当代美国自然文学的代表之一，在散文集《汀克溪的朝圣者》中表达了关心生死、关心大自然的情

---

① 利尔. 自然的见证人：蕾切尔·卡逊传 [M].贺天同，译. 北京：光明日报出版社，1999：356.

怀，她也因此蜚声文坛，获得普利策奖。

除了对美国当代生态文学创作的影响之外，蕾切尔·卡森的生态文学还促进了世界其他国家生态文学的创作。

以中国为例，我国当代许多生态文学作品的创作均受到了蕾切尔·卡森生态文学作品的直接或间接影响。除此之外，《寂静的春天》还促进了我国科幻小说的创作。

我国科幻小说作家刘慈欣的《三体》中直接将《寂静的春天》作为推动小说剧情的重要道具。小说的主人公叶文洁在 1969 年于内蒙古生产建设兵团见到了一位兵团《大生产报》的记者，其携带的蓝色封面的英语书籍，即《寂静的春天》。正是这本书使叶文洁第一次对人类之恶进行了理性的思考，得出了"要做到这一点（拯救地球），只有借助于人类之外的力量"的结论。同样也是因为借阅《寂静的春天》后向中央写信（其实只是誊写）的大胆行为，使得叶文洁最终被送进了"红岸"基地并与距离地球仅仅 4 光年的"三体"世界取得了联络……

（二）开创了生态女性文学批评的契机

生态女性主义，又称女性生态主义，或生态男女平等论。生态女性主义理论的提出以及生态女性文学的创作均与《寂静的春天》的发表有着千丝万缕的联系。

20 世纪六七十年代，在环保运动的持续开展下，妇女也开始参与环保运动。许多妇女走上街头对一些违背生态保护的项目进行抗议。在这一过程中，妇女以日常生活中养成的普遍认识为基础，将女性利益的表达和对周围环境的一种养成性和保护性态度有机结合起来，进而将女性主义运动和生态运动有机结合起来，逐渐形成了生态女性主义。

1974 年，法国女性主义学者弗朗索瓦·德·埃奥博尼在其作品《女性主义或者死亡》中首先提出了"生态女性主义"这一术语，目的在于呼吁女性主义者发起一场运动，以保护全球生态环境。

同年，"妇女与环境"会议在美国加利福尼亚伯克利召开。

1976年，美国佛蒙特州的社会生态学研究所的伊内斯特拉·金开设了生态女性主义课程，生态女性主义开始被人们普遍接受和使用。

1980年，"女性与地球：80年代生态女性主义"大会在美国召开，与会人员达千人之多，标志着美国生态女性主义的诞生。

1986年，"妇女——地球女性主义和平研究所"与"环境与发展妇女组织"（WEDO）等生态女性主义组织成立。

20世纪90年代，WEDO连续举办了多个生态女性主义论坛。1991年，在迈阿密组织召开了主题为"为了健康的星球"的世界妇女代表大会。

1992年的世界环境与发展大会上通过了《21世纪议程》，其中指出：为妇女采取行动以谋求可持续的公平发展。使妇女对环境保护的影响被提升至国际社会的高度。

1995年的第四次世界妇女大会上强调，自然资源的恶化已使妇女深受其害，环境保护应成为各国女性共同关切的话题。

伴随着生态女性主义逐渐走向成熟，越来越多的高校开设了生态女性主义的课程。

截至20世纪90年代，西华盛顿大学（Western Washington University）、科罗拉多大学（University of Colorado）、得克萨斯州大学阿灵顿分校（University ofTexas at Arlington）、宾夕法尼亚印第安纳大学（Indiana University of Pennsylvania）、西弗吉尼亚大学（West Virginia University）等高校均开设了生态女性主义的课程。

生态女性主义理论提出后，吸引了世界各地妇女的关注，诞生了大量讨论生态女性主义的文章。与此同时，还出现了生态女性主义文学批评。

1996年，美国生态批评家格洛特·费尔蒂在其《生态批评读本》的导言中对生态女性主义文学批评的发展阶段进行了阐释，指出生态女性主义文学批评的第一阶段是发掘女性主义文学的主题与作品；第二阶段是追溯女性主义文学传统，发掘其内涵；第三阶段是考察包括经典文本在内的生态女性文学的内在结构。

　　生态女性主义的主要代表作品有奥波妮的《女性主义与毁灭》（1974）和《生态女性主义：革命或者转变》（1978）、戴莉的《妇科／生态学》（1978）、麦茜特的《妇女、生态科学革命》（1980）、斯塔哈克的《古代女神宗教的复兴》（1981）、麦克阿丽斯特的《生命之网的重建：女性主义与非暴力》（1982）、卡尔德科特和理兰德主编的《寻回地球：为地球上的生命说话的妇女》（1983）、斯普瑞特奈克的《绿色政治学的精神向度》（1986）、席娃的《为了活命：妇女、生态学和发展》（1988）、内斯特拉·金的《女性生态学和生态女性主义》（1989）、科拉德和康特路茵的《对荒野的强暴：男人对动物和地球的暴行》（1989）、普兰特编的《医治创伤：生态女性主义的希望》（1989）、沃伦的《生态女性主义的权力与承诺》（1990）、戴尔蒙德和奥林斯泰因合编的《世界的重建：生态女性主义的兴起》（1990）、比尔的《反思生态女性主义政治学》（1991）、加德的《生态女性主义：妇女、动物和自然》（1993）、亚当斯编的《生态女性主义与神性》（1993）、普鲁姆伍德的《女性主义与对自然的主宰》（1993）、斯达霍克的《第五件圣事》、米斯和席娃的《生态女性主义》（1993）、沃伦的《生态女性主义》（1994）、格林的《捍卫自由女性主义》（1994）、沃伦的《生态女性主义：妇女、文化与自然》（1997）、加德和墨菲合编的《生态女性主义文学批评：理论、阐释和教学》（1998）、席娃编的《生态女性主义》（2001）、戴维恩的《生态女性主义是女性主义者吗》（2001），等等。

　　在生态女性主义和生态女性主义文学批评的影响下，生态女性主义文学创作逐渐发展壮大。生态女性主义文学创作是在传统的自然写作的基础上发展起来的，与传统的自然写作相比，更强调生命之间相互关联、平等互惠的关系，是一种批评和理论的实践，具有社会功能。例如，20

世纪六七十年代艾丽丝·沃克的《寻找母亲的家园》和《格兰奇·科普兰的第三次生命》等。

综上所述，蕾切尔·卡森的生态文学作品的出版为世界生态文学创作和生态女性主义文学批评的兴起与发展提供了不可忽视的契机。

三、蕾切尔·卡森生态文学作品对世界科学传播的影响

蕾切尔·卡森的生态文学创作属于科普创作范畴，与其同时代的科学家所创作的科普文章相比，蕾切尔·卡森的生态文学作品将科学性和文学性进行了良好的融合，这种创作风格既能够引发社会大众的兴趣，同时又能够通俗易懂地将科学知识讲清楚，从而达到传播科学知识的目的。明确蕾切尔·卡森生态文学作品对世界科学传播的影响必须先了解传播的原理。

（一）传播的模式

传播即通过能共同识别的符号和媒介，在个人或群体中发生信息流通、共享、扩散的行为（过程）。①人类传播的主要形态可分为五种，即人内传播、人际传播、群体传播、组织传播以及大众传播。无论哪种形态的传播一般均遵循传播 5W 模式。

传播是人类社会产生相互关系的一种现象，根据西方学者哈罗德·拉斯韦尔在 1948 年《社会传播的结构和功能》中提出的社会传播的"5W"模式，任何信息在传播过程中均包括五大要素，即谁（Who）、说什么（Say What）、通过什么渠道（In Which Channel）、对谁说（To Whom）和产生什么效果（What Effect）。

传播的五大要素对应传播的五个不同环节——传播者、传播内容、

---

① 马骋，李利鹏. 视觉艺术传播与管理研究 [M]. 上海：上海大学出版社，2019：22.

传播媒介、传播对象、传播效果，这五个环节的研究几乎涵盖了传播研究的主要领域（见图3-1）。

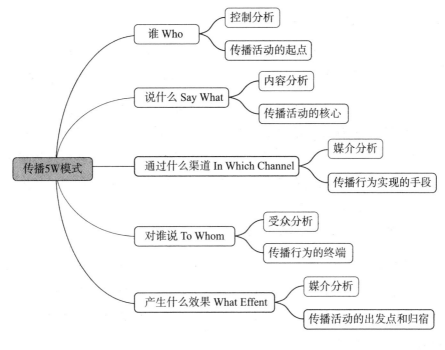

图 3-1　传播"5W"模式

1. 谁（Who）——传播者

谁是传播者，是传播活动的主要角色，这一环节对应着传播活动的控制分析，是整个传播活动的起点。在大众传播中，传播者既可以是个体，如记者、编辑、主持人等；也可以是组织形式，如媒体公司、出版公司、演艺公司等；还可以是组织中专门承担传播任务的群体，如企业宣传员、政府新闻发言人等。

2. 说什么（Say What）——传播内容

说什么，是传播活动的重要环节，对应着传播活动的内容分析，是指通过借助各种传播工具将信息传递给社会大众。传播内容是整个传播活动的核心。一般而言传播内容讲究实效性，要求传播者掌握传播内容的生产、流动和反馈。

3. 通过什么渠道（In Which Channel）——传播媒介

通过什么渠道，特指信息传播的媒介，即信息的载体。这一部分对应信息传播的媒介分析，是信息传播行为实现的主要手段和重要环节。

4. 对谁说（To Whom）——传播对象

对谁说，对应传播活动的受众分析。信息传播是将信息从一类社会群体传播至另一类社会群体的过程，信息传播受众的分析在信息传播中至关重要。信息传播受众既是信息传播的主要对象，也是反馈信息的主体，信息受众的行为对信息的二次传播具有重要意义。

5. 产生什么效果（What Effect）——传播效果

产生什么效果，对应信息传播的效果分析。传播效果贯穿于整个传播活动之中，是信息传播活动的出发点和归宿。传播效果也是整个传播活动的中心。如果信息传播的效果不佳，或者没有效果，那么整个信息传播就失去了存在的意义。

就科学传播而言，科学传播的传播者是政府有关部门，以及科学工作者；传播对象是社会大众；传播内容是具体科学和技术知识的信息；传播媒介是图书、期刊、广播、电视媒体等；传播效果是传播内容对社会大众的影响。

（二）传播的模型

传播模型指的是传播过程的模型，遵循一定的传播模型，可以分清传播的过程，把握传播的节奏，对传播的过程进行有效的管理和量化，从而优化传播质量，提升传播效率和效果。

科学传播的模型可以划分为中心广播模型、欠缺模型和对话模型（见表3-5）。

表3-5　科学传播的模型一览表

项　　目	中心广播模型	欠缺模型	对话模型
起　　源	历史最为悠久	为了解决科普中出现的问题	传播学理论对科学活动的研究
阶　　段	传统科普	公众理解科学	有反思的科学传播
立　　场	国家（或政党）的立场	科学共同体的立场	公众立场
对　　象	大众	公众（比大众更广泛）	多主体互动，包括公众但不限于公众，也包括了在科学共同体内部的交流
侧重内容	科技内容的普及	科学与公众的关系	传播过程和传播机制等
特　　征	自上而下命令教导，知与信中强调信，服从并服务于国家的需要，其根本目的是确保社会安定，在这种模型中，科学是"神圣的""非人的"或者"超人的"，不容任何置疑	自上而下教育与公关，强调知与信并重，该模型坚持科学共同体的立场，强调与科学家相比，公众在科学素养上还十分欠缺；因为缺乏对科学的足够了解，公众可能对科学投入的支持度不够，为了弥补公众的这种欠缺主要依赖于科普或科学传播而创立了这种传播模型	公民接受义务科学教育，就科学技术事务扩大参与协商渠道与力度，强调知和质疑其典型特征如下：科学传播的受众与主体呈多元化趋势；强调并关注公众的态度，赋予公众发言权；科学传播要体现社会正义，确保社会资源实现公平分配；提高公民的科学素养，关键在于正规教育，社会再教育辅助作用不太重要
评　　价	该模型过多强调科学权威和信仰，对具体的科学知识和技术有较大偏好，对科学方法与过程重视不够，对科学的社会运作几乎不提，其他有关科学的局限性以及科学家的过失更是很少提及	在具体实践操作上，该模型增加了"公关"的维度，体现了其对公众的重视程度，即提高公众的科学素养不再是唯一目标，更为重要的是呼吁公众支持科学事业	这种模型相对更加符合公众对科学传播的要求

（三）蕾切尔·卡森与科学传播

蕾切尔·卡森是一位生物科学家，其本人不仅接受过专业的生物科学知识教育，还多年从事生物科学方面的工作与研究，具有专业科学家的素养。与此同时，蕾切尔·卡森自幼展现出来的写作天赋，以及大学时期的专业学习，使其同时具备了一名作家的素养。这一双重特质使得蕾切尔·卡森具备了科学传播的优势条件，具备了进行科学传播的理论和实践基础。

纵观蕾切尔·卡森创作的四部生态文学作品，均具有较强的科普价值，属于科学传播范畴。与同时代科学家创作的科普文章或著作相比，蕾切尔·卡森创作的生态文学作品兼具科学性与文学性，更加符合社会公众的阅读方式，因此，其生态文学作品才能相继成为畅销书榜上的常客。

以蕾切尔·卡森的《寂静的春天》为例。

蕾切尔·卡森在写作《寂静的春天》之前，一些科学家已然通过田野调查等科学研究方法对 DDT 为代表的化学合成杀虫剂的危害进行了揭露。

这些文章的题目大多为《温度、湿度和风化对 5 种有机杀虫剂对伊乌斯蝇成虫残留毒副作用的影响》《新杀虫剂对公共卫生的影响》《水污染：化学分析》《某些有机化合物作为内源性杀虫剂的作用》《动植物入侵的生态学》《动物生活的变化领域》等。

这些文章或著作中涉及了大量的专业术语，以及在公众看来高深的理论。社会大众除非必要，否则一般会对此类文章或著作敬而远之。

尽管这些文章中列举了大量具有科学依据的事实和数据对比实验结果，有的文章中还插入了图片，以直观的方式对实验结果进行说明。然而，这些专业的报告并没有引起政府的重视。科学家对化学制剂危害人类及环境的担忧并不被政府和社会公众重视。

蕾切尔·卡森在进行科学传播时，十分明确其传播对象为社会公众，因此并没有如同其他科学类文章那样使用大量的专业术语和理论知识，而是将严肃的科学知识与社会公众喜闻乐见的小说、散文、诗歌等文学形式进行了完美结合。例如，《寂静的春天》的开头，使用了科幻小说常用的创作手法——虚构，虚构了一个现实中并不存在的小镇在长期滥用杀虫剂之后的末日景象。这一虚构情节丝毫不亚于科幻小说中想象的场景，起到了开篇警醒和振聋发聩的效果。又如，《海风下》一书使用了诗歌一样的语言和散文似的结构，短小精悍的文章和诗歌一样的语言，讲述人类鲜为人知的神秘海洋世界的秘密，很快便引起了人们的广泛关注。

除此之外，卡森的作品还明确地体现出了科学性和专业性。

以《寂静的春天》为例。

蕾切尔·卡森在书中详细地公开了许多科学家的多项田野研究和实验研究数据以及翔实的论证，为《寂静的春天》增添了可信度，从而达到了较好的传播效果。

（四）蕾切尔·卡森进行科学传播的优势

蕾切尔·卡森进行科学传播的优势主要表现在以下几个方面。

1.具备科学传播者的基本素养

蕾切尔·卡森具有科学家和作家双重的职业身份，这使其具备了科学传播者的基本素养。

（1）具有专业的科学知识背景。具有专业的科学知识背景的科学传播者是准确传达科学信息的基础。蕾切尔·卡森于1927年受生物学教授玛丽·斯科特·斯金克的影响从英语专业转至生物学专业，并在大学毕业之前获得了约翰·霍普金斯大学的奖学金。

在约翰·霍普金斯大学就读硕士期间，蕾切尔·卡森在雷蒙德·珀尔的生物研究所进行基因研究实习，并于1932年取得约翰霍普金斯大学的动物学硕士学位。在整个学习阶段，蕾切尔·卡森积累了大量生物学专业知识。

蕾切尔·卡森硕士毕业后，于1935年至1952年就职于美国联邦政府所属的鱼类野生生物调查所，以及华盛顿特区的美国渔业局期间，有机会接触和了解到大量自然生物相关的事宜，有机会到海洋工作站、自然保护区等地进行田野调查，对环境问题进行了真实的研究和考察，也有机会接触和了解生物和化学等领域的前沿科学研究。

纵观蕾切尔·卡森一生的学习和工作经历，其不仅接受过生物专业和动物学专业的高等教育，还长期从事与生物和环境相关的工作，使其具备了较高的专业科学知识背景。

（2）具有强烈的社会责任感。具有强烈的社会责任感是蕾切尔·卡森进行科学传播的必备条件。

蕾切尔·卡森作为一名生物科学工作者，其研究对象是大自然中的生物，而在深入了解生物的自然习性以及其生存环境后，蕾切尔·卡森不仅对生物与人类、生物与生存环境进行了研究，还对人类与地球、人类与宇宙等问题进行了深入思考。

在蕾切尔·卡森的四部生态文学作品中均体现出对于她研究的生物之外的人类与自然命运的关联进行的思考。

例如，《海风下》的末尾写道：

在鳗鲕一变再变的一生里，湾口外的等待不过是一段小插曲；海、海岸与群山的关系也是如此：在悠久漫长的地质岁月中，目前的状态不过是暂时的。海水不断地侵蚀终究会将山峦化为尘泥，倾入海中；海岸终将被海水淹没，岸边的城市、村镇终将属于大海。①

在这段文字中，蕾切尔·卡森从鳗鲕与海湾的关系联想到大海、海岸与群山的关系，以及大海与城市和村镇的关系，由此可见，蕾切尔·卡森的生态文学既着眼于微观的生物也着眼于宏观的生态。

又如，《海的边缘》第五章《珊瑚海岸》中通过对红树林海岸的过

---

① 卡森．海风下[M]．尹萍，译．北京：北京联合出版公司，2018：262.

去、现在以及未来的变化，联想到了人类世界。

红树林海岸会有什么样的未来？如果一如过去，那么我们可以预言：如今岛屿四布的水域将会成为广阔的陆地。然而，生存在今日的我们只能猜想，不断上涨的海水可能会改写历史。①

在这段文字中，蕾切尔·卡森从海洋岛屿和红树林海岸的变化联想到人类的未来，在潜意识中已然将人类作为自然生态中的一环。

长期的海洋生物研究使得蕾切尔·卡森对大海以及人类所生活的地球产生了深切的依恋之情，她欣赏大自然的美丽，热爱地球，当她听说并亲自证实了DDT等化学合成杀虫剂的危害之后，不能容忍这样的残害地球这个美丽家园的行为，想要发声提醒公众。

在创作《寂静的春天》一书的过程中，蕾切尔·卡森与媒体和朋友保持着密切的通信。她在创作此书期间致信《华盛顿邮报》指出：

"对我们当中很多人来说，鸟的歌声突然之间沉寂下去，鸟儿生命中的色彩、美丽、趣味突然之间被抹煞，我们足以为此深表遗憾。对那些从来不知道自然的馈赠为何物的人们，应该一直趴在他们耳边问一个问题：如果'死亡之雨'已经给鸟类带来致命的灾难，那么对其他生命，包括我们自己在内，会怎么样呢？"②

这封信表达了她对自然生物的命运以及人类自身命运的由衷担忧，反映了她的社会责任感。

创作《寂静的春天》是一项困难重重的工作，由于当时关于化学合成杀虫剂的危害尚不明确，蕾切尔·卡森不仅需要查阅大量文献资料，还必须与多位各个领域的科学家保持沟通。此外，蕾切尔·卡森由于亲人去世、自身的病痛等原因使写作一度陷入停顿。

---

① 卡森.海之滨[M].庄安祺，译.北京：北京联合出版公司，2019：213.

② 布鲁克斯.生命之家：蕾切尔·卡逊传[M].叶凡，译.南昌：江西教育出版社，1999：248.

然而强烈的社会责任感驱使她不断推进工作，蕾切尔·卡森在写给好友的信中说道：

"我最终会完成这部书，这个坚定的信念支撑着我。这本书实在太重要了。太多的人，可能怀着最好的动机，和我们有着共识，却缺乏足够的证据支持自己的观点以反驳对手。"①

正是出于科学家对社会的强烈的关心与责任感，蕾切尔·卡森最终才扛住所有的压力，冲破了重重困难创作出了《寂静的春天》。

2. 具备文学家的素养

在科学传播中，使用何种方式将科学信息传达给受众，以及所传达的信息是否准确，就像有效的信息编码一样至关重要。

（1）科学信息传播方式。蕾切尔·卡森生活的时代，报纸、图书和期刊，以及广播和电视是社会公众获得外界信息的主要途径。

20世纪初期和中期正是欧美等西方出版业的繁荣时期，当时最具影响的期刊包括《时代》《新闻周刊》《生活》《读者文摘》《幸福》《麦考尔》《好家政》《全国地理杂志》等。

1942年，《纽约时报》的"新闻调查"部门根据全国抽样调查的大小型书店以及批发商所提供的每周销售报告制定《纽约时报》畅销书榜（The New York Times Best Seller List），该榜单会在每周星期日版的《纽约时报》随报附送的《纽约时报书评》杂志上刊载。

在《纽约时报》畅销书榜等各类畅销书榜单的加持下，图书出版业获得了快速发展。

而蕾切尔·卡森自20世纪30年代开始就在美国各类具有影响力的期刊和报纸发表了具有科普性质的文章。她创作的"海洋三部曲"均登上过《纽约时报》的畅销书榜名单。其中，《我们周围的大海》还曾连续

---

① 布鲁克斯. 生命之家：蕾切尔·卡逊传 [M]. 叶凡，译. 南昌：江西教育出版社，1999：252-253.

多周蝉联《纽约时报》的畅销书榜冠军。

因此，蕾切尔·卡森在出版《寂静的春天》时，采用了先在具有大量受众的《纽约客》上连载，借此在社会上制造舆论，从而引发社会公众的关注，之后再以图书出版的方式将作品更好地传播出去。这种方式无疑十分契合当时社会受众对于信息的接收习惯。

（2）确保传达信息的准确性。科学传播需要将科学、准确的信息传播给受众，因此，必须确保相关信息的准确性，唯其如此，科学信息传播才具有积极意义和价值。

以《寂静的春天》为例。

为了确保《寂静的春天》中的信息是精准的，蕾切尔·卡森不仅反复核对每一条信息，而且与多个专业领域的多位科学家保持密切沟通，以切实的证据和精准的数据说服受众，驳斥化学合成杀虫剂的无害论。

例如，《寂静的春天》第八章《鸟儿不再歌唱》中列举了大量野生动植物因杀虫剂的使用而死亡的案例和数据。

大概从 1956 年开始，人们改变拌种处理方法，在杀菌剂之外，又增添了狄氏剂、艾氏剂或七氯以防控土壤昆虫。自那以后，情况就变得糟糕起来。

1960 年春天，英国野生动植物管理部门（包括英国鸟类学基金会、英国皇家鸟类保护学会和猎鸟协会）收到大量有关鸟类死亡的报告。

…………

英国鸟类学基金会与英国皇家鸟类保护学会联合发布报告，描述了67 例鸟类死亡的情况——1960 年春天死亡的鸟类远不止这个数字。67例中，59 例死于种子包衣剂，8 例死于农药喷洒。

第二年，又出现新一轮鸟类中毒事件。英国下议院接到报告，仅诺福克郡一家农场就有 600 只鸟死亡，而北埃塞克斯郡一处农场死了 100 只野鸡。人们很快发现，遭受影响的郡数量比 1960 年增加了（1960 年是 23 个郡，1961 年是 34 个郡）。以农业为主的林肯郡遭受的危害程度最为严重，已报告有 10000 只鸟死亡。然而，北到安格斯，南达康沃尔，西起安格尔西岛，东至诺福克，英国所有农业地区无一幸免。①

这些切实可查的案例及精准的数据，展示了一条不可辩驳的证据链，显示了蕾切尔·卡森书中所传播的科学信息的精准性。

此外，蕾切尔·卡森还对化学合成杀虫剂的具体成分及其毒性进行了描写，用大量精准的数字来对化学制剂的毒性进行了对比，用具体的数据对动植物、环境和人类受到的影响进行了说明。

（3）掌握与受众交流的信息编码。与蕾切尔·卡森同时代的许多科学家虽然经过艰苦的研究，获得了研究成果，并且发表了学术论文，然而由于没有掌握与受众交流的有效信息编码，文章发表后在社会上引发的关注较少。

而蕾切尔·卡森不仅曾在读大学之初以作家作为职业目标进行学习，还在就职以后笔耕不辍。蕾切尔·卡森自 1936 年就开始在包括巴尔的摩《太阳报》（*The Baltimore Sun*）在内的各类出版物上发表带有科普性质的文章。作为一名自由撰稿人，蕾切尔·卡森的文风非常独特，将科普作品以极具诗意的文学方式创作出来。

以《寂静的春天》为例。

蕾切尔·卡森为了使受众理解化学合成杀虫剂滥用的危害，她采用了文学与科学相结合的写作方式。她先将在现实中收集到的各地区的有关杀虫剂被滥用导致动物和人类死亡的事例呈现出来，再逐个分析其背后的原因，以及接触具体杀虫剂的时间和过程，以使社会受众信服其结论和观点。

---

① 卡尔森. 寂静的春天 [M]. 辛红娟，译. 南京：译林出版社，2018：102.

此外，蕾切尔·卡森在《寂静的春天》中使用了修辞学的方法表达思想，帮助受众理解她的观点的思想。

例如，在《寂静的春天》的第六章《地球的绿色斗篷》中，蕾切尔·卡森使用了散文化的笔法，表达了自己对杀虫剂引起的不加区别的生物大屠杀中鸟类命运的深切同情。

迫于牧民扩张畜牧用地的欲求，林务局向一万英亩三齿蒿喷洒农药。三齿蒿被如愿清除，但同时遭受厄运的还有那些蜿蜒穿过平原的小河畔生长着的垂柳。碧绿的垂柳滋养着很多生命：驼鹿在柳林间生活，柳树对于驼鹿的重要性堪比三齿蒿之于叉角羚羊。河狸也曾生活在林间，它们以柳树为食，啃断柳树枝干在溪上筑坝，将小溪分隔成一个个小水塘。山涧中生长的鳟鱼一般不超过六英寸长，在小水塘中则长得异常肥美，可以重达五磅。水塘也吸引了很多水鸟。柳树和林间生活的河狸使得该地区成为绝佳的渔猎休闲区，吸引人们纷纷前来。

然而，随着林务局推行"改良"计划，农药灭除了三齿蒿，同时也令柳树遭殃。1959 年（喷洒农药的当年），道格拉斯法官到过此地，看到枯萎垂死的柳树大为震惊，将之描述为"不可思议的浩劫"。驼鹿的情况怎么样？河狸和它们筑建的小水塘情况怎么样？一年之后，道格拉斯法官回到那片浩劫之地寻求答案。驼鹿与河狸已杳无踪迹。没有河狸的精心维护，堤坝已毁，塘水干涸。肥美的鳟鱼也销声匿迹了。小溪流经炎热、光秃而无遮拦的地区，见不到任何生物的影子。这里的生命世界被彻底破坏。①

在这段文字中，蕾切尔·卡森用诗一样的语言和散文文体描绘了一幅原本溪水潺潺，绿植茂盛，多种动物自得其乐的生动画面，而化学农药喷洒过后，溪水流经之处不见绿植和任何生物的荒凉景象。两种画面

---

① 卡尔森. 寂静的春天 [M]. 辛红娟，译. 南京：译林出版社，2018：54-55.

的对比，让受众清晰地认识到因化学农药不加节制地随意喷洒对生物世界造成的严重后果。

除此之外，在《寂静的春天》中，蕾切尔·卡森还通过多次、反复强调化学合成杀虫剂为主的化学制剂的危害，以及环境的不断恶化，从而使受众一步步加深印象，最终引发受众对环境和人类未来的恐惧感，从而达到科学信息传播的目的。

3. 对科学信息进行多渠道传播

蕾切尔·卡森一生主要创作了四本生态文学作品，在创作最后一部《寂静的春天》之前，蕾切尔·卡森已然创作了三本关于海洋的生态文学作品，且三本书均名列图书畅销榜榜单。因此，蕾切尔·卡森在图书传播方面积累了一定的经验。

在蕾切尔·卡森的"海洋三部曲"出版和发行期间，第一本《海风下》由于种种原因在初版和再版时成绩不佳，因此在《我们周围的大海》和《海的边缘》出版和发行期间，蕾切尔·卡森亲力亲为与出版社共同商定发行策略，并常常过问发行情况。

《寂静的春天》被蕾切尔·卡森戏称为一部"对抗地球之书"，蕾切尔·卡森深知该书一旦出版，她本人将会面临化学杀虫剂公司的抵制，甚至有可能会被起诉。此外，蕾切尔·卡森十分担心受众因受短期利益的诱惑而拒绝进行长远思考。

为了使读者更好地接受《寂静的春天》，蕾切尔·卡森在全书出版前的几个月先将其中的部分章节在拥有广泛读者基础的《纽约客》杂志进行连载。期刊连载不仅得到了有良知的科学家的赞赏与社会各界有识之士的支持，也引发了化学合成杀虫剂为主的化工企业和食品企业及相关协会的恐慌，而他们的反击也为该书的出版制造了舆论基础。

同年，《寂静的春天》正式出版后，立刻引发了公众热议，登上畅销书排行榜榜首，也引起了哥伦比亚广播公司（Columbia Broadcasting System，CBS）的关注。

CBS 作为当时美国国内覆盖面较广的广播公司，其受众多达上千万人，而其中许多人并没有读过《寂静的春天》。CBS 制作了关于"蕾切尔·卡森的《寂静的春天》"的节目，并于 1963 年 4 月 4 日在晚上的黄金时间播出。据 CBS 的预估统计，这个节目吸引了一千万到一千五百万的观众。[①] 广播传播进一步拓展了《寂静的春天》的受众。

综上所述，蕾切尔·卡森的《寂静的春天》等生态文学作品作为一种科学信息的载体进行传播时，使用了多渠道传播方式，使其影响力不断扩大。

（五）对科学传播的影响

蕾切尔·卡森以实际行动开创了科学信息类文章或书籍创作和传播的新模式，为其后的科学传播者树立了良好的榜样。

蕾切尔·卡森的《寂静的春天》，以严谨的科学态度、扎实的科学数据向人类展示了滥用科技对生态环境和人类造成的危害。在这种背景下，西方国家展开了轰轰烈烈的"公众理解科学"运动。

20 世纪 70 年代末，美国社会政治调查专家米勒开展了有关科学素养的调查，并提出科学素养维度的划分。

20 世纪 80 年代以来，美国推行了一些改革来促进公民科学素养的提高，其中以 1989 年美国科学促进会推出的"2061"计划最具影响力，提出该计划的目的在于使大多数孩子在 2061 年基本上都具备科学素养。

20 世纪 80 年代，英国皇家学会发布了《公众理解科学》的报告，该报告中的观点直接促成了科学传播"缺失模型"（Deficit Model）的形成。此外，英国自 20 世纪 80 年代以来，便有专门的旨在提高科学家媒体素养的项目，提升科学家与媒体、公众交流的能力。

进入 20 世纪 90 年代后，随着学术界对公众理解科学的进一步研究，

---

① CURTIN M. *Redeeming the Wasteland: Television Documentary and Cold War Politics*[M]. New Brunswick: RutgersUniversity Press, 1995: 216-245.

科学传播的参与对话模型得以形成。

自 21 世纪以来，在科学传播的对话背景下，越来越多的国家和民间组织着眼于提升科学家的媒体素养以加强公众对科学的理解。

以英国为例。

英国早在 1987 年即推出了名为"媒体奖学金计划"的项目，每年为包括自然科学家、社会科学家、医生和工程师等在内的具有不同学科背景和研究资历的研究人员提供去媒体单位、企业实习的机会。该项目的参与者会被派往知名电视台、报刊、广播等媒体工作，了解媒体的工作原理，学习如何向媒体介绍科学知识，并锻炼自身的写作能力。

除此之外，英国多家机构还针对科学家群体开设了一系列培训课程，例如，由经济社会研究理事（ESRC）开设的媒体培训课程（Media Training），旨在为从事社会科学研究的科学家提供初级、中级和高级媒体培训课程。又如，由英国皇家学会（Royal Society）为科学研究人员开设的寄宿课程（Residential Course），在付费情况下，对科学研究人员进行交流技巧课程（Communication Skill Course）和媒体技能训练（Media Skills Training）短期培训。再如，英国自然环境研究会（NERC）开设的公众参与培训（Public Engage ment Training），针对接受了 NERC 资助的学生和获得 NERC 资助的研究者进行免费培训，参与者能得到与全国顶尖报纸的优秀科学记者交流的机会。

近年来，为了更好地提升我国公众对科学的理解，我国有关部门和民间科学传播机构也开展了多项提高科学媒介素养的项目。例如，在 2011 年开展的由中国科学媒介中心、中科院研究生院科学传播中心等单位主办的"科学家—记者角色互换"项目，以及在 2012 年开展的由科学松鼠会等单位主办的"科学传播训练营"活动等。

综上所述，蕾切尔·卡森的生态文学作品对世界科学传播产生了极其深远的综合影响。蕾切尔·卡森自身具备的杰出的专业素养、文学素养以及传播技巧方式等至今仍然是世界各国科学家学习的榜样。

第三节 蕾切尔·卡森生态文学作品在中国的传播 与接受

蕾切尔·卡森的生态文学作品在全世界范围内获得了广泛的传播，本节重点对蕾切尔·卡森的《寂静的春天》这一生态文学作品在中国的传播与接受情况进行分析。

一、蕾切尔·卡森生态文学作品在中国的传播

蕾切尔·卡森作为 20 世纪五六十年代的畅销书作家，其早期的"海洋三部曲"的影响普遍集中于美国国内，而于 1962 年问世的《寂静的春天》的影响不仅限于美国国内，还被传播至世界各地，并在世界各国引发了巨大反响。

1963 年，《寂静的春天》在英国出版，上市一个月后，英国的上议院就针对《寂静的春天》展开了激烈辩论。与此同时，《寂静的春天》还被译成多种文字在世界各地流传开来。

蕾切尔·卡森的生态文学作品中最早传入中国的便是《寂静的春天》，纵观蕾切尔·卡森的《寂静的春天》在我国的传播，可以划分为三个阶段。

（一）第一阶段：改革开放至 20 世纪 90 年代中期

1.《寂静的春天》在我国学术期刊上的报道

1973 年，黄瑞纶在《农药》期刊上发表了《农药残留的控制与旧农药的取代》一文，这篇论文中首次出现了《寂静的春天》的书名。不过

该文章仅以《寂静的春天》作为引子，引出其所论述的内容，并未对此书的内容进行详细解释。

1978 年前，我国国内学者虽然已经关注到《寂寞的春天》在国际上的影响力，但学者还未对《寂寞的春天》进行系统的译介。直到 1978 年，吕瑞兰在《环境保护知识》期刊上发表了《寂寞的春天》的部分译文才改变了这种状况。

自 1979 年《寂静的春天》在我国出版后，关于《寂静的春天》的讨论文章越来越多。然而，从总体上看，这一时期，我国公众对《寂静的春天》的关注，还停留在初级阶段。这一时期，深入介绍《寂静的春天》思想和价值的文章多为国内学者翻译的外国学者的文章。国内学者在学术文章中涉及《寂静的春天》时大多将其作为引文使用，并未对《寂静的春天》的思想价值和重要观点进行详细论述。

2.《寂静的春天》在我国的出版

1973 年 8 月，我国召开了全国环境保护会议，会后，科学出版社决定出版《环境保护科普丛书》系列。鉴于《寂静的春天》在国际上的影响力，科学出版社于 1979 年出版了吕瑞兰翻译的《寂静的春天》，将其作为科普读物进行传播。

在 1979 年版《寂静的春天》译本的介绍中简明阐述了该书的内容：本书通俗地介绍了有关污染物的迁移、变化，阐述了天空、海洋、河流、土壤、动物、植物和人类之间的密切联系，重点介绍了农药对生物的危害。

然而，此版《寂静的春天》的销量不甚理想。此后，在较长一段时间内，我国其他出版社并未出版《寂静的春天》的中译本。

但是这段时间国内学术性期刊开始介绍并收录《寂静的春天》。

《寂静的春天》一书还被收录入 20 世纪八九十年代出版的《简明环境法辞典》《技术学辞典》《中国地学大事典》《国际法律大辞典》《经济活动国际惯例大辞典》等辞典类书籍，以及《地球家园：青少年环保科普读本》《环境保护纵横》《环境管理的原理和方法》等科普类书籍中。

纵观这一时期，蕾切尔·卡森及其生态文学作品在我国的传播尚处于初级阶段，无论是期刊论文还是著作翻译的数量均较少。

（二）第二阶段：20世纪90年代后期至2014年

20世纪90年代末，伴随着我国社会经济政策的变化，以及社会生态环境形势的变化，我国人民对社会生态环境的看法发生了较大变化。为了适应这一时期的多种变化，我国一些出版社开始系统翻译国外经典环境保护类书籍。《寂静的春天》作为其中的经典，获得了许多出版社的青睐，在无形中推动了蕾切尔·卡森的生态文学作品在我国的传播进入快速发展期。

1997年，位于长春的吉林人民出版社出版了吕瑞兰和李长生翻译的《寂静的春天》，该书作为吉林人民出版社《绿色经典文库》其中一册得以出版。

1999年，中国社会出版社再版了吕瑞兰、李长生翻译的《寂静的春天》，该书隶属于《旷世名典》丛书。

进入21世纪后，京华出版社、广东经济出版社、学苑音像出版社、内蒙古教育出版社、湖南科学技术出版社、上海译文出版社、天津人民出版社、新世界出版社共出版了10多种《寂静的春天》译本。

纵观这一时期蕾切尔·卡森的生态文学作品在我国的传播，较之前一阶段获得了较快发展。

（三）第三阶段：2015年至今

从2015年至今，蕾切尔·卡森的《寂静的春天》在我国的传播范围越来越广泛，相关翻译也越来越多，每年多个出版社面向多样化的人群，竞相出版不同译本的《寂静的春天》，并将其收录进各类丛书中。由此可见，蕾切尔·卡森的《寂静的春天》在我国的传播已然进入繁盛期。

伴随着《寂静的春天》在我国的传播，蕾切尔·卡森的个人传记及其他生态文学作品也逐渐在我国传播开来。

蕾切尔·卡森的生态文学作品在中国的传播是一种渐进式的传播。《寂静的春天》作为一本影响世界的环保作品最先在我国传播开来，之后，蕾切尔·卡森的个人传记和其他生态文学作品才陆续传入中国。

二、蕾切尔·卡森生态文学作品在中国被接受的过程

蕾切尔·卡森的生态文学作品传播到中国后，经历了一个被逐渐接受的过程。

1973 年，黄瑞纶发表的《农药残留的控制与旧农药的取代》中首次出现了《寂静的春天》的书名，但黄瑞纶并没有对《寂静的春天》的内容进行详细介绍，也并不完全认同蕾切尔·卡森的观点。在此之后，我国许多学者尝试将《寂静的春天》的部分章节翻译并在期刊上发表。1979 年，北京科学出版社出版了吕瑞兰翻译的《寂静的春天》的全译本，为我国民众详细了解蕾切尔·卡森及其著作《寂静的春天》奠定了基础。同年，农业出版社出版了《世界农业》辑录，收集了 20 世纪世界各国学者关于农业研究的文章，《寂静的春天》也名列其中。

进入 20 世纪八九十年代之后，关于《寂静的春天》的讨论声越来越多，许多学者开始有意识地在期刊上介绍《寂静的春天》。然而，更多的期刊文章仍然将《寂静的春天》作为一个引子，起到引出论题的作用。

自 20 世纪 70 年代以来，蕾切尔·卡森的生态文学作品《寂静的春天》先在生物、化学、农业、林业等科技工作者中传播并被接受，之后作为一种环境保护的新思想被收录在各类辞典中。

20 世纪 90 年代中后期，伴随着《寂静的春天》在我国的传播，其受众群体也逐渐增多。例如，山西教育出版社出版的专门面向青少年的《地球家园 青少年环保科普读本》、科学普及出版社出版的《新世纪科

技知识读本：小说高年级版》、广西民族出版社出版的《大学语文新编》中均出现了《寂静的春天》的介绍和节选章节。由此可见，《寂静的春天》开始向青少年传播，并被青少年所接受。

此外，江苏科学技术出版社出版的《现代公民科普教育读本：农村版》中也收录了《寂静的春天》。由此可以看出，20 世纪 90 年代末，蕾切尔·卡森的《寂静的春天》也开始被非科技人员接受。

1999 年，随着蕾切尔·卡森的传记在中国的出版，中国读者更详细地了解了蕾切尔·卡森其人其事，以及其创作《寂静的春天》的背景和《寂静的春天》出版后的影响。这些传记为读者重新评估《寂静的春天》的影响力和价值奠定了重要基础。

进入 21 世纪后，随着蕾切尔·卡森的个人传记、《寂静的春天》及"海洋三部曲"的出版和传播，蕾切尔·卡森及其生态文学作品在我国的接受人群越来越广泛，影响力也越来越大。

（一）《寂静的春天》作为大中小学生教材配套读物出版

早在 20 世纪 90 年代，《寂静的春天》已经开始被纳入大学或中学的部分教材或课外读物。进入 21 世纪后，越来越多的出版社开始在面向大中小学生的教材配套读物或课余读物中收录《寂静的春天》。

（二）《寂静的春天》成为环境领域的读物

2001 年团结出版社出版的《科学的力量：科学家推荐的 20 世纪科普佳作》、华夏出版社出版的《20 世纪环境警示录》《环境教育资源》；2002 年新华出版社出版的《发展的代价 2：科技篇》、中国华侨出版社出版的《青年必读科学名著手册》、上海人民出版社出版的《绿色生活手册》、国家行政学院出版社出版的《善待地球：共同的家园》、高等教育出版社出版的《环境学》、海洋出版社出版的《金蜜蜂自然科学文库》丛书中的《环境的狂澜》等著作中均收录了《寂静的春天》，并对其作用进行了评价。

之后，多个出版社把《寂静的春天》作为环境著作收录在各种环境类套系书中。

（三）《寂静的春天》作为文学读物被普及和接受

21世纪《寂静的春天》的受众群体范围更加广泛，不仅作为科普著作进行传播，大、中、小学的教材和配套阅读中也出现了《寂静的春天》的节选以及全译本。此外，《寂静的春天》还作为文学著作和公务员知识书籍进行传播。由此可见，蕾切尔·卡森和她的《寂静的春天》在我国经历了受众群由小到大、由少数到大众的变化，从侧面反映了蕾切尔·卡森及其生态文学作品在我国的发展历程。

第四章　蕾切尔·卡森生态思想形成的渊源与背景

第一节　蕾切尔·卡森生态思想形成的理论渊源

蕾切尔·卡森的生态思想并不是毫无根源的，其思想与西方生态思想一脉相承。本节主要对蕾切尔·卡森的生态思想形成的理论渊源进行研究。

一、蕾切尔·卡森生态思想形成的哲学渊源

蕾切尔·卡森的生态思想与西方哲学思想渊源颇深。

早在公元前6世纪，阿那克西曼德即指出自然规律具有不可抗拒性，强调自然规律是一种终极的正义，无论人还是神均必须服从这种正义。

毕达哥拉斯反对人类虐待动物，并且从人与自然界动物的关系联想到人与人的关系。

赫拉克利特重视自然规律，强调人类应当遵守自然规律。

巴门尼德在关注自然整体的同时，强调整体的内部联系。

狄奥根尼倡导回归自然，并且身体力行，蔑视征服和扭曲自然的文明，追求质朴纯真、与自然和谐相处的简单生活。

古希腊数学家、哲学家芝诺也倡导人与自然的和谐相处。

古希腊哲学家和科学家泰奥弗拉斯托斯出版了两本植物学著作：《植物史》和《植物生长的原因》，两部著作包含了对植物的广泛的观察结果，涉及形态学、解剖学、病理学、育种和嫁接、农作物轮作和医学疗效等方面的知识，其中还最早提到给海枣授粉，并讨论了植物的性别问题。他被尊为"植物学之父"，其在著作中认可并强调人与自然相互依赖的关系。

古罗马哲学家普罗提诺把自然视为生命的整体，其著作《自然史》中对人类贪婪开采地球资源的行为进行了批判。

意大利植物分类学家安德烈亚·切萨尔皮诺于 1563 年整理了一部包含 768 种植物的样本集，并且在著作中提出了尊重自然万物的思想。

英国 17 世纪哲学家约翰·洛克对人类摧残动物的行为进行了批判。

沙夫茨伯里在《人的特征、风习、见解和时代》中坚持自然整体观，强调人不能主宰自然。

托马斯·罗伯特·马尔萨斯的代表作《人口原理》对人口增长与食物供应的关系进行了揭示，对人口无限的可能性提出了质疑。其著作对达尔文等学者起到了重要影响。

18 世纪法国启蒙思想家和哲学家亨利希·梯特里希，别名保尔·昂利·霍尔巴赫在其著作《自然的体系》中对自然与人类文化的健康发展和人类的永久幸福之间的关系进行了论述，肯定了自然对人类世界的影响和意义。

19 世纪，伴随着达尔文生物进化论的提出，越来越多的哲学家意识到人与其他生物的相同性，呼吁人类应当保护自然生物。

例如，19世纪英国哲学家、植物学家杰里米·边沁在其《英国植物区系手册》《植物属志》等著作中阐释了人与动植物之间的关系。

19世纪德国哲学家阿图尔·叔本华强调了人对自然的伦理道德。

19世纪德国哲学家弗里德里希·威廉·尼采明确指出人不是万物之冠。

19世纪法国经济学家皮埃尔－约瑟夫·蒲鲁东强调人与自然的密切结合，以及崇尚自然的正义和平等。

这些西方哲学思想为蕾切尔·卡森生态思想的形成奠定了重要的哲学基础。

二、蕾切尔·卡森生态思想形成的生态学理论渊源

蕾切尔·卡森作为生物学研究人员接受过系统的生物学教育。西方的生态学理论对其思想产生了重要影响。

18世纪的生物学家理查德·布拉德利在其著作《种植和园艺的新进展》和《生态学背景》等文章中强调了个别生命对其他生命的依赖。

18世纪瑞典植物学家卡尔·冯·林奈在《自然系统》《植物属志》《植物种志》等著作中提出了"自然共同体"和自然循环过程的学说。

18世纪林奈学派A.O.洛夫乔伊提出了"生命链"（Chain of Being）这一术语。

18世纪英国生态学家吉尔伯特·怀特一生生活在英国汉普郡的塞尔伯恩教区，日复一日地观察着塞尔伯恩动物景物的变化，他与两位朋友的通信形成了他一生唯一一部作品——《塞尔伯恩自然史》（*The Natural History and Antiquities of SelbomebyRev*）。在这些信里，他以精简细腻的语言描述了塞尔伯恩的地理位置、土壤特点、林木植被、化石种类、石料使用、降雨量、生产习惯、人口变化、猎场动物和湖泊名迹等，他在信中强调了微小的生物对自然经济体系来说也十分重要。

18 世纪林奈学派约翰·布鲁克纳提出了"生命网"（Web of Life）的观点，将自然比喻为一种奇特结构的网。

19 世纪查尔斯·罗伯特·达尔文进化论的提出，对生态哲学思想的发展起到了极其重要的推动作用，让人们意识到人与其他生物在生物学上有着共同的根源，为将人类对人的关怀扩大到所有生命起到了重要推动作用。

除了以上两方面的内容之外，蕾切尔·卡森的生态思想并不是天生的，而是她在学习和工作以及野外实践中逐渐建立起来的，其间也受到了其他哲学理论和生态学理论的重要影响。

第二节　蕾切尔·卡森生态思想形成的科学背景

蕾切尔·卡森的《寂静的春天》等生态文学作品中反映了其独特的生态思想，而蕾切尔·卡森生态思想的形成和确立是建立在 20 世纪自然科学研究的成果基础之上的。从这一视角来看，自然科学在 20 世纪取得了快速发展，这是蕾切尔·卡森生态思想形成的科学背景。本节主要从生物科学和土壤科学视角对蕾切尔·卡森生态思想形成的科学背景进行分析。

一、生物科学的发展

19—20 世纪，生物科学获得了突飞猛进的发展。

（一）进化论的提出与发展

18世纪，德国哲学家伊曼努尔·康德在其著作《一般的自然史和天体论》中提出了星系演化观。

18世纪法国著名数学家、科学家莫泊丢提出生物起源是一种自然发生的现象。博物学家布封毕生从事博物学的研究，创作了三十六册的巨著《自然史》，其中包括地球史、人类史、动物史、鸟类史和矿物史等几大部分，综合了无数的事实材料，对自然界做了精确、详细、科学的描述和解释，提出许多有价值的创见。他们的思想和研究为进化论的提出奠定了重要基础。

法国博物学家让·巴蒂斯特·拉马克在其著作《动物学哲学》（*Philosophie zoologique*）中系统地阐述了他的进化理论，即通常所称的拉马克学说，其中提出了用进废退与获得性遗传两个法则，并认为这既是生物产生变异的原因，又是适应环境的过程。这一学说为查尔斯·罗伯特·达尔文进化理论的产生提供了一定的理论基础。

英国生物学家查尔斯·罗伯特·达尔文在发表于1859年的《物种起源》（全名《论依据自然选择即在生存斗争中保存优良族的物种起源》）中系统阐述了生物进化理论。在该书中，达尔文根据20多年积累的对古生物学、生物地理学、形态学、胚胎学和分类学等许多领域的大量研究资料，以自然选择为中心，从变异性、遗传性、人工选择、生存竞争和适应等方面论证物种起源和生命自然界的多样性与统一性，开创了生物学发展史上的新纪元，引发了整个人类思想的巨大革命。

继达尔文的《物种起源》之后，生物学界掀起了进化论研究的热潮。这一热潮推动了生物学诸多学科的发展（表4-1）。

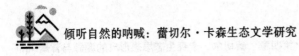

表 4-1　达尔文之后的进化论发展一览表

序　号	生物学家	观　点
1	德国博物学家恩斯特·海因里希·菲利普·奥古斯特·海克尔	其在《普通形态学》中首次提出"生态学"的概念
2	德国动物学家魏斯曼	提出了新达尔文理论，强调达尔文学说中的生存斗争原理，对有关达尔文的变异及其遗传的理论进行了修改
3	美国古生物学家爱德华·德林克·科普	倡导新马拉克主义学说，即强调生物进化的垂直方向，主张生物的用进废退和获得性遗传观点
4	美国昆虫学家 A．S．派卡特	
5	美国动物学家和古生物学家阿尔普斯·海亚特	
6	荷兰植物学家和遗传学家德弗里斯	倡导突变论，德弗里斯的《突变论》和 R.托姆的《结构稳定性和形态发生学》强调了物种进化的突变机制
7	法国数学家 R.托姆	
8	杰弗罗依·圣西莱尔	从古生物学的视角倡导跳跃进化理论
9	R．A．冯科利克	

序　号	生物学家	观　点
10	瑞典植物育种学家 H. 尼尔逊 - 艾尔	意识到生物进化是一种群体现象，应当从群体的视角进行解释，提出了群体进化论，强调群体中的个体的差异性
11	美国 E. M. 伊斯特	
12	H. S. 詹宁斯	
13	W. E. 卡斯特尔	
14	德国的 E. 拜尔	
15	诺顿	
16	G. H. 哈迪和 W. 温伯格	
17	朱丽安·赫胥黎等	1937 年杜布赞斯基的《遗传学与物种起源》、1940 年 J. 赫胥黎的《进化：现代的综合》、1942 年 E. 迈尔的《系统学与物种起源》、1944 年 G.G. 辛普森的《进化的速度和节奏》、1950 年 G.L. 斯特宾斯的《植物的变异与进化》等著作中提出或发展了综合进化论（又称现代达尔文主义），或新达尔文主义，该理论将达尔文的自然选择学说与现代遗传学、古生物学以及其他学科的有关成就综合起来，用以说明生物进化、发展的理论
18	A.I. 奥巴林	《生命起源》《地球上生命的起源》中提出地球上生命起源于非生命物质的一种假说，后来该假说逐步发展成了影响力巨大的生命起源学说之一

关于生物进化理论的分支庞大，极其复杂，这些理论的提出，对于科学家研究和探讨生命起源以及生物进化有着极其重要的作用，也为蕾切尔·卡森生态文学的创作奠定了理论基础。

（二）生物遗传变异理论

1854 年，G.孟德尔开始进行植物杂交实验，其于 1866 年发表了论文《植物的杂交实验》，其中提到的"分离律"和"自由组合律"这两个遗传定规律，为现代遗传学的建立奠定了基础，被称为孟德尔定律，他本人被誉为现代遗传学的奠基人。

英国遗传学家 W.贝特森在 1905 年写给亚当·塞奇威克的信中首次创造了"遗传学"（Genetics）一词，并且在孟德尔定律被重新发现后，将其通俗化。

除此之外，美国科学家 W.萨顿、E.B.威尔逊、德国动物学家 T.鲍维里相继于 1902 年、1903 年和 1904 年提出遗传因子和染色体有关的设想。

1905 年，丹麦植物学家威尔赫姆·路德维希·约翰逊在《遗传学原理》一书中提出"基因"的概念，以此来替代孟德尔假定的"遗传因子"。

美国遗传学家 T.摩尔根的《遗传与进化》《遗传和性别》《孟德尔式遗传学机制》《基因论》等著作为生物遗传学的发展起到了巨大的推动作用。

1927 年美国遗传学家 H.J.马勒发现了 X 射线的诱变作用。这个研究结果不但有助于研究基因的本质和基因如何控制代谢作用及个体发育，有利于通过突变基因进行染色体结构分析研究，而且在诱变育种发展农业生产方面也有重要意义。

生物遗传变异理论的研究成果对作为生物学家的蕾切尔·卡森的研究和生态文学创作产生了重要影响。例如，她在《寂静的春天》的第三章《死神的特效药》的末尾指出：

除草剂中有一类被标为"突变剂"的药物，具有改变基因的能力。放射性物质对基因造成的影响令我们惊恐，人类亲手在环境中广泛施洒具有同样危害的化学药物，我们怎能熟视无睹？

在这里，蕾切尔·卡森强调了除草剂中包含改变生物基因的物质，由此可见，其对生物进化理论以及生物遗传变异理论的熟知与运用。

（三）分子生物学的发展

1869 年德国科学家弗雷德利息·米歇尔首次发现了核酸。

1909 年，伽罗德在《先天性代谢差错》一书中描述了黑尿病基因与尿黑酸氧化酶的关系，首次将人类疾病、生化代谢和遗传学联系在一起。

1941 年 G.W. 比德尔与 E.L. 塔特姆一起提出"一个基因一种酶"的假说，认为基因是通过酶来起作用的。

20 世纪 40 年代，汉墨林和布拉舍分别发现伞藻和海胆卵细胞在除去细胞核之后，仍然能进行一段时间的蛋白质合成。

1947 年，法国科学家布瓦旺和旺德雷利在当年的《实验》杂志上联名发表了一篇论文，讨论 DNA、RNA 与蛋白质之间可能的信息传递关系。

1958 年，英国生物学家弗朗西斯·哈利·康普顿·克里克提交给实验生物学会一篇题为《论蛋白质合成》的论文。在这篇论文中，克里克正式提出遗传信息流的传递方向是 DNA → RNA →蛋白质，后来被称为"中心法则"（The Central Dogma of Molecular Biology），用以表示生命遗传信息的流动方向或传递规律。这是现代生物学中最重要最基本的规律之一，在探索生命现象的本质及普遍规律方面起了巨大的作用，极大地推动了现代生物学的发展，是现代生物学的理论基石，并为生物学基础理论的统一指明了方向，在生物科学发展过程中占有重要地位。

20 世纪 60 年代之前，分子生物学作为生物学理论的前沿知识对身为生物学家的蕾切尔·卡森的研究和生态文学创作产生了较大影响。

（四）生态学的发展

20 世纪 60 年代前生态学的发展取得了巨大成就，主要表现在种群生态学的兴起与发展方面。

种群是占据一定空间的同种有机体的集合群。种群除了具有与组成种群的有机体共有的生物学特征以外，还具有统计学意义上的群体特征。

种群生态学主要运用数学方法研究种群的群体特征，如出生率、死亡率、种群密度和数量动态，使生态学不只停留于对现状的描述，而追求对理论的抽象和解释。

种群生态学建立在人口理论基础之上。1798 年，英国政治经济学家 T.R 马尔萨斯出版了《人口论》（*Essay on the Principle of Population*），为种群生态学的研究奠定了基础。

1838 年，比利时统计学家弗莱斯特提出了有限环境中种群增长的基本方程——逻辑斯蒂方程，然而这一发现在当时并没有引发科学界的重视。

1920 年，珀尔和里德再次发现了逻辑斯蒂方程，并用酵母菌进行实验，验证了这一方程，引发了生态学家对种群生态学研究的兴趣。

1925 年和 1926 年，美国统计学家阿弗雷德·洛特卡和意大利数学家、物理学家维多·沃尔泰拉分别提出了生物种群之间的竞争模型，之后被命名为洛特卡－沃尔泰拉竞争模型（Lotka–Volterra Equations）。该模型又称为掠食者——猎物方程。其由两条一阶非线性微分方程组成，经常用来描述生物系统中掠食者与猎物进行互动时的动力学，也就是两者族群规模的消长。

除此之外，关于种群数量的调节现象，科学家们根据田野调查研究数据提出了种种理论。

例如，1911 年，L.O.霍华德和 W.F 菲斯克进行寄生虫防治森林害虫舞毒蛾和棕尾毒蛾实验，将造成昆虫种群死亡率增加的因素分为灾变性的（catastrophic）（主要是气候因素，与种群密度无关）和选择性的（alternative）（死亡率随密度增加而增加的因素，如寄生等）。后来被改称为密度制约因素和非密度制约因素，还发现有逆密度制约因素，这一发现被认为是种群调节的生物学派（Bioticschool）的雏形。

1928 年，德国博登海默提出天气条件通过影响昆虫的发育与存活来决定种群密度。这一发现被认为是气候学派诞生的标志。

1933 年，澳大利亚经济昆虫学家 A.尼克尔森在《动物生态学杂志》上发表了一篇关于动物种群平衡的文章，认为动物种群在正常情况下是处于平衡之中，并在有限的范围内活动的。他认为种群是一个自我管理系统，必然存在着一个平衡密度，而这个密度是由生物的捕食、寄生、竞争等密度制约因子来调节的。他反对气候因子决定动物种群密度的观点，认为气候只能改变种群密度，不能决定这些密度是怎样维持平衡状态的。只有密度制约因子能决定种群密度，当密度高时，作用上升；密度低时，作用降低。之后，H.史密斯和 D.莱克均通过实验支持了 A.尼克尔森的学说。

1938 年英国生态学家鲍里斯·彼得洛维奇·尤瓦洛夫出版的《花虫与气候》一书总结了气候因素对昆虫出生率、生长率、产卵率和死亡率的影响，强调了野外种群的不稳定性。

这些观点不同的学者在 20 世纪 50 年代有过大量专业的争论，对于推动种群生态学的发展起到了较大作用。

从 1950 年开始，克利斯蒂发表了一系列文章，阐述了内分泌对调节种群的作用。

1960 年，D.H.奇蒂提出种群数量可通过自然选择压力和遗传组成的改变得到调节，种群内的遗传多型是遗传调节的基础。

综上所述，自 20 世纪初至 20 世纪 60 年代，《寂静的春天》出版之前，许多科学家通过大量实验对生物种群的调节机制进行了研究。由于生物本身的多样性，以及生态学研究的复杂性和艰巨性，科学家们对生物种群的调节机制提出了不同的观点，这些研究成果以及观点的交锋，为蕾切尔·卡森创作《寂静的春天》等生态文学作品奠定了科学的基础。

蕾切尔·卡森的《寂静的春天》的第十六章《轰隆隆的雪崩声》中用一系列例证对 DDT 等化学合成杀虫剂对昆虫种群的影响进行了研究。她的这一研究，和如上所说的科学家的研究不无关系。

二、土壤科学的发展

土壤是地球表面岩石风化体及其再搬运沉积体在地球表面环境作用下形成的疏松物质，由岩石风化而成的矿物质、动植物，微生物残体腐解产生的有机质、土壤生物（固相物质）以及水分（液相物质）、空气（气相物质），氧化的腐殖质等组成。

1840 年德国化学家尤斯图斯·冯·李比希男爵出版了名为《化学在农业和生理学上的应用》一书中，提出了"矿质营养学说"（土壤是植物养分的贮存库，植物靠吸收土壤和肥料中的矿质养分而滋养）和"养分归还学说"（植物长期吸收消耗土壤中的矿质养分，会使土壤库中的矿质养分越来越少，为了弥补土壤库养分储量的减少，可以通过施用化学肥料和轮栽等方式如数归还给土壤，以保持土壤肥力的永续不衰）。

19 世纪后半叶，德国地质学家 F. A. 法鲁、F.V. 李希霍芬提出了"农业地质"（agro-geology）一词，提出了农业地质土壤学观点，开辟了从矿物学研究土壤的新领域，加深了对土壤的基本"骨架"矿物质的认识，揭示了风化作用在土壤形成中的作用。

1883 年，道库恰耶夫完成博士论文《俄国黑钙土》，指出土壤是岩石在水、空气、植被、地形和时间影响下形成的特殊的、独立的历史自然体。1886 年道库恰耶夫开创科学的土壤分类方法。道库恰耶夫不仅对土壤学和土壤地理学做出了杰出贡献，而且通过对土壤发生学的研究，揭示了地球表面土壤的地带性分布规律与纬度及气候带的一致性，提出了水平地带性和山区随海拔高度而变的垂直地带性规律。1860 年美国 E.V. 赫格德提出了有关土壤及其形成的重要概念。

20 世纪前土壤研究的各种理论为近代土壤科学的发展奠定了重要基础。

20 世纪初，国际土壤学会成立，极大地促进了土壤学的发展。

20 世纪 30 年代，通过胶体化学、微生物学的发展，开始建立了土壤化学、土壤物理化学及土壤微生物学。

俄罗斯土壤学家威廉斯提出了土壤生物—有机体及土壤肥沃性的概念，并创立土壤生物学，这被认为是近代土壤学发展的一个里程碑。

20 世纪前土壤科学的发展为蕾切尔·卡森对生物的研究以及生态文学的创作奠定了重要基础。

例如，蕾切尔·卡森《寂静的春天》的第五章《土壤王国》即对土壤的形成进行了深入分析，并运用土壤科学对化学合成杀虫剂对土壤以及土壤生物的影响进行了分析。

除了生物科学和土壤科学之外，20 世纪 60 年代前的海洋科学、化学以及动物学、植物学等学科的发展与研究均为蕾切尔·卡森的生态研究和生态文学的创作奠定了不可或缺的科学背景。

第三节　蕾切尔·卡森生态思想形成的社会背景

19世纪末20世纪初，英国、日本以及美国等一些国家均发生了震惊世界的生态事件。这些事件均为蕾切尔·卡森生态思想的形成奠定了重要的社会背景。

一、世界环境公害事件频频发生

20世纪上半叶，伴随着人类社会的快速发展，人类对资源的获取方式更加多样化，然而在人类社会快速发展的同时，发生了一系列震惊世界的环境公害事件（表4-2）。

表4-2　20世纪上半叶重大世界环境公害事件一览表

序　号	事件名称	事件经过
1	比利时的马斯河谷事件	1930年12月1日，大雾笼罩着比利时国土，特别是长20千米、宽1～2千米、深60～80米的狭长的马斯河谷，浓雾弥漫，导致马斯河谷工业区内众多工厂排放出的大量含有有害气体和粉尘的烟雾在河谷上空无法扩散。12月3日，雾越来越浓，沿马斯河谷居住的6 000多居民，几乎在同一时间生病。病人都感到呼吸急促，咳嗽不止，口吐泡沫样痰，继而吐脓样痰块。很多人胸闷心悸，恶心呕吐。仅一个星期内就有60多人死亡，是同期正常死亡人数的十多倍。其中以心脏病、肺病患者死亡率最高。许多家畜也未能幸免于难，纷纷死亡

续　表

序　号	事件名称	事件经过
2	洛杉矶光化学烟雾事件	1942 年、1954 年及 1955 年 8 月底到 9 月底，美国西海岸的洛杉矶市的居民纷纷患病。病症主要是眼部刺痛，患者眼睛红肿流泪并伴有灼热感，此外，当地还流行支气管炎和哮喘病，死亡率很高，特别是 1954 年和 1955 年发生的流行病，流行期间，每天有 30 ~ 317 人死亡，前后死亡 4 000 人以上。后经各方面专家调研发现，该事件的元凶是一种光化学烟雾，就是汽车尾气在强烈的太阳光紫外线作用下，生成的刺激性化合物——臭氧、氮氧化合物的 PAN（过氧乙酰硝酸酯）造成的
3	美国多诺拉烟雾事件	1948 年 10 月底，在美国宾夕法尼亚的多诺拉市的莫诺戈亥拉河谷约 5 千米长的河岸上，建立了许多工厂，有炼钢厂、大型冶炼厂、硫酸厂、电线厂等。来回运输的卡车沿两岸奔驰，以燃煤为动力的蒸汽机车朝天空喷吐着浓浓的黑灰色烟云，工厂的烟囱排放的浓烟和机车喷出的滚滚浓烟像厚厚的被子将深深的河谷严严实实地封住，因为烟云的比重总比清洁的空气的比重大得多。12 月 26 日，气温突变，天气很冷，风速几乎为零，河谷里持续的浓雾形成封闭的烟雾层。整整 5 天里，空气充满刺鼻的硫黄味。河谷里有 5 910 人生病，患者高达居民总数的 42%。多诺拉全城 14 000 人中有 6 000 人眼痛、喉咙痛、头痛胸闷、呕吐、腹泻，17 人死亡
4	伦敦烟雾事件	1952 年 12 月，英国的雾都伦敦，由于天气寒冷而潮湿，为了取暖，居民的壁炉燃烧的时间不断延长。伦敦一向以雾都著称，大雾与这个城市齐名。此时，静风，空气的流动近乎停止。从 12 月 4 日到 9 日，整个城市笼罩在潮湿的烟云里。大雾和烟云的混合物遮天蔽日，在 30 多千米的半径范围内，能见度很低，交通事故不断，泰晤士河上雾更浓，一艘轮渡撞在停泊在河岸边的船上。更惨的是伦敦居民，他们大都害了重病。祸首是燃煤排放的粉尘和二氧化硫。烟雾逼迫所有飞机停飞，汽车白天开灯行驶，行人走路都困难。烟雾事件使呼吸道疾病患者猛增，5 天内有 4 000 多人死亡，两个月内又有 8 000 多人死去

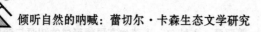

续　表

序　号	事件名称	事件经过
5	日本熊本水俣病事件	1953～1956年间，日本九州岛海岸城市熊本县水俣镇的猫纷纷跳海自杀。1956年，出现了与猫的症状相似的病人。因为开始病因不清，所以用当地地名命名。经专家鉴定，这种病是由于水俣湾的水被汞污染，并通过食物链进入家猫和人体所致
5	日本神东川的骨痛病	在日本富川平原上有一条河叫神东川。多年来，两岸居民用河水灌溉农田，使万亩稻田飘香。自从三井矿业公司在神东川上游开设了炼锌厂后，发现有死草现象。1955年以后就流行一种不同于水误病的怪病。对死者解剖后发现全身多处骨折，有的达73处，身长也缩短了30厘米。这种起初不明病因的疾病就是骨痛病。直到1963年，方才查明，骨痛病与三井矿业公司炼锌厂的废水有关。原来，炼锌厂成年累月向神东川排放的废水中含有金属镉，农民引河水灌溉，便把废水中的镉转到土壤和稻谷中，两岸居民饮用含镉之水，食用含镉之米，便使镉在体内积存，最终导致骨痛病
5	日本四日市事件	四日市位于日本东部海湾。1955年这里相继兴建了十多家石油化工厂，化工厂终日排放的含 SO_2 的气体和粉尘，使昔日晴朗的天空变得污浊不堪。事件期间四日市每年 SO_2 和粉尘排放量达13万吨之多，大气中 SO_2 浓度超过标准5—6倍，烟雾厚达500米，其中含有害的气体和金属粉尘。1961年，呼吸系统疾病开始在这一带发生，并迅速蔓延。据报道，患者中慢性支气管炎占25%，哮喘病患者占30%，肺气肿等占15%。1964年这里曾经有3天烟雾不散，哮喘病患者中不少人因此死去。1967年一些患者因不堪忍受折磨而自杀。1970年患者达500多人。1972年全市哮喘病患者871人，死亡11人
5	日本米糠油事件	米糠油事件发生在日本九州爱知县一带。生产米糠油时，在脱臭的工艺中，使用多氯联苯做载体。由于生产的失误，致使米糠油中混入了多氯联苯，结果有1 400人食用后中毒。4个月后，患者猛增到5 000余人，并有16人无故丧生。这期间实际受害人在13 000人以上，而且由于使用米糠油中的黑油制作家禽饲料，造成数十万只鸡死去

续　表

序　号	事件名称	事件经过
5	切尔诺贝利核泄漏事件	1986 年 4 月 26 日凌晨 1 时，距切尔诺贝利 14 千米的核电厂第 4 号反应堆发生可怕的爆炸，一股放射性碎物和气体 (包括碘 131、铯 137、锶 90) 冲上 1 千米的高空。这就是震惊世界的切尔诺贝利核污染事件。事件发生以后，核电站 30 千米范围内的 13 万居民不得不紧急疏散。这次核泄漏造成苏联 1 万多平方千米的领土受污染，其中乌克兰有 1 500 平方千米的肥沃农田因污染而废弃荒芜。被污染的农田和森林面积大约相当于美国弗吉尼亚州的面积。乌克兰有 2 000 万人受放射性污染的影响。截至 1993 年初，大量的婴儿畸形或残废，8 000 多人死于和放射有关的疾病。其远期影响在 30 年后仍会发生作用
5	印度博帕尔事件	1984 年 12 月 3 日，美国联合碳化公司在印度博帕尔市的农药厂因管理混乱，操作不当，致使地下储罐内剧毒的甲基异氰酸酯因压力升高而爆炸外泄。45 吨毒气形成一股浓密的烟雾，以每小时 5 000 米的速度袭击了博帕尔市区。这次事件造成死亡近两万人，受害 20 多万人，5 万人失明，孕妇流产或产下死婴，受害面积 40 平方千米，数千头牲畜被毒死

　　20 世纪上半叶世界环境公害事件引发了许多国家对生态环境的关注。

二、人类对太空的探索

　　1961 年的 4 月 12 日，宇航员尤里·加加林乘坐"东方 1 号"飞船登上太空，实现了人类首次遨游太空的壮举。

　　人类从太空中第一次完整地看到了自己居住的地球——由云彩、海洋、大地和绿色组成的一颗普通的小行星。这表明地球的空间和资源都是有限的，容量有限的地球不可能忍受过大的冲击和压力。至此，人类对生存环境的认知有了质的飞跃。

综上所述，20 世纪 60 年代前，西方社会在快速发展的过程中频频发生世界环境公害事件，再加上人类对太空的探索，均促使人类对人与自然的关系进行重新思考，为蕾切尔·卡森的生态文学创作奠定了不可或缺的社会基础。

第五章 蕾切尔·卡森文学作品中的生态思想

第一节 人与自然共生思想

蕾切尔·卡森的生态文学作品在对自然生物以及自然生物的生存环境进行描写的同时，也对人与自然的关系进行了深入思考，表现出鲜明的人与自然共生思想。本节主要对此进行分析。

一、人与自然共生思想的提出与内容

共生是指生物间的一种互利并促使彼此生长的关系。人与自然共生思想即是指人与自然互利并促使彼此生长。

（一）人与自然共生思想的提出

人类是大自然的产物，人类的发展从某种意义上来看即是一部人类不断适应自然和改造自然，探索人与自然共生的历史（表5-1）。

表5-1　人与自然关系的历史演变一览表

阶　段	时　间	说　明
人与自然的原始共生阶段	原始社会时期	由于生产力低下，生产工具简陋，人类对自然的依赖较强，无力对自然进行改变
人类顺应自然的阶段	进入新石器时代	伴随着冶铜、冶铁行业的发展，人们使用铜和铁制作了大量农业工具，为原始人开辟荒野和修渠造田提供了可能性，同时推动了原始农业的发展，这一时期，人类的生产工具较之前取得了较大进步，人与自然的关系发展为人类顺应自然的阶段
人类改造自然的阶段	封建社会以后	新石器时代以来，尤其是近现代以来，伴随着科学技术的发展，人类对自然的改造力度越来越大，人类不仅对地表的自然风貌进行改变，而且还通过挖掘地下石油、开采深海矿藏、填海造陆等手段对自然进行深度改造

　　人与自然共生思想可以追溯到古代文明，不同文化和地域都有对人与自然关系的独特见解。

　　近现代以来，随着社会工业化、城市化的发展环境问题日益严重，人与自然共生的理念逐渐受到大众的广泛关注。许多哲学家、学者和环保活动家提倡开始重视和提倡人与自然共生思想，认为人类应当与自然和谐相处，共同维护地球生态系统的平衡。例如，19世纪末至20世纪初，美国自然主义作家和环保倡导者约翰·缪尔在其作品中提出人类应当尊重大自然，保护生态环境。

（二）人与自然共生思想的内容

人与自然共生思想旨在寻求人与自然的正确关系的途径。其内容主要包括以下几个方面。

1. 技术圈与生物圈共生

技术圈与生物圈共生是指在科技发展的过程中，人类努力保护生态环境，使技术进步与生物圈的可持续发展相互促进、和谐共生。

1945 年，苏联矿物学家、地球化学奠基人之一弗拉基米尔·伊万诺维奇·维尔纳茨基提出地球生物圈理论，其在 20 世纪初提出了生物圈概念，认为地球上所有生命共同构成一个独立的生态系统，与大气层、水圈和地壳相互影响、共同演化，强调生物圈与其他地球系统的相互作用，指出人与自然关系的道路应当是人与自然共同把生物圈建设成"智慧圈"的道路。

弗拉基米尔的理论引发了人们对技术圈与生物圈共生的思考。后来的科学家在弗拉基米尔的理论基础上，进一步探讨了如何在科技发展中保护生态系统。

其后，马克西莫夫在此理论的基础上，将"智慧圈"具体化，提出了"技术圈"的概念。技术圈代表人的主观能动性，生物圈代表自然以及自然环境，人与自然的关系应该建立在一种理智的、符合客观规律的、又能发挥人的聪明才智的人与自然互利、技术圈与生物圈共生的关系。

2. 人与自然共同创造

B.B. 索恰瓦在《地理系统学说导论》中提出了人与自然共同创作的思想，强调人类对于自然的改造均是人类与自然共同创造的，从这一视角对人类的发展进行认识。人类具有主观能动性，这种主观能动性必须符合自然规律，才能获得成功，如若过分夸大人类的主观能动性，从事违反自然规律的行为，就会对大自然造成破坏，并遭到大自然的无情报复。

3. 自然系统和社会系统的相互调节和共生作用

英国地理学家和生态学家 R. J. 本耐特和 R. J. 乔利合著的《环境系统》主要关注地理学、地球科学、生态学等领域的研究，探讨了自然系统与人类活动之间的关系和环境系统的基本概念、结构和功能，以及各种自然过程和环境要素之间的相互作用。这本书为研究自然系统和社会系统之间的相互调节和共生作用提供了理论基础。

自然系统和社会系统的相互调节和共生作用主要关注两个系统之间如何相互影响、适应和发展。

人与自然共生思想倡导人类与自然和谐共生，实现可持续发展，强调人类应尊重自然、保护生态环境、合理利用资源。

二、蕾切尔·卡森生态文学作品对人与自然共生思想的倡导

蕾切尔·卡森的生态文学作品均在字里行间流露出对人与自然共生思想的倡导。

（一）《寂静的春天》对人与自然共生思想的倡导

蕾切尔·卡森在《寂静的春天》中，向读者揭示了人与自然共生的重要性，倡导人类应尊重自然，保护生态环境，实现可持续发展。主要表现在以下几个方面。

1. 揭露化学合成杀虫剂等农药的滥用对生态系统和人类的影响

蕾切尔·卡森在《寂静的春天》中通过大量事实和数据揭示了化学合成杀虫剂等农药的滥用对生态系统的破坏，这一破坏涉及昆虫、鸟类、鱼类、植物和土壤生物等多个自然生态层次。在此基础上，蕾切尔·卡森强调化学合成杀虫剂等农药的滥用能够导致生物多样性的丧失和生态系统功能的退化。

除此之外，蕾切尔·卡森还阐述了化学合成杀虫剂等农药的滥用对人类健康的潜在威胁，会引发人类的癌症、神经系统疾病、生殖系统疾病等，强调人类对化学合成杀虫剂等农药的滥用破坏了生态平衡，从而引导公众意识到，人类与自然是共生共存的关系以及人类行为对自然具有深远影响。

2. 呼吁政府等有关部门关注化学合成杀虫剂等农药的滥用

蕾切尔·卡森在《寂静的春天》中用大量证据揭示了化学合成杀虫剂的滥用对自然环境和人类的危害的同时，也极力呼吁政府和社会关注环境问题，制定和执行环境保护法律和政策。她认为政府应该对农药的生产、销售和使用进行严格监管，以减少对自然环境的破坏。这一观点强调了环境保护的重要性，为人与自然共生的实现提供了制度保障。

3. 呼吁和号召公民参与环境保护

蕾切尔·卡森在《寂静的春天》中呼吁公民参与环境保护，号召提高人们的环境意识。蕾切尔·卡森指出，每个人都有责任关注环境问题，应该通过环境教育提高对生态保护的认识，从而为实现人与自然共生贡献力量。这一观点鼓励人们积极参与环境保护事业，推动社会向可持续发展方向稳步迈进。

（二）《海风下》对人与自然共生思想的倡导

蕾切尔·卡森在《海风下》中通过对海洋生态系统的生动描绘，展示了人与自然共生思想的重要性。主要表现在以下几个方面。

1. 通过对海洋生物多样性的描绘倡导人与自然共生思想

《海风下》中介绍了鱼类、甲壳类、海藻、珊瑚等海洋生物，这些海洋生物在海洋生态系统中占据不同的生态位。蕾切尔·卡森通过对各种生物的生活习性和食物链关系的描述，让读者了解到生物多样性在维持生态平衡中的重要作用。

例如，深海中的鲭鱼作为海洋生态系统中的重要一环，以捕捉小鱼为生，而它们同时也是狗鲨等一些大型鱼类的重要食物。一旦鲭鱼的数量发生了较大变化，就可能危及其所在的生物生态系统。

海洋生物多样性对于维持生态系统的稳定和健康至关重要。《海风下》中，蕾切尔·卡森通过具体案例展示了生物多样性在调节气候、净化水质、保持土壤肥力等方面的重要作用。

除此之外，蕾切尔·卡森《海风下》还提及了人类活动对海洋生物多样性的影响，呼吁人们关注生物多样性的保护，认识到人类与自然的共生关系，强调保护生物多样性有助于维护生态平衡，确保人类与自然的和谐共生。

2. 通过揭示海洋生态系统的脆弱性倡导人与自然共生思想

《海风下》中展现了海洋生态系统的丰富性，无论是深海地区还是浅海地区，无论是珊瑚还是岩石，均是海洋生物赖以生存的栖息地，能够形成独特而丰富的生态系统。除此之外，蕾切尔·卡森在《海风下》中还揭示了海洋生态系统的脆弱性。蕾切尔·卡森指出，人类对海洋资源的过度开发和捕捞、工业污染、农业污染以及生活污染、海洋酸化、全球气候变化等均会对海洋生态系统造成严重的破坏，导致某些鱼类和其他海洋生物的数量急剧减少，甚至濒临灭绝，尤其是全球气候变化导致的海平面上升、极地冰川融化，还会改变整个海洋生态系统的平衡。

有鉴于此，其在《海风下》中呼吁公众关注海洋生态问题，提高环境保护意识，减少对海洋的破坏，倡导人与自然共生的思想。

（三）《我们周围的大海》对人与自然共生思想的倡导

《我们周围的大海》以不同于《海风下》的角度继续倡导人与自然共生的思想，并通过对海洋生物、生态系统以及人类与海洋关系的详细阐述，使读者更加了解和认识到人与自然共生的重要性。

在这部著作中，蕾切尔·卡森通过精彩的文字描绘，着重展现了海洋的神秘与美丽，将读者带到了广阔无垠、充满奥秘的海洋世界。

在《我们周围的大海》中，蕾切尔·卡森以文字带领读者从浅海到深海，呈现出五彩斑斓的珊瑚礁、充满生机的海草床，还有令人叹为观止的深海生物、闪光的浮游生物在漆黑的深海中发出诱人的光芒，以及巨大的鲸鱼在海洋中自由穿行、吞吐浩渺的海水……这幅丰富多样的海洋生物图景中展现了大自然的神奇和美妙。

从沿海浅水区到深海海底，从温暖的热带水域到寒冷的极地冰川，海洋生物展现出了令人难以置信的适应性和生存技巧。有些海洋生物生活在寒冷的极地水域，拥有厚实的脂肪层和保暖的皮毛等抗寒"装备"以提升其抗寒能力；而在深海黑暗的环境中，一些生物则具备发光能力，方便它们捕食与躲避危险。

在蕾切尔·卡森的笔下，海洋生物的孵育和成长过程都非常神奇。人们通过作者对海洋生物习性的介绍，不仅了解到了海洋生物的神奇，还了解到海洋生物之间有趣的互动和共生关系。例如，清洁鱼和虾会帮助其他大型鱼类清理寄生虫和死皮，从而实现共生共赢。这些海洋动物之间，以及海洋动物和植物之间的互动与共生关系是维护海洋生态系统平衡的重要因素。

蕾切尔·卡森在《我们周围的大海》中通过展现大海美丽而神奇的一面呼吁人类珍爱大海，倡导人与自然共生思想。

（四）《海的边缘》对人与自然共生思想的倡导

在《海的边缘》中，蕾切尔·卡森在对海滨生物以及海滨生态系统进行介绍的同时，还强调了海滨生态系统与人类活动是紧密相连的。人类在海滨进行的围垦、滩涂开发等活动在一定程度上破坏了滨海生态系统的平衡，使得海洋滨岸地区的生物多样性受到威胁。

在《海的边缘》中，蕾切尔·卡森探讨了滨海生态系统保护与修复的方法和措施。例如，通过实施滨海地区的生态保护规划、合理开发和利用滩涂资源、减少污染物排放等方法，以实现滨海生态系统的可持续发展。这些均反映了人与自然的和谐共生的思想。

综上所述，蕾切尔·卡森的生态文学作品中呼吁公众关注自然，认识到人与自然的共生关系，倡导减轻人类活动对自然的影响，人应与自然和谐共生。

第二节　生态整体主义思想

生态整体主义理论是生态哲学的核心思想，蕾切尔·卡森的生态文学作品中表现出鲜明的生态整体主义思想，本节主要对此进行详细分析。

一、生态整体主义的核心思想

生态整体主义的核心思想是把生态系统的整体利益作为最高价值，把是否有利于维持和保护生态系统的完整、和谐、稳定、平衡和持续存在作为衡量一切事物的根本尺度，作为评判人类生活方式、科技进步、经济增长和社会发展的终极标准。

生态整体主义在西方有着深远的思想根源，古希腊学者赫拉克利特的"万物是一"的思想为生态整体观的发源奠定了基础。

恩斯特·赫克尔指出人是自然整体的一部分，他坚持自然是正义之源，被尊为现代生态学家的先驱。

生态学家奥德姆明确提出了"整体论思想"（Holistic Thought），提倡整体性的研究方法。

俄罗斯思想家奥斯宾斯基认为，地球是一个完整的存在物……我们认识到了地球——它的土壤、山脉、河流、森林、气候、植物和动物的不可分割性，并且把它作为一个整体来尊重，不是作为有用的仆人，而是作为有生命的存在物。

利奥波德明确提出了生态整体主义思想的基本价值判断标准："有助于维持生命共同体的和谐、稳定和美丽的事就是正确的，否则就是错误的。"①

生态整体主义理论对环境保护和可持续发展具有重要意义。它提醒人们，我们所居住的地球是一个整体，人类的活动对整个生态系统都会产生影响，因此我们必须在环境保护和经济发展之间寻求平衡。只有坚持生态整体主义的理念，才能真正实现人与自然的和谐共生，实现可持续发展的目标。

二、蕾切尔·卡森生态文学作品中的生态整体主义

蕾切尔·卡森的生态文学作品中表现出鲜明的生态整体主义倾向。她曾在文章中指出："大洋接受了来自大地和天空的水，将它们储存起来；春季阳光的照射使海底的能量越积越多，直至唤醒沉睡的植物；植物的迅速生长为浮游生物的大量繁殖提供了充足的食物；浮游生物的激增喂饱了大群大群的小鱼……假如任何一个环节出了问题，海底世界的灾难就要发生了。"②

纵观蕾切尔·卡森的四部代表性生态文学作品中也较为集中地体现了生态整体主义。

---

① LEOPOLD A. *A Sand County Almanac*[M].New York: Oxford University Press, 1949: 224-225.
② CARSON R, Under Sea[J].*Atlantic Monthly*, 1937: 325.

（一）《寂静的春天》中的生态整体主义思想

蕾切尔·卡森在《寂静的春天》中写道："在自然界中没有任何孤立存在的东西。"这明确表达了她所坚持的生态整体主义思想。

蕾切尔·卡森主张人类必须承认自然存在物的权利，不能仅仅从人类自身利益出发去认识世界，必须从整体的角度去看待人与自然的关系，自觉主动地克制超越生态系统负载的物质欲求，尊重所有自然物所拥有的生存的权利与价值，以达到人与自然和谐共生的状态。

蕾切尔·卡森把"水、土壤和植物构成的大地的绿色斗篷"视为地球上动物赖以生存的世界，认为"植物和大地之间、一些植物与另一些植物之间、植物和动物之间，存在着密切的、重要的联系"。人类正是由于忽视这种相互依存的生态整体观，才酿成了一个个悲剧。

在《寂静的春天》中，作者举了这样一个实例。在自然界的演化过程中，鼠尾草因具备在该地生存需要的全部特性而在美国西部高原和高原山脉的低坡地带成片发展起来，鼠尾草松鸡、尖角羚羊、黑尾鹿、牧场里的绵羊等动物也在这一地域一道发展起来。

鼠尾草富含蛋白质和脂肪，为动物提供了主要的食物，尤其是许多动物在冬季能够寻觅到的过冬食品，长得低矮、类似灌木的鼠尾草也为鸟类和动物们提供了遮蔽和栖息的地方。而动物活动又松散了土壤，祛除了鼠尾草生长地的杂草，丰富了土壤的营养。在此，各种生物互相作用，彼此依存，构成了一幅完美和谐的自然画面。然而，通过喷洒药物等方法毁掉西部鼠尾草地带以改为牧场的大型工程，使整个紧密联系的生命结构被硬生生撕裂。由于"现在每年对几百万英亩的鼠尾草土地喷洒药物"，鼠尾草被除掉了，松鸡和羚羊也一起绝迹，其他动物也受到迫害，土地变得贫瘠，甚至人工饲养的牲畜也面临青草不足、忍饥挨饿的厄运。

为了控制日本甲虫，1959年秋天，密歇根州的东南部包括底特律郊区在内，接受了空中的艾氏剂药粉高剂量喷洒，在喷洒过药粉后的几天时间内，人们发现了大量已死或快要死去的鸟类，还有突然病倒的猫和狗，它们出现了严重的腹泻、呕吐和惊厥的症状，甚至还有在观看飞机洒药后出现中毒症状的病人，他们恶心呕吐、发冷发烧，异常疲劳。

蕾切尔·卡森依据大量的实例和科学研究结论，指出除草剂、杀虫剂等化学药品绝不仅仅只对所谓的"野草""害虫"产生影响，计划不周、随意滥用的农药也污染了土壤、水源、空气，毒害了鸟类、鱼类、野生动物、家禽等各类生物，最终作为大自然一部分的人类自身也毫无悬念地不能幸免。由此可见，人类自身利益和生态系统利益具有一致性。

《寂静的春天》中指出，人类珍视和保持整个生态体系的平衡也就是珍视和保护我们自己。我们只有突破"人类中心主义"的片面思维局限，摒弃试图征服自然的狭隘观念，秉持"生态整体主义"，以平等的身份对待自然、融入自然，与自然万物和谐共处，遵循自然规律，维护生态平衡，才能摆脱日趋严重的生态危机，才能最终挽救我们自己。否则，人类终将遭到大自然的反噬，甚至走向灭亡。

（二）蕾切尔·卡森其他生态文学作品中的生态整体主义思想

除《寂静的春天》之外，蕾切尔·卡森其他生态文学作品中也表现出生态整体主义思想，主要体现在以下几个方面。

1. 生态整体视野下的时空观

蕾切尔·卡森的"海洋三部曲"在关注海洋生物生活习性的同时，也展现出生态整体视野下的时空观。

（1）强调时间的连续性。蕾切尔·卡森的"海洋三部曲"强调在自然界中，生物、生态过程和环境因素是紧密关联的，形成了一个不断变化、发展的动态系统。

例如，《我们周围的大海》中，蕾切尔·卡森深入探讨了地球历史上海洋的形成、发展和演变，指出海洋生物、生态过程和环境因素是相互关联的，形成了一个不断变化、发展的动态系统。这些变化可能是缓慢的，跨越数百万年，也可能是短暂的，如季节性变化和自然灾害，无论缓慢还是短暂，这些变化均会对海洋产生影响。

除了海洋本身的变化之外，人类活动对海洋生态系统的影响也存在时间的连续性。人类对于海洋生物的过度捕捞会导致某些鱼类种群数量锐减，从而对整个海洋生态系统的稳定产生影响。同时，人类活动造成的海洋污染、温室效应等现象也会对海洋生物的生存环境造成持久的不良影响，不利于海洋的长远发展。

（2）强调自然生态的线性联系。蕾切尔·卡森的"海洋三部曲"强调自然界各个生态系统之间的线性联系。

以《我们周围的大海》为例。

在这部生态文学作品中，蕾切尔·卡森描述了不同海洋生物之间相互依赖，以及它们在生态系统中的地位和作用。例如，海洋生态系统的食物链关系涉及不同空间的生物。以浮游生物、鱼类和海洋哺乳动物之间的食物链关系为例。

浮游生物是海洋食物链的基础，主要包括浮游植物（如藻类）和浮游动物（如浮游虫、水母等）。浮游植物通过光合作用产生有机物质，为其他海洋生物提供能量来源，是浮游动物的食物来源。

鱼类则在海洋食物链中起到连接上下游生物的作用，其以浮游生物为主要食物来源。一些小型鱼类，如沙丁鱼、银鲱和秋刀鱼，主要捕食浮游植物和浮游动物。而一些大型鱼类，如金枪鱼、鲨鱼和鲣鱼，可能捕食小型鱼类和其他海洋生物。

海洋哺乳动物位于海洋食物链的顶端，主要以鱼类和其他海洋生物为食。其中，海豹、海狮和海象等鳍足类动物主要捕食鱼类和头足类动物（如乌贼和章鱼）。而以虎鲸、座头鲸和蓝鲸为主的鲸类，则以鱼类、甲壳类动物（如虾和蟹）以及大型浮游动物（如磷虾）为食。

这种浮游生物、鱼类和海洋哺乳动物之间的食物链关系展示了海洋生态系统的复杂性和线性关联。

（3）强调自然生态的空间联系。蕾切尔·卡森的"海洋三部曲"强调海洋中不同空间环境和海洋生物之间的联系。

以《海风下》为例。

《海风下》中展现了诸多海洋动物的空间迁徙。包括鱼类迁徙、鸟类的迁徙、海洋哺乳动物的迁徙行为等。

许多鱼类会因季节变化、繁殖需求或寻找食物而进行远距离迁徙。例如，大西洋鲑鱼在成长过程中会从淡水河流迁移到大海，随后再返回河流产卵。

海洋鸟类，如海鸥和信天翁，通常会随着季节变化和食物资源的变动进行长距离迁徙。在迁徙的过程中，这些鸟类会在空中和海洋表面捕食鱼类和其他海洋生物，有时会飞行数千公里以寻找适宜的栖息地和繁殖地。

除了鱼类和鸟类之外，许多海洋哺乳动物，如鲸、海豹和海狮，会因季节变化、繁殖需求或食物资源而进行迁徙。例如，灰鲸会从寒冷的极地海域迁徙到温暖的繁殖地，而海豹和海狮则会根据食物资源和繁殖需求在不同海域之间穿梭。

这些海洋生物在不同空间环境的迁徙会对整个海洋生态系统产生重要影响，不仅能够帮助海洋生物适应环境的变化，也能够维持海洋生态系统的平衡。

当海洋生物迁徙的某一地区的生态环境遭到破坏时，可能会对整个海洋生态系统的平衡产生威胁。

从蕾切尔·卡森海洋生态文学作品中表现出的生态整体视野下的时空观可以看出，蕾切尔·卡森坚信自然界事物之间的联系性，强调自然界的生物和生态过程及其历史背景和未来发展息息相关，呼吁人类在发展科技的同时，关注生态环境的保护。除此之外，蕾切尔·卡森强调了海洋生物的移动和迁徙，明确了自然生态保护的全球视野。

2. 生态整体观照下的协调统一

蕾切尔·卡森的海洋生态文学作品中对自然生态整体的协调统一性进行了揭示和强调。主要体现在以下几个方面。

（1）生存适应与衍生辐射。生物对环境的适应具有普遍性，例如，鸟类有翅膀以适应空中飞行，鱼类有鳃以适应水中生活。生物们为了生存会主动选择适应自然环境，其发展过程即是一个不断适应自然环境的过程，许多自然动物会伴随着自然规律的发展而调整自身的各方面状态，如形态结构、生理特征、行为特点等。同时，其变化活动和调整行为也会对周围的生物和环境产生不同程度的影响。

蕾切尔·卡森在其生态文学作品中对自然生物的这种生存适应与其所衍生出的影响进行了揭示。

例如，蕾切尔·卡森在《我们周围的大海》中写道：

生物中最令人好奇和震惊的精妙适应性行为，要数特定种类的海洋动物能适应月相变化和潮汐阶段的繁殖节奏。欧洲区域已经充分证实牡蛎的产卵活动会在大潮涨潮期达到顶峰，也就是大约在满月或新月后的两天。北美洲海域中有一种海胆只在满月夜浓时分会在海中释放生殖细胞。世界上还有许多热带海域中细小海洋蠕虫的繁殖行为跟潮汐日程的变化密切相关。人们仅仅通过观察这些小虫子，就能知道这是哪一月份、哪一天，甚至也能搞清楚是一天里的哪个具体时间。[①]

这些海洋生物体内有一种无形的"时钟"，实际上是生物们生命活动过程中一种内在节律性表现，它们对自然规律做出精准的适应和完美的配合，而它们的活动势必会对其周围的生物和环境产生影响。

再如，海洋鸟类的迁徙习性也是一种适应自然规律的现象，而海洋鸟类在迁徙的过程中会以其经过以及繁殖地带的浮游生物为食，有利于维护整个生态系统的稳定性。

---

① 卡逊．我们身边的海洋 [M]．单慧，译．成都：四川人民出版社，2021：166．

值得注意的是，自然生物和生态环境之间的关系是极其复杂的，自然生物对于自然界的适应是一个漫长的自我调整的过程，其对周围自然生态的影响，也是日积月累下最终从量变发展为质变的过程。

（2）有序调节与整体守恒。自然界中的生命数量极其庞大，种类异常丰富，据统计，目前地球上已知的动物种类大约有 150 万种，而已知的植物种类大约有 30 多万种。而大自然则以其特定的规律对生命物种的生死存灭和数量多寡进行控制，以保证生态整体的平衡与稳定。蕾切尔·卡森在生态文学作品中对自然界中有序调节与整体守恒规则进行了揭示。

在《海风下》中，蕾切尔·卡森对鲭鱼进行了详细分析。其中指出处于繁殖季节的雌性鲭鱼可以产下至少十万枚卵，然而最终成功孵化并经历大海中的重重风险幸存下来的小鱼最终可能只有一两条，这种看似巨大的浪费背后，蕴含着生物对于种群延续的智慧，也体现了生态系统调节机制的有序与精妙。

对于海洋生物而言，捕食、繁殖、迁徙等一系列行为均是出于发展种群的目的。新生的仔鱼在黑暗的深海中诞生时，许多死去的老鱼也会通过食物循环成为大海的一部分。大自然的这种生死游戏规则确保了整个生态系统的生命能量总数的恒定。

除此之外，自然界中的生物食物链也反映了自然界的规律。此种生死循环游戏并非残酷无情，而是自然界中必要的生态平衡过程。每一个生物在生死循环中扮演着重要角色，有捕食者，也有被捕食者。这种生态关系使得资源得以合理分配，维持生态系统的稳定。

蕾切尔·卡森在其生态文学作品中通过这一主题向读者传达了对自然界的尊重和敬畏之情，提醒人类，减少人类行为对自然界生死循环的影响，采取行动保护生态系统，确保生物多样性，唯其如此，才能维持生态平衡。

（3）网络关联与协同共生。自然生态系统中的生命相互联系，彼此依存，密不可分。生态系统中的生物存在着复杂的网络关联，并且从不同视角来看，存在不同的关系。从对抗的视角来看，自然界的生物之间存在着一种捕食与被捕食的关系；而从合作的视角来看，自然界的生物之间则存在各种协作共生关系。

以《海风下》为例。

《海风下》中，蕾切尔·卡森描绘了许多海洋生物之间的协作共生关系。例如，鱼群之间的配合。海洋中的沙丁鱼、鲭鱼和金枪鱼等大型鱼类在觅食过程中表现出高度的协同行为。它们会密切配合，共同追逐浮游生物和其他小型鱼类等猎物，通过集体行动，这些鱼群能够更有效地捕捉猎物，提高觅食成功率。

除了同类间的配合之外，不同属类的海洋生物之间也会表现出较强的协作关系。例如，蕾切尔·卡森在《海风下》中讲述了鸟类与鱼类之间的共生关系。一种名为鸬鹚的水鸟会与鱼类共同捕食。当鱼群被其他捕食者逼至水面时，鸬鹚会趁机捕食。而鸬鹚在捕食过程中也会促使水面下的鱼类慌乱逃离，为其他鸟类和鱼类提供捕食机会。这种共生关系使得鸟类和鱼类能够共享资源，提高生存机会。

此外，虎鲨、寄生虫和清道夫鱼等海洋"清道夫"，与其他海洋生物之间也存在相互协作的关系。这些清道夫生物专门以死亡或受伤的生物为食，有助于维持海洋生态系统的清洁。这种合作关系使得清道夫能够找到充足的食物来源，同时也为其他生物提供了保护。

综上所述，蕾切尔·卡森的生态文学作品中流露出鲜明的生态整体主义的思想，这些思想均表现出蕾切尔·卡森对自然生态的尊重，促使读者思考人类与自然的长远发展关系。

第三节　生态责任思想

蕾切尔·卡森的生态文学作品中表现出个人、企业和政府应当具备一定生态责任的思想，本节主要对此进行详细分析。

一、生态责任思想

生态责任是指个人、企业、政府和社会在生态环境保护、生物多样性维持以及资源的可持续利用方面承担的责任。生态责任具体表现在以下几个方面。

（一）资源节约

合理利用资源，减少浪费。

例如，节约能源、水资源和其他自然资源，推广绿色生产和生活方式，提高资源利用效率。

（二）污染减排

减少污染物排放，改善环境质量。

例如，采用清洁生产技术，减少工业、农业和生活污染，保护水、土壤和大气质量。

（三）生态保护

保护生态系统和生物多样性。

例如，保护和恢复生态系统，保护野生动植物，维护生物多样性，实现人与自然和谐共生。

（四）绿色发展

推动可持续发展。

例如，发展绿色经济、循环经济和低碳经济，减少对环境和资源的依赖，实现经济、社会和环境的协调发展。

（五）环境教育与倡导

提高公众环保意识，传播环保知识。

例如，开展环保教育、宣传和活动，培养公众的生态责任意识，形成良好的环保习惯。

（六）政策与法律

建立健全环保法律法规和政策体系，保障环境权益。

例如，制定和完善环保法律法规，加强环保执法和监管，保障公民的环境权益。

二、蕾切尔·卡森生态文学作品中的生态责任思想

蕾切尔·卡森生态文学作品中表现出鲜明的生态责任思想。主要表现在以下几个方面。

（一）倡导人类应当承担起生态责任

蕾切尔·卡森生态文学作品对自然生态世界进行了描绘，通过对自然生态系统规律的揭示，呼吁和倡导人类应当承担起生态责任，尊重自然，维护自然生态系统的平衡，减少人类活动对自然生态系统的破坏。

以《海风下》为例。

《海风下》一书中，蕾切尔·卡森生动地揭示了海洋生物之间的相互

联系，表现了生态系统的复杂性和脆弱性，提醒人类承担起保护海洋生态的责任。

例如，蕾切尔·卡森在《海风下》一书中详细描述了珊瑚礁生态系统的形成过程和珊瑚礁生物的生活方式。她强调珊瑚礁是海洋生物多样性的重要基地，对于维护海洋生态平衡具有重要意义。然而，过度捕捞、水下爆破和珊瑚开采等人类活动给珊瑚礁带来了巨大压力。在这一背景下，卡森呼吁人们关注珊瑚礁的保护，希望通过采取措施减轻人类活动对珊瑚礁的影响。

蕾切尔·卡森指出在海洋生态系统中，鲨鱼等海洋哺乳动物作为海洋生态食物链中的顶级捕食者，对维护生态平衡具有关键作用。然而，鲨鱼的过度捕捞和鲨鳍贸易导致鲨鱼数量急剧减少，给海洋生态系统带来了严重破坏。卡森呼吁人们关注顶级捕食者的保护，实施科学的渔业管理策略，以实现可持续利用海洋资源。

除此之外，蕾切尔·卡森在《海风下》中还提到了可以将海洋保护区作为一种有效的海洋生态保护措施。通过设立海洋保护区，可以限制人类活动，保护珍稀海洋生物和重要生态系统。同时，海洋保护区可以作为科学研究和环境教育的基地，提高公众对海洋生态保护的认识。卡森呼吁各国政府加大海洋保护区的设立和管理力度，以实现海洋生态的可持续发展。

再以《我们周围的大海》为例。

蕾切尔·卡森对填海造陆、滩涂开发等人类对海岸线生态的破坏行为进行了反思，呼吁人类在对大海进行开发的过程中应当承担起保护生态的责任，实现人类的可持续发展。

在《我们周围的大海》中，蕾切尔·卡森通过在海滩上散步的人类的行动，呼吁普通民众通过参与海岸环保活动了解海洋生态知识，提高普通民众的环保意识和生态责任感，为海洋生态的保护贡献力量。

在《寂静的春天》中，蕾切尔·卡森通过揭示化学合成杀虫剂等农药的滥用对自然生态环境的破坏后，呼吁民众了解和认识化学合成杀虫剂等农药对自然生态环境的危害，减少和抵制化学合成杀虫剂的使用，承担生态责任。

（二）倡导政府承担起生态责任

地球是一个不可分割的自然生态系统，地球上的每一个国家以及各国内部的所有政府部门均必须承担、履行和落实其各自应尽的保护和改善地球生态环境的责任与义务。

政府在生态环境保护中应当承担起生态统筹与主导责任、教育与指导责任、激励与监管责任等。具体包括加强生态立法、开展生态规划、促进生态协调以及对危害环境的化学试剂和药物加以控制，等等。

在《寂静的春天》中，蕾切尔·卡森对因政府缺乏监管而导致无节制地滥用化学合成杀虫剂造成的生态环境破坏以及由此给人类带来不可逆转的危害进行了批判。

（三）倡导科学家承担起生态责任

地球是人类共同的家园，科学家作为人类的一员也应当利用自身学识积极承担起生态责任。

蕾切尔·卡森在《寂静的春天》最后一章《另一条路》中指出，人类除了使用化学药剂来控制昆虫，还可以通过其他方式来对昆虫的种群繁衍进行控制，从而有效控制害虫的数量。

与化学合成杀虫剂相比，生物防治科学不仅具有较强的靶向性，不会对生态环境产生威胁，而且能够在短时间内有效控制害虫的繁衍和群体数量。

在这一章中，蕾切尔·卡森提到了许多科学家正在或已经进行的生物防治科学研究。

例如，美国农业部昆虫学家爱德华·尼普林及其同事提出了一种独特的昆虫防治法。

　　20 世纪 50 年代，美国一年因新世界螺旋蝇造成的经济损失超过 2
亿美元。事情已经到了刻不容缓的地步，但杀虫剂并不奏效。科学家对
新世界螺旋蝇进行了大量研究，包括一项耗资 25 万美元、部分关于新世
界螺旋蝇性行为的研究。爱德华·尼普林及其同事推测，如果一只雌性
新世界螺旋蝇与一只不育的雄性交配，那它的卵就永远不会孵化；而由
于雄性可以反复交配，一只不育雄性能使很多只雌性无法产生后代。因
此，如果将足够多数量的不育雄性新世界螺旋蝇（不会对牛等牲畜带来
影响，因为雄蝇不会吸血或产卵）"倾泻"到生态系统中，就能立刻缩
小下一代的种群规模。这一过程可以反复进行多次，直到最终每只雌蝇
都与不育雄蝇交配，到了那个时候，新世界螺旋蝇整个种群就会永远消
灭了。

　　在 20 世纪 50 年代的实验室中，科学家还使用 X 射线（后来是伽马
射线和其他技术）对新世界螺旋蝇进行了昆虫节育技术（Sterile Insect
technique，SIT）的试验。他们用碎肉大规模培养雄蝇，然后用射线照射，
强度足以使它们不育，同时又不会太虚弱，以至于无法与正常雄蝇竞争。

　　在蕾切尔·卡森生活的年代，这些实验虽然正在进行中，其效果却
尚无法得到验证。然而蕾切尔·卡森仍然提倡科学家应担负起相应的生
态责任，加强新的生物防控方法的研究，为人类摆脱化学合成杀虫剂等
农药的滥用奠定科学基础。

　　除此之外，蕾切尔·卡森在《寂静的春天》中还提到了多个国家和
科学家已经或正在进行的生物防治昆虫实验（表 5-2 ）。

表 5-2 《寂静的春天》中提及的生物防治昆虫实验一览表

实验人员/国家/部门	实 验
爱德华·尼普林	雄性昆虫绝育法
G.A.朗纳	X 射线造成烟草甲虫绝育的现象
赫尔曼·穆勒	X 射线造成基因突变的实验
英国科学家	昆虫辐射敏感度测试
康奈尔大学与各地科学家	昆虫应对捕食者攻击的防御机能，对昆虫分泌物的化学结构进行分析
美国林业总局	舞毒蛾天敌昆虫的种类、寄生情况，以及舞毒蛾引诱剂的研究
	利用病原菌芽孢引起的乳白病控制日本金龟子
美国、法国、德国等	苏云金芽孢杆菌野外实验
美国和加拿大东部林区	细菌杀虫剂的实验
美国、加拿大	苜蓿粉蝶灭杀的实验
捷克斯洛伐克	原生动物防治结网毛虫和其他害虫的实验
欧 洲	利用森林红蚁和啄木鸟、蜘蛛保护森林生态环境的实验
加拿大生物学家	利用小型哺乳动物防治昆虫的实验

（四）倡导全社会肩负起生态责任

蕾切尔·卡森生态文学作品中表现出来鲜明的生态责任倾向，而以《寂静的春天》为代表的生态文学作品出版后，受其启发和影响，人类的生态责任意识大大增强。

1962 年，《寂静的春天》出版后，迅速引发了社会公众的热议，尤其是《寂静的春天》中揭示了人类与环境之间相互影响的关系，提出了人类与大自然和谐共生的理念，倡议全社会重视生态环境保护。为社会敲响了生态警钟。在其影响下，美国生态运动拉开了序幕。

几乎与之同步，20世纪60年代，西方其他国家的群众性环保运动也相继开展起来。无数群众走上街头，通过游行、示威和抗议等活动呼吁政府采取强有力的措施，对环境污染进行治理和控制。

1970年，一群学生在纽约联合国大厦前的路面上，拼写出"Ecology"（生态学）这一词汇，以显示对生态平衡被破坏的抗议和对重建美好生态环境的渴望。

伴随着生态运动轰轰烈烈的发展，欧美许多国家和政府采取了多种措施应对环境问题，然而在20世纪七八十年代欧美等国的资源浪费和环境污染现象仍然没有从根本上获得改善。

在这种情况下，许多环境主义、哲学、生态学等领域的学者从人类命运的视角进一步探寻自然的价值，对人与自然的关系提出了更深层次的哲学思考，推动了生态环境伦理观的形成。

第四节　非人类中心主义思想

蕾切尔·卡森的生态文学作品将人类作为自然的重要组成部分，表现出非人类中心主义的思想，本节主要对此进行分析。

一、人类中心主义与非人类中心主义思想

人类中心主义与非人类中心主义是对人与自然关系的两种界定。

人类中心主义坚持将人类的利益作为价值原点和道德评价的依据，认为只有人类才具有内在的固有价值，而其他物种以及生态系统等不拥有这种内在价值。

根据人类中心主义的观点，在处理人与自然的关系中，人类被看作是主体，自然被认为是客体，当人与自然发生根本利益冲突时，自然应该为保全人类的利益而做出必要的牺牲。

近代人类中心主义核心观点片面夸大人的主体性和理性，主张人类以自我为中心，从人类利益出发来协调人与自然的关系，所谓的人类理性使得人们肆意改造自然，破坏生态，人类深信自己无所不能，必将战胜自然、征服宇宙。但随着全球工业化的迅猛发展，人类活动对自然的影响越来越大，无限膨胀的欲望极大地鼓舞着人类走向自然的反面，致使自然失去了生态平衡，全球性生态污染使人类自食恶果，苦不堪言。

非人类中心主义与人类中心主义正好相反，倡导动物权利、生命中心以及生态中心论（表5-3）。

表5-3　人类中心主义与非人类中心主义的核心内容与流派观点一览表

项　　目	核心内容	流派观点
人类中心主义	以人类为中心思考和阐述人类与大自然的关系	人由于具有理性，因而自然地就是一种目的、一种内在价值，而其他一切缺乏理性的存在物都只具有工具价值。因此，人类也可以把其他非理性存在物当作满足自身需要的工具
		人是所有价值的源泉，非人类存在物的价值是人的内在情感的主观投射。没有人的在场，大自然只是一片"价值空场"
		道德只关心人和人的利益，道德规范只是调节人与人之间关系的行为准则。理想的道德规范在于促进人类群体的福利和社会的和谐，同时又能增个人自由、满足个人需要、实现个人价值

项　目	核心内容	流派观点
非人类中心主义	除人类之外，大自然中的其他存在物也具有内在价值，其他生命的生存利益、生态环境的完整，同样是生态环境道德的根据	**动物权利论** 动物权利论具体划分为功利主义和义务论两种类型。其中动物权利论功利主义的核心思想是平等原则，倡导人的利益与动物的利益同等重要；动物权利论义务论则认为动物与人类有平等的权利地位，两者都拥有需求、记忆和智力等心理特质，因此两者具有平等的内在价值
		自然价值论 自然资源可以划分为可再生资源和不可再生资源，自然价值论强调人与自然应当属于同一整体之中，在作用上是整合一致的，人与自然资源之间的关系是相互作用和影响的，而非单一的征服与被征服、利用与被利用的关系，自然资源具有能够满足人的欲望的能力，其数量的有限对人类需要的无限性是稀缺的，因此自然资源是有价值的
		生物中心主义 生物中心主义强调生物系统的健康本身具有价值，人类对其负有直接的义务，生命个体、物种、生物过程作为生物系统的组成部分和存在形式，具有非（人类的）工具价值，人类对其同样负有道德义务。 生物中心主义由四个人信念构成： 1. 人是地球生命共同体的成员； 2. 自然界是一个相互依赖的系统； 3. 有机体是生命的目的中心； 4. 人并非天生就比其他生物优越

二、蕾切尔·卡森生态文学作品中的非人类中心主义思想

蕾切尔·卡森是人类中心主义坚决的反对者，她认为人类中心主义者利用文明进步，利用科技发展的手段干预自然是虚妄荒唐且极度危险的。

人类向森林、农田、菜园里喷洒杀虫剂、除草剂等化学药品，虽然取得了非常显著的短期效果，但由于这些滥用行为遭受严重的污染所带来的极度伤害。这些化学药品长期存于土壤里，然后进入生物组织中，导致植物、动物和人类循环链式的中毒或死亡情况。这些化学药品也会随雨水和地下水转移到河流、湖泊和海洋，再以新的形式荼毒植物和家畜，那些长期饮用井水的人也在不知不觉中受害。进入人体的有毒有害化学药品会引起各种癌症病变，它们还可能存在于母亲的奶水中，对婴幼儿形成不可逆的伤害。

蕾切尔·卡森质疑了我们这个技术社会对自然的基本态度，揭露了人类肆意改变自然的行为，认为以上提到的种种都是人类狂妄地想要操控自然生态、操控其他物种生存命运所造成的恶果。

在蕾切尔·卡森的眼中，自然为人类输送必不可少的养料，是人类生存和发展的根本。人与其他生物都生活于自然界，相互依存，彼此地位平等，但人类中心主义却将人类的利益作为处理人与自然、人与其他物种关系的唯一尺度。

而在人类中心主义者眼中，人类具有与生俱来的优越性，在地位上理应超越自然万物。这是一种非常自大、不切合实际的价值观，在这种思想的指导下，整个生态系统被看作是人类物质的源泉，必然导致人类对自然资源的过度开采，如果人类继续持续向大自然进行无度索取，人类必将遭受越来越严重的来自大自然的报复与惩罚。

纵观蕾切尔·卡森在其生态文学作品中的非人类中心主义的思想主要体现在以下几个方面。

（一）强调人类是大自然的重要组成部分

蕾切尔·卡森的多部生态文学作品中均表现出对人类与自然以及宇宙关系的思考。

以《我们周围的大海》为例。

蕾切尔·卡森在这部生态文学作品中对人类与海洋的关系进行了多方面的论述。

1. 强调了人类对海洋的依赖

海洋是世界上最大的生物资源库，为人类提供了丰富的食物来源。许多人类以海洋捕捞的鱼类、贝类、甲壳类等海洋生物作为主要的食物来源。除此之外，海洋生物还是许多陆地生物的食物来源。

2. 强调了海洋在调节气候方面的作用

海洋在地球上起着重要的气候调节作用。海洋可以吸收和分散太阳照射的热量，并且通过洋流影响全球的气候。海洋还能够吸收大量的二氧化碳，有助于减缓全球气候变暖的速度。如果没有海洋的调节作用，地球的气候将变得更加极端和不稳定，也将不再适宜人类的生存。

3. 强调海洋生物多样性对地球生态系统的作用

海洋拥有世界上最丰富的生物。从浅海到深海，从热带到极地，海洋中存在着各种形态和功能的生物。这些生物为地球生态系统提供了无数生态服务，如氧气生产、养分循环、减缓气候变化等。如果失去了海洋，人类的生存条件将会变得极其严酷。

4. 强调海洋在人类经济贸易中的作用

海洋是全球贸易的重要通道。大约80%的全球货物运输量是通过海洋实现的。海洋航运对于世界经济的繁荣和人类社会的交流具有重要意义。

蕾切尔·卡森对人类与海洋的相互依赖以及共生关系进行了论述之

后，强调人类社会的发展受到海洋的深刻影响。海洋在地球上诞生的时间远远早于人类，而人类作为大自然中的一员，并不是大自然的主宰，而是应当充分尊重大自然的生态系统，减少人类活动对海洋的污染，实现人类与海洋的和谐共生。

再以《海的边缘》为例。

蕾切尔·卡森在这部作品中对海滨生态系统进行了较为细致的描绘。在第六章《永恒的海洋》中，蕾切尔·卡森对人与自然的关系进行了深刻的思索。让人们意识到人类仅仅是自然界中的一个小小角色。人类在面对自然力量时显得无比渺小。与永恒的海洋和永恒的海岸相比，人类个体的生命仿佛一瞬，与海洋生物的生命一样短暂。

在蕾切尔·卡森的笔下，人类被描绘成这个世界的不速之客，能够感受到大海的力量和威胁。雾号的呻吟和埋怨声打破了夜晚的宁静，使人产生坐立不安的感觉。蕾切尔·卡森在充分认识海洋的强大之后，认为在大海的威力和自然力量面前，人类显得如此微不足道。她不仅在书中展示了大自然的美丽和神秘，还表达了自己对自然的敬畏之情。

蕾切尔·卡森将大海的伟大与永恒与人类相对比，表现出其对人类中心思想的否定。

（二）对人类企图"控制"自然的思想进行批判

蕾切尔·卡森在其生态文学作品中还对人类企图"控制"自然的思想进行了批判，这一思想集中体现在《寂静的春天》中。

在《寂静的春天》中，蕾切尔·卡森列举了大量不同国家和地区的人们企图利用灭杀性极强的化学合成杀虫剂等农药"控制"自然物种，甚至消灭某一自然物种却导致极为严重的后果的案例（表5-4）。

表 5-4 《寂静的春天》中人类企图用化学合成杀虫剂等农药"控制"自然的部分案例一览表

序 号	案 例
1	1954 年至 1957 年，加利福尼亚州的清水河谷（Clear Lake）为了控制加利福尼亚州的一种叫作庞氏腹刺鱼（Hardhead）的鱼类，有关部门决定使用有毒化学物质 DDT。在此期间，共投放了大约 200 磅的 DDT。然而，这种毒性却传导至食物链的高层，导致鹈鹕和鸊鷉的死亡。受影响的鸟类繁殖能力下降，蛋壳变薄且易碎，大量雏鸟无法孵化。这使得加利福尼亚州的鸟类种群数量大幅度减少
2	在 20 世纪 50 年代，土耳其政府为了消灭疟疾病媒介蚊子，使用了大量的 DDT。虽然在短期内取得了一定的效果，但随后却引发了生态失衡。DDT 对益虫（如蜜蜂）也造成了致命的伤害，导致农作物传粉受阻，产量大幅下降。同时，DDT 通过食物链积累至捕食者体内，引发了一系列生态问题
3	1959 年，密歇根州政府为了控制草地蚱蜢和其他害虫，启动了大规模喷洒 DDT 和其他化学农药的行动。这导致当地环境和生态被严重破坏。大量的益虫和鸟类因受农药的影响而死亡，因而破坏了自然界的平衡。此外，密歇根州的奶牛也间接受到了农药的影响。农药通过草地进入奶牛体内，进而通过牛奶进入人体，导致公共健康受到威胁
4	20 世纪 50 年代，新墨西哥州政府为了控制麻风松鼠，开始大量使用农药。然而，这种行动并未取得预期效果，反而导致了新墨西哥州生态系统的混乱。农药不仅杀死了麻风松鼠，还误杀了其他无害甚至有益的动物，如鸟类、昆虫和其他哺乳动物。这种生态失衡的后果是生物多样性的减少，导致自然环境变得更加脆弱。
5	在 20 世纪 50 年代，美国东南部的许多地区为了控制拟鳞蚧和其他棉花害虫，开始大规模使用农药。然而，农药的使用不仅导致了有益生物的死亡，还诱发了抗药性害虫的出现。结果导致农民不得不使用更多的农药来对付这些抗药性害虫，从而引发了农药滥用的恶性循环
6	位于美国佛罗里达州的鹈鹕岛（Pelican Island）是美国最早的国家野生动物保护区。然而，在 20 世纪 50 年代和 60 年代，由于农药的广泛使用，鹈鹕岛的鸟类种群遭受了严重打击，尤其是 DDT，导致鹈鹕等鸟类繁殖能力下降，雏鸟死亡率大增。最终，当地鸟类种群数量锐减，生态系统遭受了巨大的破坏

续　表

序　号	案　例
7	20世纪50年代，荷兰政府为了控制麦田害虫，开始大规模使用农药。然而，这导致了许多益鸟和其他有益生物的大量死亡，破坏了荷兰的生态平衡。随着农药的广泛使用，荷兰的蜜蜂、蝴蝶和其他传粉昆虫种群数量减少，影响了农作物的生产
8	在20世纪50年代，加拿大政府为了控制森林害虫，如落叶松毛虫，开始使用大量的化学农药。然而，这一行动导致许多非目标生物死亡，包括鸟类、哺乳动物和其他森林生态系统中的生物。此外，农药通过食物链传导，导致捕食者受到更高的毒性影响，从而使整个生态系统陷入危机
9	20世纪50年代，英国农民为了防治麦田害虫，大量使用农药。然而，这导致了益鸟和其他有益生物的大量死亡，破坏了英国的生态平衡。随着农药的广泛使用，英国的蜜蜂、蝴蝶和其他传粉昆虫种群数量减少，影响了农作物的生长
10	20世纪50年代，澳大利亚政府为了控制棉花害虫，开始大量使用化学农药。这导致了澳大利亚乡村的生态系统受到破坏，许多鸟类、昆虫和哺乳动物受到农药的影响而死亡。这种生态失衡会使生物种类减少，导致自然环境变得更加脆弱
11	20世纪50年代，瑞典的林业部门为了控制森林中的害虫，开始大量使用化学农药。然而，这导致了生态系统受到破坏，许多鸟类、昆虫和哺乳动物因农药而死亡，对自然环境造成了非常恶劣的影响
12	20世纪50年代，日本农民为了控制稻田害虫，开始大量使用化学农药。然而，这导致了许多益鸟和其他有益生物的大量死亡，破坏了日本的生态平衡。随着农药的广泛使用，日本的蜜蜂、蝴蝶和其他传粉昆虫种群数量减少，影响了农作物的生产
13	20世纪50年代，肯尼亚政府为了控制蚊子传播的疟疾，开始大量使用化学农药。然而，这种行动并未取得预期效果，反而导致了肯尼亚生态系统的混乱。农药不仅杀死了蚊子，还误杀了其他无害甚至有益的动物，如鸟类、昆虫和其他哺乳动物。这种生态失衡的后果是生物多样性的减少，导致自然环境变得更加脆弱
14	20世纪50年代，法国葡萄园为了控制葡萄病虫害，开始大量使用化学农药。然而，这导致了许多益鸟和其他有益生物的大量死亡，破坏了法国的生态平衡。随着农药的广泛使用，法国的蜜蜂、蝴蝶和其他传粉昆虫种群数量减少，影响了农作物的生产

续　表

序　号	案　例
15	20 世纪 50 年代，巴西为了控制对农作物造成危害的害虫，开始大量使用化学农药。然而，这导致了许多益鸟和其他有益生物的大量死亡，破坏了巴西的生态平衡。随着农药的广泛使用，巴西的蜜蜂、蝴蝶和其他传粉昆虫种群数量减少，影响了农作物的生产
16	20 世纪 50 年代，德国的农民为了防治麦田害虫，开始大量使用农药。然而，这导致益鸟和其他有益生物的大量死亡，使德国的生态平衡遭到破坏，同时也影响了农作物的生产
17	20 世纪 50 年代，南非为了控制对农作物造成危害的害虫，开始大量使用化学农药。然而，这导致南非的蜜蜂、蝴蝶等传粉昆虫和益鸟种群数量减少，影响了农作物的生产
18	20 世纪 50 年代，清水河谷（Clear Lake）为了控制蚊子数量，开始使用农药 DDT。然而，随着时间的推移，DDT 在湖泊中累积，导致生态系统遭到破坏。湖中的生物受到农药的毒性影响，鱼类和鸟类死亡数量增加，生态系统的平衡受到严重破坏
19	密歇根州为了控制草地上的蚊子数量，使用了化学农药。然而，农药的使用导致了其他生物的死亡，其中包括一种名为"乌头"的有毒植物。乌头在该地区是一种重要的生态资源，为鹿类提供食物。随着乌头的死亡，鹿类的生存受到威胁，生态系统遭受了破坏

从上表中提及的案例可以看出，人类企图使用化学合成杀虫剂对自然进行"控制"，反而却遭受到自然无情的"报复"。

在《寂静的春天》的末尾，蕾切尔·卡森对人类企图控制自然的想法进行了批判，表现出鲜明的非人类中心主义的倾向：

"控制自然"是人类傲慢自大的想法，是生物学与哲学低级阶段的产物。在过去，人们认为自然应当服务于人类的存在。而应用昆虫学的观念和做法也多半源自科学的启蒙时代。可怕的是，如此蒙昧的科学竟然与最可怕的现代武器联手，人类利用它们来毁灭昆虫，也会毁灭整个地球。①

综上所述，蕾切尔·卡森在其生态文学作品中无论是通过论证人类本身亦是大自然的一部分，还是对人类企图滥用化学药品"控制"自然等行为进行有理有据的批判，都表现出其鲜明的非人类中心主义的倾向。

第五节　生态美学思想

蕾切尔·卡森的生态作品以充满诗意的语言讲述自然生物和自然生态系统的神奇，表现出生态美学思想的倾向。本书主要对此进行分析。

一、生态美学思想的内涵

生态美学是一种涉及自然、生态系统和人类社会的哲学思想，它关注自然和生态环境中的美学价值、意义和关系。生态美学起源于 20 世纪中叶，随着人们对环境问题日益关注，这一学科逐渐成为一个独立的哲学领域。

生态美学是生态视域下对文艺理论的重要探索。它虽属于美学范畴，但并不等同于以往传统意义上的美学观念，也绝不可被过于概括和简化地视为一门生态学与美学的交叉学科。

我国美学研究领域专家曾繁仁将生态美学的概念上升到存在论的高

---

① 卡尔森.寂静的春天 [M].辛红娟，译.南京：译林出版社，2018：245.

度进行了较为全面的界定，认为其"是一种在新时代经济与文化背景下产生的有关人类的崭新的存在观，是一种人与自然、社会达到动态平衡、和谐一致的处于生态审美状态的存在观，是一种新时代的理想的审美的人生，一种'绿色的人生'"①。

这一概念明晰了生态美学的一些关键要素：生态美学的审美背景、审美对象、审美方式和审美属性。从中可见，"如何生态地审美"当是生态美学一系列研究的逻辑起点与核心。

生态美学的核心思想包括以下内容。

（一）自然与文化的统一

生态美学强调自然与人类文化之间的相互依赖关系，认为人类与自然是一个有机整体。人类应该尊重自然，保护生态环境，以实现人与自然的和谐共生。

（二）生物多样性

生态美学关注生物多样性的价值，认为生物多样性是自然美的重要体现。保护生物多样性有助于维护地球生命系统的稳定和繁荣。

（三）地方特色

生态美学主张尊重地方特色，保护地域性生态环境和文化遗产。每个地区都有其独特的生态系统和文化传统，这些特色值得被尊重和保护。

（四）可持续发展

生态美学倡导可持续发展，强调在经济、社会和环境之间实现平衡。可持续发展有助于保护自然资源，确保未来世代的生存和发展。

---

① 曾繁仁.试论生态美学 [J].文艺研究，2002（5）：11.

（五）环境伦理

生态美学关注环境伦理，主张人类在利用自然资源时应遵循道德原则，尊重生命，保护环境。环境伦理要求人类在满足自身需求的同时，关注其他生物和生态系统的利益。

二、蕾切尔·卡森生态文学中的生态美学思想及其体现

蕾切尔·卡森生活的时代，生态美学的思想系统和理论体系尚不成熟，然而其生态文学作品中仍然表现出独特的生态之美。

（一）《海风下》中的生态美学思想

《海风下》中通过生动的描绘、深刻的思考，展现了生态美学的思想，呼吁人们保护自然环境，珍视生态系统的美丽与价值。

1. 重视环境美感

《海风下》中的生态美学思想体现了对环境美感的重视。蕾切尔·卡森关注自然中各种生物的美，以及它们与环境的和谐共生。她描述了大自然中各种生物的外形、颜色和纹理，以及它们在环境中的相互作用。

例如，在《海风下》中，蕾切尔·卡森用诗意的语言描述了海洋中各种生物的美丽，如水母和珊瑚，让读者感受到自然之美。这种关注环境美感的态度体现了生态美学思想中对环境的重视。

2. 强调生命的尊严

在《海风下》中，蕾切尔·卡森不仅描述了各种生物的美，还关注它们的生存权和尊严。例如，她谴责了人类对自然环境的破坏和污染，呼吁人们尊重自然环境和保护自然环境中的生物。在描写鲸鱼、海龟等各种生物的迁徙时，她也强调它们生存和繁衍的权利。这种关注生命尊严的态度体现了生态美学思想中的人文关怀。

3. 倡导生态系统的完整性

在《海风下》中，蕾切尔·卡森关注自然环境的复杂性和整体性，呼吁人们保护生态系统的完整性。她描绘了自然环境中各种生物的相互依存关系，强调了它们之间的相互作用和影响。例如，在描述鲭鱼的迁徙时，蕾切尔·卡森强调了鲭鱼与其他生物和环境的关系，指出它们的迁徙对海洋生态系统的重要性。这种强调生态系统完整性的态度体现了生态美学思想中的系统论思想。

4. 呼吁环境保护和可持续发展

生态美学思想呼吁人们关注环境保护和环境的可持续发展。在《海风下》中，蕾切尔·卡森呼吁人们保护自然环境，避免对环境过度开发，并对人类活动为海洋造成的不良影响进行了谴责与批判。

（二）《我们周围的大海》中的生态美学思想

《我们周围的大海》着重于对海洋动力系统、海洋生物等的论述，其中也表现出较为浓厚的生态美学思想。

1. 对自然之美的尊重和欣赏

蕾切尔·卡森在《我们周围的大海》中运用了丰富的诗意语言，强调了大海生态系统的美丽和奇妙，使用了大量拟人和比喻等修辞手法，这种精美而又细致入微的描绘，不仅展示了蕾切尔·卡森的文学才华，也向人们传达了她对自然之美的由衷敬畏和赞美。

2. 人与自然的和谐共生

蕾切尔·卡森在《我们周围的大海》中将人类以"内在者"的身份和状态置于整体海洋生态之中，用文字描绘出人与海洋的交融共生之美。卡森强调人类应该学会与自然和谐共处，人类本身依托自然界而存在和繁衍发展，人类要融入其中，但又要对自然保持尊重和敬畏，不随意去扰乱自然秩序或改变自然状态，与自然万物平等和谐相处才是生存发展之道。人类不该毫无顾忌地不断地追求经济价值和科技进步，以肆意牺牲自然界的其他生物利益和生态环境为代价，无论何时何地，人类社会的可持续发展需要建立在自然生态和人类的和谐共处之上。

3. 自然的内在价值

蕾切尔·卡森主张，自然具有自己的内在价值，而不仅仅是人类利用自然资源的价值。任何一个自然物本身都具有生态美学意义上的审美主体价值，每一种生态形式都有独特的呈现自身美的方式以及联通和映射其余外部世界的形式，生态审美的内涵应始终包含着人与自然万物的平等共生之美。人类需要尊重自然的生命和生态系统，并认识到人类对自然世界的依赖。这种依赖不仅仅是生存上的依赖，也包括人们因大自然获得的美好感受和心灵的满足。

（三）《海的边缘》中的生态美学思想

蕾切尔·卡森在《海的边缘》中深入探讨了自然美的本质和人类对自然的欣赏与保护，体现了她的生态美学思想。

1. 强调了自然美的多样性和独特性

蕾切尔·卡森在《海的边缘》中描述了沙滩上的贝壳、鱼类和海洋中的浮游生物等，展示了自然界的瑰丽和多彩。她还描绘了海滩上的生态系统和生物间的相互作用，强调了生态系统的整体性和互联性。这种描写方式不仅展现了自然的美丽和神秘感，也体现了蕾切尔·卡森对生态审美的理解和关注。

2. 强调对自然的欣赏和保护

蕾切尔·卡森在《海的边缘》中强调了人类应该学会欣赏自然之美，并将其作为一种珍贵的资源来保护和维护，人类与自然之间存在相互依存的关系，自然界的美丽和神秘感不仅源于它本身，更源于人类对自然的理解和欣赏。蕾切尔·卡森指出，人类应该对自然负起责任，采取措施保护自然环境，避免人类活动对自然环境的破坏。

3.诗一样的语言

蕾切尔·卡森在《海的边缘》的写作中运用丰富隐喻，使用诗一样的语言，将自然界的美和神秘感传达给读者，其写作方式细腻、深刻、情感充沛，强调了人对自然美的感性体验和情感共鸣。通过这种写作方式，激励人们去发现自然之美，探索自然之谜，并将这种感性体验转化为行动，参与到环保事业中。

（四）《寂静的春天》中的生态美学思想

《寂静的春天》是世界生态文学的经典之作，也体现了蕾切尔·卡森的生态美学思想。

1.描绘自然之美

蕾切尔·卡森在《寂静的春天》中展现了对自然之美的细腻和敏锐的感受。蕾切尔·卡森用丰富的语言和生动的形象呈现了春季的自然景色，如"河边流水汨汨，嫩绿的新芽露出头来，花朵竞相开放，燕子飞翔，蜜蜂嗡嗡地飞舞"，这些描写中的每一个词都充满了诗意和美感。这种细腻的观察和生动的描述，传达了作者对自然之美的深刻认识和对自然之美油然而生的美好感受。

2.表现自然生态系统之美

蕾切尔·卡森在《寂静的春天》中着重强调了生态系统的整体性和互联性。蕾切尔·卡森详细描绘了生物之间的相互依存关系，如春季到来后，鸟类和昆虫、昆虫与花卉之间形成了一种微妙的平衡关系，鸟类、昆虫还与水流、陆地之间形成互联互通的关系。这些描写展现了生态系统中生物之间的相互作用和生态平衡的重要性，强调了生态系统的整体性和互联性，并呈现了生命共感之美。

3. 强调人类应当珍视自然之美

蕾切尔·卡森在《寂静的春天》中表达了自己对自然的敬畏之心，并提出人类对自然应负的责任。人类应该尊重自然，学会欣赏自然之美，并将其作为一种珍贵的资源来保护和维护。同时，人类也应该对自然负起责任，采取措施保护自然环境，避免人类活动对自然环境的破坏。这种思想观念不仅体现了生态美学的理念，也表达了蕾切尔·卡森对自然之美的深刻理解和对生态系统美学价值的肯定与尊重。

第六章　蕾切尔·卡森生态文学作品的叙事研究

第一节　蕾切尔·卡森生态文学作品的叙事视角

蕾切尔·卡森生态文学作品的叙事视角呈现出多元化，本节主要对此进行详细分析。

一、蕾切尔·卡森生态文学作品的第一人称叙事视角

蕾切尔·卡森的生态文学作品中使用了大量第一人称叙事视角，这种叙事视角让读者能够更直接地感受到她的思考、情感和对生态问题的关切。

（一）《海的边缘》中的第一人称叙事视角

《海的边缘》是蕾切尔·卡森创作的第三部主要的生态文学作品，在这部生态文学作品中，蕾切尔·卡森在许多关键部分使用了第一人称叙

事视角，对海滨生态系统进行了详细介绍，并且将自己的所见与所思、所感联系在一起，而读者也仿佛跟随蕾切尔·卡森的脚步进入神秘而美丽的海滨世界。

1. 以第一人称叙事视角与读者分享了其在海岸探险的经历

以《海的边缘》的第一章《边缘世界》为例。

在《边缘世界》这一章中，蕾切尔·卡森先对其所见的海滨美景进行了介绍，接着融入了自己的所思与所感。

海岸是古老的世界，自有大地和海洋以来，就有这块水陆之交。这也是永保（葆）持续创造、无限生机、生命不息的世界。每当我步入其中，就更能领略它的美和深刻，体验到生物之间以及生物与环境息息相关、错综复杂的生命交织。[①]

这段文字如同一段总结，既引发了读者对蕾切尔·卡森本身如同海滨探险一样的经历的好奇，又对蕾切尔·卡森抱持的生态整体观印象深刻。

之后，蕾切尔·卡森以第一人称讲述了其在海滨考察时探秘一个难得一见的洞穴水潭的经历。从探秘洞穴水潭的时间选择——退潮时分，到站在近处对洞穴水潭进行观察，再到如何在突起的礁岩抓住大浪间隔的瞬间进入洞穴水潭，如何跪在湿润的海藻地毯上对洞穴水潭的概貌进行观察，以及对洞穴水潭中精巧与神奇的生物进行详细描绘。

在这一过程中，从来没有到过蕾切尔·卡森所提及的这片海滨的读者仿佛也跟随蕾切尔·卡森进行了洞穴水潭的探秘，达到身临其境的效果。

2. 以第一人称揭秘了海洋生物的生活习性

以《海的边缘》的第三章《沿岸风貌》为例。

---

① 卡森．海之滨［M］．庄安祺，译．北京：北京联合出版公司，2019：5.

在《沿岸风貌》这一章中，蕾切尔·卡森从第一人称视角对海滨生物的习性进行了观察与揭秘。

潮间世界的其他成分可能来去变迁，这暗色的斑点却无所不在。岩藻、藤壶、海螺和贻贝，依据其世界的变化本质，在潮间带出现又消失，微型植物黑色的铭文却总在那里。在缅因州这里见到它们，使我想起它们覆盖了基拉戈的珊瑚缘，散布在圣奥古斯丁软质石灰石的光滑平台上，在博福特的混凝土防波堤上留下足迹。由南非到挪威，由阿留申群岛到澳大利亚。这是海陆交接的痕迹，举世皆然。①

在这段文字中，蕾切尔·卡森对海滨生物岩藻、藤壶、海螺和贻贝的习性进行了介绍，指出这些海洋生物虽然微小，然而却遍布世界各地的海滨，在海洋生态系统中起着极其重要的作用。

又如：

暗色薄层下，我开始寻找首先抵达陆地门槛的海洋生物的踪迹。在高层岩石的缝隙和裂口之间，我见到了它们——粗糙滨螺，滨螺属最小的一种。有些滨螺宝宝如此之小，非得用放大镜才能看清。在挤入这些裂缝和洼地的上百只滨螺中，我可以见到尺寸越来越大，最后大到半英寸的成年滨螺。②

在这段文字中，蕾切尔·卡森对滨螺的生长环境以及其尺寸进行了描写，指出了滨螺生活在高层岩石的缝隙和裂口之间，以及滨螺的尺寸大小不等，小滨螺微小到需要放大镜才能看清，而大滨螺则可以长达半英寸。从中也可以看出蕾切尔·卡森对海洋生物观察的细致，从侧面表现出蕾切尔·卡森对海洋生物的热爱。

---

① 卡森.海之滨[M].庄安祺，译.北京：北京联合出版公司，2019：45.
② 卡森.海之滨[M].庄安祺，译.北京：北京联合出版公司，2019:45.

3. 以第一人称的观察和经历向读者展现了其对海洋生态系统的互动与变化的思考

蕾切尔·卡森在《海的边缘》中在对海滨生物进行观察的同时，还对海滨生态系统进行了思考。

（二）《寂静的春天》中的第一人称叙事视角

《寂静的春天》是蕾切尔·卡森倾注了大量心血创作的一部生态文学作品，在这部生态文学作品中，蕾切尔·卡森主要使用了第三人称叙事视角，对 DDT 等化学合成农药造成的自然生态危害进行了较为客观的介绍。然而，在其中的一些部分也使用了第一人称叙事视角。

例如，第一章《明天的寓言》中，蕾切尔·卡森采用了科幻小说式的开头，虚构了一个现实中并不存在的地方，之后又从第一人称视角说明这个虚构的小镇在现实中并不存在，但是也可能存在于美国或世界上的其他地方，并指出想象中的悲剧可能会在世界的任何地方成为活生生的现实，还进一步明确了《寂静的春天》的写作动机。由此可见，蕾切尔·卡森在《寂静的春天》中以第一人称视角引发了读者对环境问题的关注。

除此之外，蕾切尔·卡森在《寂静的春天》中对化学药剂所造成的巨大危害进行翔实说明的同时，也从第一人称视角对这些事件进行反思。

例如：

在所有事件中，人们都回避认真思考如下问题：是谁做出的这个决定，引发一系列连锁中毒反应，导致死亡范围不断扩大，仿佛将卵石扔进平静的湖面而泛起层层涟漪？是谁在天平的一侧放上甲虫可能食用的树叶，而在另一侧放上一堆可怜的杂色羽毛（因杀虫剂肆虐而惨死的鸟儿的残余物）？是谁在没有广泛征求民众同意的情况下做出决定，认为没有昆虫的世界才是最完美的世界，纵然其间了无生机、再无鸟儿展翅飞翔？谁有权力做出这样的决定？！做出这个决定的人，暂时被假以雄权，竟然如此罔顾民意。岂知对千百万民众而言，大自然的美丽与秩序具有深刻而不可替代的意义。①

在这段文字中，蕾切尔·卡森对人们使用化学药剂破坏大自然造成的行为进行了痛心疾首的诘问，她在这一段中使用了多个问句和感叹句以表达其对人类使用化学药剂破坏大自然的美丽与秩序的愤怒，并直言，大自然的美丽与秩序具有深刻而不可替代的意义。

又如第九章的结尾：

淡水和海洋的渔业均是极为重要的资源，关涉广大民众的利益与福祉。如今，化学药剂进入水体，对渔业构成严重威胁，这一点已经毋庸置疑。如果能将每年用于研发毒性更强的杀虫剂经费中的一小部分拿来开展建设性研究，我们就能发现使用危害性较小的物质的办法，就能够发现将有毒物质从河流中清除出去的办法。什么时候公众才会充分认清事实，呼吁采取这样的行动？②

在这段论述中，蕾切尔·卡森综述了人类由于使用化学药剂对昆虫进行防控，而导致河流和池塘中成千上万种鱼类和甲壳纲动物死亡的事实，并对多项科学研究进行了介绍。在结尾处，蕾切尔·卡森以第一人称的叙事视角表明了化学药剂进入水体将会对渔业产生严重威胁，并呼吁公众认清事实，应积极采取行动，减少化学合成杀虫剂的经费投入，增加建设性的研究，将有毒物质从河流中清除出去。

二、蕾切尔·卡森生态文学作品的第三人称叙事视角

蕾切尔·卡森生态文学中大量使用了第三人称叙事视角，例如，《海

---

① 卡尔森.《寂静的春天》[M].辛红娟，译.南京：译林出版社，2018：86.
② 卡尔森.《寂静的春天》[M].辛红娟，译.南京：译林出版社，2018：125.

风下》《我们周围的大海》《寂静的春天》等的叙事均以第三人称叙事视角为主。

（一）《海风下》的第三人称叙事视角

《海风下》是蕾切尔·卡森的第一部海洋文学作品，也是蕾切尔·卡森首次以成熟的文风亮相文坛。《海风下》中蕾切尔·卡森主要采用了第三人称叙事视角对海洋生物进行了介绍。主要表现在以下几个方面。

1.以第三人称对海洋生物的角色进行了描绘

以第三章《集结在北极》中的《苔原漫游》为例。

在《苔原漫游》这一部分中，蕾切尔·卡森以第三人称对三趾鹬的雏鸟如何在妈妈的保护下在苔原上漫游，并在遇到危险时及时有效地躲避的场景进行了叙述，使读者仿佛身临其境。

此外，在《海风下》中，蕾切尔·卡森以第三人称视角对海洋生物在各个阶段的外貌、习性以及如何觅食与躲避危险的行为进行描述。这种第三人称的描述既符合动物的习性，又充满诗意，同时也揭示了大自然优胜劣汰的规则。

例如，第三章《集结在北极》中的《花落如雨》：

不久，鼬鼠的外衣上就出现了第一根白毛；驯鹿的毛开始长长；打从幼雏孵化的那一刻起就聚集在淡水湖边的雄三趾鹬，此刻已陆续南飞。黑脚兄是其中一个。在海湾的泥泞沙地上，小草鹬成千聚集，发现了一种新的飞行乐趣：成群齐飞，呼啸着越过平静的海面。细嘴滨鹬从山上把儿女带到海边，每天都有许多成鸟离去。在银条孵蛋处附近的池塘里，三只小瓣蹼鹬正在练习用瓣蹼踏水，用尖嘴捉虫。它们的爹娘已远在几百英里外的东方，正准备南下大洋。①

在这段文字中，蕾切尔·卡森以诗意的笔触和第三人称的视角，对

---

① 卡森.海风下[M].尹萍，译.北京：北京联合出版公司，2018：69.

处于这一时期特定地点的生物的状态进行了描述，通过鼬鼠长出第一根白毛指出鼬鼠正经历从幼年到成年的变化；驯鹿的毛在一天天地长长，则表明这一时期的驯鹿正在为了即将到来的冬天而做好准备；三趾鹬的幼雏则已然学会了飞翔，并且日复一日地练习飞翔以及觅食的本领；而成年三趾鹬则在这一时期离开了雏鸟，准备南下过冬。这种第三人称叙事视角，使读者感到信服的同时，又具有较强的画面感。

2. 以第三人称叙事视角对海洋生态系统进行描绘

在《海风下》这部作品中，蕾切尔·卡森从第三人称视角详细介绍了海洋生态系统的各个方面。她通过讲述不同生物角色的生活和冒险，展示了海洋生态系统的奥秘和多样性。

在《海风下》中蕾切尔·卡森在多个章节中以第三人称视角讲述了不同生物角色的生活和冒险，卡森展示了海洋生态系统中生物之间的捕食与被捕食关系，以及这些关系如何影响生态系统的平衡。

例如，蕾切尔·卡森在《海风下》中通过描述海鸟捕食鱼类、鱼类捕食浮游生物和甲壳类动物以及其他海洋生物之间的相互关系，来展示海洋生态系统中生物之间的食物链关系。她客观地展现了海洋生物的习性，并展示了海洋食物链。

再者，蕾切尔·卡森在《海风下》中以第三人称视角对海鸟、鲭鱼、鳗鲡等海洋生物或以海洋食物为主的禽鸟的生活习性以及这些海洋生物在自然循环中的角色，如迁徙、繁殖和死亡等进行描述。此外，蕾切尔·卡森还客观地阐释了这些自然现象对于维持生态平衡的重要性，以及人类活动如何影响这些平衡。

除此之外，在《海风下》中，蕾切尔·卡森还从第三人称视角对不同类型的海洋生态系统，如沙滩、沼泽、珊瑚礁、深海等进行了描绘，讲述了这些生态系统的特征，以及生态系统中生物相互关系和适应环境变化的方式。

与此同时，在《海风下》中，蕾切尔·卡森也十分关注人类活动对海洋生态系统的影响，从第三人称视角对人类捕捞、污染和破坏生态环境的行为，以及这些活动如何影响海洋生物和整个生态系统进行了描绘和说明。

（二）《我们周围的大海》中的第三人称叙事视角

《我们周围的大海》是蕾切尔·卡森的第二部作品，也是蕾切尔·卡森首部登上畅销书排行榜的作品。在这部作品中，蕾切尔·卡森主要采用了第三人称叙事视角，以科普的方式介绍了海洋的起源、发展、地形和生物等方面的知识。

1. 以第三人称叙事视角对海洋起源进行了客观介绍

在《我们周围的大海》中，蕾切尔·卡森的第一章《母亲海洋》以第三人称视角对海洋的起源与形成进行了客观而深入的介绍，以帮助读者更好地理解海洋。

蕾切尔·卡森指出，海洋形成的基础前提是地球上拥有了合适的温度。

大约在 45 亿年前，地球从太阳系的原始物质中诞生。在地球的早期历史中，其表面温度极高，随着时间的推移，温度逐渐降低，从而为海洋的形成创造了条件。而当地球温度逐渐降低时，大量的水蒸气开始在大气层中凝结，形成雨水，这些雨水汇集在地球表面的低洼地带，形成了最初的海洋。同时，地壳上的火山活动也释放了大量的水蒸气，进一步促成了海洋的形成。

蕾切尔·卡森从板块构造理论出发，说明了大陆漂移和地壳运动如何影响海洋的分布、深度和地形，并描述了地球历史上的不同时期，海洋是如何发生变化的。

此外，蕾切尔·卡森还从第三人称视角对海水中盐分的由来以及海洋对地球生命起源的影响进行了阐释。

2. 以第三人称叙事视角对海洋的地形、环境以及海洋生物进行了介绍

《我们周围的大海》中蕾切尔·卡森以第三人称叙事视角对海洋地形的各个方面，包括大陆架、大陆斜坡、深海平原、海沟、海脊和珊瑚礁等进行了介绍，向读者展示了海洋地形的多样性和奥秘。

蕾切尔·卡森还从第三人称叙事视角对海水的成分、海洋洋流、潮汐、海浪等海洋环境进行了详细介绍，并讲述了这些自然现象对海洋生态系统和生物的影响，以及它们之间的相互关系。

在对海洋地形、环境进行介绍的同时，蕾切尔·卡森从第三人称叙事视角出发，对包括浮游生物、底栖生物、鱼类、海洋哺乳动物等在内的海洋生物的世界进行了描绘，并说明了这些生物的生活习性、生态位以及在食物链中的角色。

最后，在《我们周围的大海》中，蕾切尔·卡森还从第三人称叙事视角出发对人类与海洋之间的关系进行了反思与探讨，指出人类对海洋资源的开发、海洋污染、过度捕捞将会在一定程度上对海洋环境和海洋生态系统产生破坏，指出人类对海洋的污染和破坏终将会对人类自身产生危害，呼吁人类要保护海洋生态环境，以维持地球生态系统的平衡。

（三）《寂静的春天》中的第三人称叙事视角

《寂静的春天》作为一本生态科普著作，为了增强此书的可信度，蕾切尔·卡森在这本书中主要采用了第三人称叙事视角，主要表现在以下几个方面。

1. 以大量数据和详细的案例描绘了化学合成杀虫剂对自然生物的危害和生态环境造成的严重破坏

以《寂静的春天》的第九章《死亡之河》为例。

在《死亡之河》这一章中，蕾切尔·卡森以第三人称视角指出生活

在海洋中的鱼类与陆地河流之间存在极其紧密的联系。加拿大东北部新不伦瑞克省米拉米奇河上游溪流交汇处是大西洋中的鲑鱼产卵的区域，每年秋天，鲑鱼均会从遥远的大西洋洄游到此处产卵。而小鱼长成后则会重新游回大西洋。如此循环往复，这是大自然特有的生态规律。

然而，1954年加拿大政府在米拉米奇河西北部林区喷洒农药以防止云杉食心虫的举动造成了河流沿岸大量刚出生的幼鲑、鳟鱼以及其他水体生物的死亡。除此之外，受农药污染的米拉米奇河流本身的生态环境也遭到了严重破坏，而要恢复到喷药前的状态可能需要数年时间。

蕾切尔·卡森以此说明空中喷洒化学合成农药对河流的危害。除此之外，蕾切尔·卡森还对美国缅因州喷洒化学合成杀虫剂对河流生态系统的破坏、美国南方为防控火蚁向数百万英亩土地喷洒农药对河流和池塘养殖的危害进行了说明，并用数据和科学田野调查对化学合成杀虫剂对鱼类的毒害进行了详细分析，指出鱼类对现代杀虫剂的主要成分极其敏感。同时指出河流的污染以及河流生态系统的破坏将会对人类的渔业产生严重的不良影响。在这部分中，蕾切尔·卡森还以冷静的笔触和第三人称视角对DDT等化学合成农药对河流以及池塘中成千上万种鱼类、鸟类的死亡产生直接影响进行了阐释。

除了第九章之外，《寂静的春天》的其他章节也列举了一系列化学合成杀虫剂危害自然生物，以及对自然环境造成破坏的翔实案例。

蕾切尔·卡森描述了DDT如何导致鸟类数量急剧减少，特别是猎鹰、鹰和鱼鹰等猛禽。这些鸟类在食物链的顶端，通过生物放大现象，它们体内积累了大量的农药残留，蕾切尔·卡森强调DDT影响了鸟类生殖系统，导致蛋壳变薄、孵化失败，因而使得许多猛禽种群锐减，甚至濒临灭绝。

蕾切尔·卡森还提到了密歇根州一次大规模的鱼类死亡事件。1953年，为了控制蚊子数量，当地政府在部分河流和湖泊中投放了大量含有DDT的杀虫剂。结果，这些水体中的鱼类大量死亡，甚至包括一些非目标生物，如鸟类、哺乳动物和爬行动物。这一事件充分说明了杀虫剂对生态系统的破坏。

蕾切尔·卡森指出荷兰在 20 世纪 50 年代大量使用一种名为"阿尔地松"的杀虫剂，以控制甲虫数量。然而，这种杀虫剂导致了包括知更鸟、喜鹊和其他鸣禽在内的大量鸟类的死亡。

蕾切尔·卡森还讲述了 1958 年发生在美国印第安纳州的一起麻雀大量死亡事件。这起事件是由于政府为了控制草地的蚱蜢数量，喷洒了一种名为"甲基对硫磷"的杀虫剂。然而，这种杀虫剂导致大量麻雀死亡。

这些案例以第三人称叙事视角，以具体年份、地点、数字等准确信息详细揭示了 DDT 等化学合成剂对自然生物的危害和对生态环境造成的严重破坏，证明化学合成杀虫剂对非目标生物的数量以及生物多样性的丧失产生了巨大且深远的不良影响，因此使《寂静的春天》拥有了极强的说服力。

2. 以大量数据和详细的案例论证了化学合成杀虫剂对人类的危害

化学合成杀虫剂对自然环境具有极强的破坏力，人类作为自然生态循环系统中的一环，也不可避免地受到化学合成杀虫剂的不良影响。

在《寂静的春天》第十二章《人类的代价》、第十三章《透过一扇小窗》、第十四章《四分之一的概率》等章节中，蕾切尔·卡森借助第三人称叙事视角通过大量详细的调查对化学合成杀虫剂危害人类的问题进行了详细说明。具体表现在以下几个方面。

（1）化学合成杀虫剂与癌症之间的关系。蕾切尔·卡森在《寂静的春天》中通过大量详细的案例从第三人称视角，客观而真实地揭示了农药残留如何进入人体并增加患癌症的风险。

蕾切尔·卡森从化学合成杀虫剂等农药的构成成分以及这些成分在环境中分解的原理入手，从科学视角揭示了众多化学合成杀虫剂等农药在环境中的半衰期较长，可以在空气、土壤和水中长时间存在。而人类可能会通过吸入、饮用和食用含有农药残留的食物而间接接触到这些有毒物质。这些有毒物质进入人类的身体之后，可能致癌。

蕾切尔·卡森提到了一些研究，表明在美国农村地区居民的脂肪组织中检测到了高浓度的 DDT，这引起了人们对其致癌风险的担忧。她还引述了其他实验室研究，证实了农药残留与多种癌症类型存在关联，如乳腺癌、前列腺癌和非霍奇金淋巴瘤等。

（2）化学合成杀虫剂与用药安全方面。农民与农业工人是接触化学合成杀虫剂等农药最多的人群，也是最易暴露在化学合成杀虫剂等农药中的人群。蕾切尔·卡森关注了农民和农业工人直接接触农药的风险。这些人群在施药过程中容易暴露在含有农药环境中，易出现皮肤病、呼吸道疾病、神经系统损伤和生殖系统问题，以及帕金森病和阿尔茨海默病等严重的神经系统疾病。

例如，一位农民在使用一种名为 2，4-D 的除草剂后出现皮肤疮痂和过敏反应的案例。另一位农业工人在使用有毒农药处理植物后出现严重的肺部损伤，最终导致呼吸衰竭而死亡。这些案例表明农民和农业工人在使用农药时面临着严重的健康风险。

又如，一位农民在长时间接触有毒农药后，出现了记忆力丧失、反应迟钝和肌肉抽搐等症状，还有一名长期暴露于含有农药环境中的农业工人，最终被诊断为帕金森病。

在《寂静的春天》第十二章《人类的代价》中，蕾切尔·卡森指出墨尔本大学与墨尔本亨利王子医院的研究人员报告的 16 起精神疾病案例均证实了长期接触磷酸酯杀虫剂与人类记忆力减退、精神分裂和抑郁症之间的关系。

（3）化学合成杀虫剂与人类遗传和生育。化学合成杀虫剂中包含大量高残留的化学成分，这些化学成分可能导致包括人类在内的动物的生殖能力减弱，以及生育问题，如流产、早产、出生缺陷等。

蕾切尔·卡森指出人类的遗传基因比个体生命更加宝贵，而化学合成杀虫剂中的化学成分可以在人类脂肪中堆积，从而对人类的遗传基因产生影响。在第十三章《透过一扇小窗》中，蕾切尔·卡森通过对化学药品对活体细胞的影响堪比辐射的原理进行了介绍，同时引用了一些化学家的研究成果证明某些农药暴露与精子质量下降、卵子质量降低以及性发育障碍等问题相关。例如，一位妇女在怀孕期间暴露于含有农药的环境中，最终生下了患有严重出生缺陷的孩子的案例。又如，一项对农民家庭进行的调查，发现那些直接接触农药的家庭成员的流产率和早产率明显高于对照组。这些翔实的说明与案例引发了人们对农药影响胎儿健康问题的关注。

（4）化学合成杀虫剂与儿童健康。儿童是人类的未来，化学合成杀虫剂的大规模普及与滥用，不可避免地对儿童的健康产生影响。

蕾切尔·卡森指出与成人相比，儿童在生长发育过程中，其生理系统尚未完全成熟，因此对农药等有毒物质更加敏感。她提到了一些研究，显示农药暴露可能对儿童的神经发育产生不良影响，导致学习障碍、行为问题和智力发育迟缓，甚至导致儿童白血病等危害。

蕾切尔·卡森在《寂静的春天》的写作中参考了大量医学研究文献，里面记载了生活在农药使用较为频繁的农村地区的儿童，比生活在城市的儿童更容易出现学习障碍和行为方面的疾病。蕾切尔·卡森引用了一例儿童在游泳池中误食了含有农药的水后，出现了严重的呼吸困难和喉头水肿的案例。这些例子都表明农药对儿童健康的潜在危害。

（5）农药与免疫系统损伤。蕾切尔·卡森在《寂静的春天》中指出，化学合成农药可能对人体免疫系统产生毒性作用，导致免疫功能下降。这可能使人体更容易感染病毒、细菌等病原体，甚至可能导致自身免疫性疾病的发生。她引述了一些研究，表明农药暴露与免疫系统功能降低和感染性疾病发生率增加之间存在关联。

例如，一位农民在使用某种农药后出现严重的免疫系统损伤，最终导致感染性疾病并发症的案例。这一案例进一步证实了农药对人体免疫系统的潜在危害。

（6）农药与内分泌干扰。蕾切尔·卡森在《寂静的春天》中指出化学合成农药对人体内分泌系统的影响。她提到了一些研究，表明某些农药具有内分泌干扰活性，可能导致内分泌相关疾病的发生，如甲状腺功能异常、糖尿病和肥胖症等。此外，这些内分泌干扰物质还可能对生殖系统产生影响，导致性发育障碍、月经不规律和性功能障碍等问题。

蕾切尔·卡森引用了一项研究，发现某些农药暴露与甲状腺激素水平异常和糖尿病发病率增加之间存在关联。这些研究结果表明农药对人体内分泌系统存在潜在危害。

第二节　蕾切尔·卡森生态文学作品的叙事模式

蕾切尔·卡森生态文学作品的叙事模式呈现出美国当代生态文学作品叙事模式的诸多特点，本节主要对此进行详细分析。

一、蕾切尔·卡森生态文学作品的故事性叙事模式

蕾切尔·卡森的生态文学作品具有鲜明的故事性叙事模式，其通过一个个带有故事性的场景表现出海洋的神奇，营造出引人入胜的自然现象。

（一）生动的场景故事

蕾切尔·卡森的生态文学作品中，以富有诗意的语言描绘出了一个个生动的场景故事。

以《海风下》为例。

在《海风下》中，蕾切尔·卡森通过讲述不同海洋生物的生活习性和生态关系，向读者展示了一个充满生机与活力的海洋世界。其中，她讲述了一则关于鲭鱼的故事。

鲭鱼是一种广泛分布在海洋中的鱼类，拥有强烈的洄游习性。每年春天到来时，鲭鱼成千上万地从深海游到近海，展开一场横跨大洋的冒险之旅。在这次壮丽的迁徙过程中，鲭鱼首先需要面对大洋中的极端气候。它们不仅要在巨浪中穿行，还要在暴风雨中坚持前行，直面海洋洋流和温度变化带来的挑战，准确地辨别洋流的方向和速度，寻找最适合它们前行的路径。在迁徙途中，鲭鱼还要面对众多捕食者的威胁。海豹、海狮、鲸鱼、鲨鱼等猛兽常常伺机捕食它们。当鲭鱼终于抵达产卵地时，它们还需要面临繁衍后代的挑战。在繁殖季节，雄性鲭鱼会竞相争夺雌性鱼的青睐，展示它们的力量和耐力。雌性鱼则会在适宜的沙滩或岩石缝隙产卵，确保后代能够在安全的环境中孵化。

蕾切尔·卡森在《海风下》中以场景故事的形式描述了鲭鱼的生活过程，从它们的出生、成长、洄游，到最后产卵的整个生存过程中，鲭鱼要努力寻找食物和生存空间，同时避开潜在的危险，展示出了惊人的生存能力和适应性。

《海风下》第二部第十二章《曳网》中的《黑暗中的生命微光》《捕鲭船》《定有逃生之路》《网中的彗星》《再下一次网》《狗鲨抢鱼》《在墨绿中穿梭》等章节描绘了一个连贯的场景，即渔船在海上打捞鲭鱼的场景。为了捕捞鲭鱼，渔船在大海中关闭了引擎，瞭望员在桅顶上看到了鲭鱼后紧急发出报警，其余十余名船员在黑暗中抓紧捕鲭网，严阵以待，在漆黑如墨的大海上，静静等待。

大片鲭鱼在黑暗的大海中前行，伴随着微弱的进食声，有经验的捕鱼船长和船员们根据水中的声音撒网捕捞鲭鱼，数千条鲭鱼似乎进入了渔网，伴随着渔网收紧，鲭鱼似乎无处可逃。然而，面对巨大的渔网，成年鲭鱼纷纷以身体碰撞渔网以求为鲭鱼群寻找逃生之路。

　　大海阻隔了人类的视线，当渔船上的水手终于将渔网收紧时，数千条鲭鱼也终于找到了逃生之路，仿佛流星般朝大海深处逃生，渔船最终只收获了一堆湿网。

　　正当渔船上的人们失望时，天将破晓之际，大海上忽然又出现了一个鲭鱼队，渔船再次下网并将数千磅鲭鱼赶入网袋。正当船员们欣喜终于捕到鱼时，一群狗鲨却冲进网袋中与人类抢鱼，而幸存的鲭鱼则沿着狗鲨撕裂的缺口再次逃入大海深处。

　　这种连贯的故事场景在《海风下》中比比皆是，借助这种生动的故事场景，读者在阅读时，既对海上鲭鱼群的冒险和安危担忧，同时又伴随着紧张的故事场景而关心渔船的收获，具有引人入胜的效果。

　　在《海风下》中，蕾切尔·卡森通过鲭鱼迁徙和繁衍这一生动的故事，向读者展示了海洋生态系统的奥妙和脆弱性。鲭鱼作为一种广泛分布于全球海洋的鱼类，在海洋生态系统中占有重要地位，作为一种迁徙性鱼类，它们在不同的季节里会在大洋中穿行千里，寻找适合自己生活和繁殖的环境。而在海洋生态系统中，鲭鱼处于食物链的中层，它们是许多大型捕食者，如鲨鱼、金枪鱼和海鸟等的食物来源。鲭鱼数量的多少直接影响着这些捕食者的生存状况。

　　看到这么多鱼在水中移动，看到大鲭如何飞蹿、扭身、在黑暗中旋转，看它们的身体因其他生物的光而发亮，幼鲭心中又紧张又兴奋。它们专心进食，大鲭、小鲭起先都没注意到头顶上一道亮光划过，像一条巨鱼游过水面留下的痕迹。①

　　在这段文字中，蕾切尔·卡森采用了拟人化的文学创作手法，展现了幼鲭学习游泳的场景。

---

① 卡森．海风下 [M]．尹萍，译．北京：北京联合出版公司，2018：194.

（二）生物生活习性的故事叙事

蕾切尔·卡森的生态文学作品中讲述了大量生物生活习性的故事，这些故事既反映了生态系统的神奇，也反映了自然造物的丰富性。

以《海风下》中对海草床生物生活习性故事的描述为例。

海草有着浓密的根茎和叶片，在浅海区域形成了一片绿色的海床。海草床是由多种海草共同构成的庞大生态系统，是海洋生态系统中的重要组成部分，它们为无数生物提供了栖息地、产卵场和食物来源。

海草床是鱼、虾等浅海生物的栖息地，红鱼在海草床中产卵，为它们的后代提供了安全的栖息地。同时，小鱼和虾类在海草间觅食，成为其他鱼类的食物。蕾切尔·卡森在《海风下》中描绘了一只海鹰从天而降捕捉海草床中生活的小鱼的场景。

除了红鱼，海龟也是海草床的常客，它们在这里以海草为食，维持海洋生态系统的平衡。蕾切尔·卡森在《海风下》中讲述了一只绿海龟在海草床中觅食的情景。它用锋利的喙切割海草，然后缓慢地咀嚼。它们在进食时显得非常谨慎，生怕损伤周围的海草。

海马是海草床中的一种非常特殊的生物。海马拥有与众不同的外形，它们的头部像马头，身体呈弯曲状。海马的尾巴非常灵活，可以缠绕在海草上，帮助它们在水中保持稳定。海马以浅海地区的浮游生物为食，用特殊的长吻捕捉猎物。当猎物靠近时，海马会迅速张开吻，将猎物吸入其中。

《海风下》还讲述了海马特殊的繁殖方式，雌性海马在交配时将卵产入雄性海马的孵化囊中，雄性海马随后将卵孵化。孵化期间，雄性海马会不断地摇动身体，确保卵得到充足的氧气。

海马具有保护色，它们的颜色可以与周围的环境相匹配，从而躲避捕食者的侵扰。此外，海马还会利用海草作为掩护，通过摇曳的姿态和缠绕的尾巴与海草融为一体。

海葵与海葵蟹是海草床中奇妙的共生体。海葵蟹会将海葵附在它们的壳上，以保护自己免受捕食者的攻击，同时，海葵也从海葵蟹那里获得了食物。

海草床附近还经常会出现巨大的沙丁鱼群。它们通过密集的队形和协同动作，保护自己免受捕食者的攻击。当成千上万的沙丁鱼在海草床上空跳跃时，则会形成一片闪烁的银光。

海草床还是鸟类的食物场和繁殖场所。当海草床中的生物在水下游弋时，白鹭、海鹰和鹭鸶等鸟类常常在海草床上空翱翔，捕捉鱼类和其他小型生物，形成一个海鸟在海草床边悠然觅食的美好画面。

《海风下》中通过对海草床生物习性故事的描绘展现了一个奇妙的海草床世界，这个世界中海洋植物和海洋动物相互共生，形成了独特而丰富的生态系统。

除了《海风下》之外，《我们周围的大海》和《海的边缘》中也讲述了大量海洋生物习性的故事，通过这些故事展现了海洋生物的神奇以及海洋生态系统的独特。

例如，《海的边缘》中讲述了海藻的生活习性。海藻在岩岸生态系统中扮演着重要的角色。海藻是一类生长在海水中的植物，它们有着多样的形态和颜色，从翠绿色的海藻带到红色和褐色的海藻群落，呈现出海洋世界中丰富多彩的一面。海藻附着在岩石表面，形成一片片绿色的海藻带。在退潮时，海藻能够保持湿润，以抵抗干燥的环境。

海藻能够通过光合作用产生能量，将阳光、二氧化碳和水转化为有机物质。这使得海藻能在不同的光照条件下生长，从潮汐带的阳光照射区域到更深的海域。不同种类的海藻对光照需求不同，因此可以在各种水深的海域找到它们的身影。这使得海藻既可以为贝类、螺类和甲壳类生物等小型海洋生物提供食物和庇护所，也能够为这些海洋生物提供氧气。同时，海藻在海洋生态系统中具有净化功能，它们吸收水中的营养物质，有助于减轻水体富营养化现象。

（三）人与自然的互动故事

海洋与人类的发展息息相关，在生态文学作品中，蕾切尔·卡森对人与自然的互动故事进行了呈现。

1.《海风下》中人与自然的互动故事

以《海风下》为例。

蕾切尔·卡森在《海风下》中通过人与自然的互动故事，向读者展示了渔民与海洋生物之间的紧密联系。

沿海渔村的渔民们早出晚归，捕捞各种海洋生物。他们的生活与潮汐有着密切的关系，捕捞活动往往受潮汐周期的影响。他们必须了解各种鱼类、甲壳类生物的习性，才能有效地捕获目标物种。这些渔民们不仅是捕鱼高手，还是传统知识的传承者。他们了解海洋生物的繁殖周期，知道捕捞的最佳时机。他们还了解海洋生态系统的脆弱性，因此在捕捞过程中会遵循一定的原则，以保护资源的可持续利用。

随着现代化和工业化的发展，过度捕捞、污染和气候变化等因素使海洋资源减少，渔民们的生活越来越艰难，他们面临着种种挑战。为了应对这些挑战，渔民们开始尝试采用更加可持续的捕捞方法，比如限制捕捞数量、使用环保渔具等。他们还积极参与海洋保护项目，保护珍稀海洋生物和珊瑚礁生态系统。

由此可见，《海风下》中的渔民故事展示了人与自然之间的紧密联系，以及人们在保护海洋生态系统方面所肩负的责任。这些故事提醒我们，只有尊重自然、保护资源，人类才能与海洋和谐共处，共创美好未来。

2.《我们周围的大海》中人与自然的互动故事

《我们周围的大海》讲述了潜水员与珊瑚礁生态系统的互动故事。珊瑚礁是海洋中最丰富而复杂的生态系统，其中有许多种生物相互依赖。潜水员们意识到保护珊瑚礁的重要性，开始参与保护项目，如清除外来物种、监测珊瑚礁健康状况等。这些努力有助于维护珊瑚礁生态系统的平衡，保护大海。

3.《海的边缘》中人与自然的互动故事

蕾切尔·卡森在《海的边缘》中讲述了沿海地区的居民与潮汐之间的紧密关系。潮汐的变化对于这些居民的生活至关重要。他们依赖潮汐来捕捞贝类和鱼类等海洋生物。在潮汐退去时，大量的生物暴露在沙滩上，居民们抓住这个机会捕捞食物。此外，潮汐还决定了船只何时能够进出港口。只有在海水涨潮时，人类的大型船只才能够进出港口。

人类志愿者们为了保护海洋生态环境，聚集在沙滩上清理垃圾。这个活动不仅帮助提高了海滩的环境质量，还让参与者们更加关注海洋环境问题，提高了他们的环保意识。

此外，人类科学家在对海洋生态系统进行研究的过程中发现人类活动如过度捕捞、污染等对海洋生态系统造成了严重的破坏。这些研究结果提醒人们要采取措施保护海洋环境，实现人与自然的和谐共生。

4.《寂静的春天》中人与自然的互动故事

在《寂静的春天》中，蕾切尔·卡森着重探讨了人类与自然的关系，并揭示了人类活动对环境和生态系统造成的影响。在这部生态文学作品中，蕾切尔·卡森使用寓言等文学手法讲述了农药如何对环境造成严重影响，并呼吁人类要善待环境。

二、蕾切尔·卡森生态文学作品的动物叙事模式

蕾切尔·卡森的《海的边缘》作为蕾切尔·卡森"海洋三部曲"的收官之作，打破了其以往生态文学的叙事模式，通过生态叙事模式向人们展现出一个与众不同的海洋世界。此处主要以《海的边缘》为例，对蕾切尔·卡森生态文学作品的动物叙事模式进行分析。

《海的边缘》以沿海地区的潮汐带为背景，详细介绍了各种海洋生物在这个独特的生态环境中的生活状态。作者将生物个体的生活经历与整个生态系统联系起来，通过这种生物叙事的方式，展现了海洋生态系统的复杂性和多样性。

　　在《海的边缘》中，蕾切尔·卡森使用了动物叙事的模式，通过动物叙事揭示海洋生物的丰富多彩，让人类体会到海洋生物的情感，了解海洋生态系统的运作。

　　纵观《海的边缘》中的动物叙事，主要表现在以下几个方面（表6-1）。

表6-1 《海的边缘》中的动物叙事一览表

序　号	动　物	举　例
1	贝壳类生物叙事	《海的边缘》中，蕾切尔·卡森用了大量篇幅进行贝壳类生物叙事，让读者了解它们是如何在潮汐带的泥沙中寻找食物，以及它们如何通过特殊的结构和生理机制在这个充满挑战的环境中生存。例如，蛤蜊在潮水退去时如何通过伸出触角感知外界的变化，慢慢挖掘泥沙，寻找隐藏其中的浮游生物作为食物。通过这一生动的叙述，读者得以置身于贝壳类生物的生活世界，感受它们在潮汐带中的生存挑战
2	海藻叙事	以海藻叙事描绘了海藻类生物如何在潮汐带中随着潮水的涨落而展现出生命力，通过依附在岩石上，通过吸收阳光和营养物质进行光合作用，从而生长繁茂。此外，从海洋生态系统的视角讲述了海藻为其他生物提供栖息地和保护的现象。通过海藻叙事，引导读者更好地理解海洋生态系统中生物间的相互依赖关系
3	鲭鱼叙事	通过鱼类叙事展示了鱼类在潮汐带中的生活习性。例如，潮汐带中的洄游鱼如何利用潮水的涨落洄游、寻找食物和繁殖场所。同时，这些鱼类在潮汐带中捕食甲壳类生物，成为生态系统中的重要捕食者。借助鱼类叙事，读者可以了解潮汐带生态系统中生物之间的相互关系以及食物链的运作

续　表

序　号	动　物	举　例
4	鸟类叙事	通过鸟类的视角，展示了它们在潮汐带中的生活习性。例如，海鸟如鹈鹕、海鸥等，依赖潮汐带丰富的食物资源，捕食鱼类、甲壳类生物等。这些海鸟在捕食过程中，也将能量传递给其他生物，成为生态系统中重要的一环。通过鸟类叙事可以让读者更好地理解了潮汐带生态系统中生物间的相互作用和能量流动
5	甲壳类生物叙事	甲壳类生物的视角让读者了解了这类生物在潮汐带的生存状况。例如，沙蟹是海滨的一种独特的生物，它们在潮汐带中寻找空闲的贝壳作为自己的"房子"，并随着自己的生长，不断寻找更大的贝壳来替换原来的"房子"，以适应自己的生长需求。通过沙蟹的视角，读者可以感受到潮汐带生态系统中生物间互相适应和竞争的过程

蕾切尔·卡森通过动物叙事，赋予了动物人类的情感，从而向人类展现了自然动物世界的精彩和神奇之处。

三、蕾切尔·卡森生态文学作品的陌生化叙事模式

陌生化（Defamiliarization）是一种文学手法，通过让读者看到日常生活中的事物和现象的新颖和独特之处，从而提高对它们的认识和理解。蕾切尔·卡森的生态文学作品中采用了大量陌生化叙事模式。在这里笔者主要以《海风下》为例进行分析。

在蕾切尔·卡森所生活的年代，政府与科学工作者已经开始有意识地向民众介绍一些科学原理和科学知识，即已经开展了一些科学普及工作。然而由于大多数科学家与撰写的科普性作品使用了大量学术性语言和专有名词，且没有将高深的理论进行深入浅出的分析，因此普及率不高。

而蕾切尔·卡森将文学创作方法与科学知识相结合，通过陌生化的

叙事模式使读者对海洋和生态系统有了全新的认识。

（一）海洋生态系统的陌生化呈现

在《海风下》中，蕾切尔·卡森通过第一人称为主的生动的描述和细腻的描绘，使海洋生态系统显得新颖而生动。她将科学知识与文学表现手法相结合，让读者能够从一个全新的角度来看待海洋生态系统。这种陌生化的手法使得读者能够更好地理解海洋生态系统的复杂性和独特性。

蕾切尔·卡森的《海风下》不仅对大海中的生物进行了介绍，而且对大海中存在的不同生态系统进行了详细描绘，向读者展现了一个有趣而充满多样性、陌生化的海洋世界（表6-2）。

表6-2 《海风下》中呈现的海洋生态系统一览表

序　号	海洋生态系统	说　明
1	珊瑚礁生态系统	珊瑚礁生态系统是海洋中最富有生物多样性的生态系统之一，蕾切尔·卡森在《海风下》中生动地描述了珊瑚礁中的丰富生物种类和独特生态环境，指出珊瑚礁是由珊瑚虫和藻类共生而形成的，它们为无数鱼类、甲壳类、软体动物等提供了栖息地与繁衍生息的重要场所。在这里，生物们相互依存、共生共存，形成了一个独特的生态系统
2	深海生态系统	深海生态系统是一个光照极度缺乏、压力巨大的环境，其条件极端，但仍然拥有丰富的生物多样性。深海生物在深海生态系统这一独特的环境中进化出了特殊功能，深海中的生物通常具有发光器官，以吸引猎物或进行交流；深海生物通常具有高度特化的适应能力，如耐高压、缺氧等，为读者呈现了一个恶劣而丰富多彩的深海生态系统
3	温带水域生态系统	温带水域生态系统是另一个生物多样性丰富的海洋生态系统，蕾切尔·卡森在《海风下》中详细地介绍了温带水域生态系统中的各种生物，如鲸鱼、海豹、海鸟等，描述了这些生物在温带水域中的生活习性和繁衍方式，展现了生物在海洋生态系统中的生存和适应能力

序　号	海洋生态系统	说　明
4	极地生态系统	极地生态系统是一个寒冷而充满挑战的环境，其温度极低，却拥有丰富的生物多样性，这里的生物，如企鹅、海豹、北极熊等，都演化出了独特的生存策略来适应这个极端的环境。蕾切尔·卡森通过采用陌生化叙事对极地生态系统进行描述，让读者了解到生物如何在极地环境中繁衍生息，达到了引人入胜的效果
5	海滩与潮汐带生态系统	海滩和潮汐带生态系统是另一个生物多样性丰富的海洋生态系统。蕾切尔·卡森在《海风下》中描述了贝类、螺类、藻类等潮汐带生物如何应对海洋潮汐的周期性变化，这些生物在蕾切尔·卡森的笔下均是独特的主角，都具有独特的生存策略来适应这个充满挑战的环境。蕾切尔·卡森通过对海滩与潮汐带生态系统的描述，让读者了解到这些生物如何在不断变化的环境中生存
6	热带雨林生态系统	《海风下》也对热带雨林生态系统进行了简要介绍，热带雨林是地球上生物多样性最丰富的陆地生态系统之一，这里的生物都依赖于茂密的树冠层来获取食物并将其作为栖息地。蕾切尔·卡森通过对热带雨林生态系统的描述，强调了生物多样性在维持生态平衡和地球生态系统健康中的重要性，达到了陌生化叙事的效果

（二）人类与自然的关系的陌生化呈现

除了海洋生态系统的陌生化呈现之外，蕾切尔·卡森在《海风下》一书中还展现了人与自然的关系，并将其进行了陌生化的呈现，强调了人类与自然是一个整体，相互依存、共生共存。

1. 人类对自然资源的开发与利用的反思

蕾切尔·卡森在《海风下》中指出，人类在开发与利用自然资源时，往往忽视了自身与自然界的平衡关系。其中包括过度捕捞、深海矿产开发等对海洋生态系统的破坏。由于这一时期人类尚未对人类行为对于大自然所产生的影响进行综合调查，公众缺乏人类行为对大自然影响的证据，当蕾切尔·卡森从这一视角进行反思和叙事时，即呈现出一种陌生化效果。

例如，蕾切尔·卡森在《海风下》中指出由于人口增长和对海产品的需求，许多渔民和捕捞公司不顾海洋资源的可持续性，进行大规模捕捞。这一行为导致许多鱼类资源减少，破坏了海洋生态系统的平衡，对海洋生物的生存造成严重威胁，还可能导致人类自身的生存危机。因此，蕾切尔·卡森呼吁人们在开发与利用自然资源时，应当充分考虑生态平衡，确保可持续发展。

又如，蕾切尔·卡森在《海风下》中提出，随着通信技术的发展，海底电缆在全球范围内大量铺设。然而，海底电缆的铺设过程可能会破坏海底生态环境，对海洋生物造成伤害。例如，铺设过程中会破坏海底的地貌，影响海洋生物的栖息地；同时，电缆的运行还可能对某些海洋生物产生电磁干扰，影响它们的生活习性。对此，蕾切尔·卡森呼吁人类在发展通信技术时，应该充分考虑该技术对海洋生态环境的影响，并积极寻求可持续的发展途径。

2.人类对海洋污染的揭示与反思

20世纪60年代，人类对海洋的开发尚未深入，更遑论对海洋污染的研究。大众对海洋的神秘十分向往，然而蕾切尔·卡森作为一名海洋生物学家，在长期对海洋生物的研究中发现了人类行为对海洋的污染，以及对海洋生态系统的破坏。为此，蕾切尔·卡森在《海风下》中用充满诗意的文字将人类对海洋的污染进行了揭示与反思。

蕾切尔·卡森在《海风下》中对海洋污染的揭示与反思主要体现在以下几个方面。

（1）石油开采对海洋的影响。石油是人类社会发展的重要能源。然而，在石油的开采过程中，往往会产生一定程度的海洋污染。例如，石油钻井平台可能会泄漏石油，造成海域污染。此外，石油运输过程中的事故，如油轮泄漏、油管破裂等，也会对海洋环境造成严重破坏。因此，蕾切尔·卡森在《海风下》中呼吁人们在开发与利用石油资源时，应当采取严格的环保措施，减少对海洋生态的影响。

（2）深海矿产开发对海洋的影响。20世纪五六十年代，伴随着科技的快速发展，人类开始对锰结核、硫化物等深海矿产资源进行探索。然而，深海矿产开发过程中的排放物和废弃物可能会对深海生态系统产生严重影响。而深海生态系统的破坏将影响到整个海洋生态链的平衡，进而影响人类的生存与发展。蕾切尔·卡森在《海风下》中对此表达了担忧。

（3）海水养殖对海洋的影响。进入20世纪后，伴随着人类对海产品需求的增加，海水养殖成为一种重要的食品生产方式。蕾切尔·卡森在《海风下》中指出，海水养殖过程中的饲料、排泄物和药物残留可能会对周围的海洋环境造成污染，影响其他海洋生物的生存。因此，蕾切尔·卡森呼吁人们在开展海水养殖时，应当采取环保措施，减少对海洋生态的破坏。

（4）港口建设对海洋的影响。进入20世纪，尤其是20世纪中后期，伴随着全球贸易的发展，港口建设成为各国经济建设的重要内容。当时社会大多数公民只关注港口建设对社会经济的影响，而较少关注港口建设对海洋的影响。

蕾切尔·卡森在《海风下》中指出，港口建设过程中的围填海、疏浚等活动可能会破坏海岸生态环境，影响海岸生物的生存。

例如，围填海过程中会破坏滩涂、红树林等敏感生态区，导致海岸生物多样性下降。蕾切尔·卡森在《海风下》中强调，人类在开发与利用自然资源时，应当充分考虑生态平衡，尽量减少对海岸生态的破坏。

综上所述，通过这些陌生化的叙事手法，蕾切尔·卡森在《海风下》中以生动的笔触和深刻的见解，成功地为读者呈现了一个丰富多彩、神秘莫测的海洋生态系统，使得科学知识变得更加有趣和引人入胜。这种陌生化的手法不仅拓宽了读者的视野，提高了对海洋生态系统的认识，还使得读者更加关注环境保护和生态平衡问题。

第三节　蕾切尔·卡森生态文学作品的叙事形态

蕾切尔·卡森的生态文学作品采用了非虚构叙事的形态，本节主要对此进行详细分析。

一、非虚构叙事的定义及特点

非虚构叙事（Creative Nonfiction）是一种文学创作形态，它将事实和现实事件以叙事的形式呈现。与传统的虚构作品不同，非虚构叙事基于真实事件和人物，旨在传达真实信息和观点。非虚构叙事的作者通常运用文学技巧和手法（如人物描绘、对话、情节和故事结构等）来吸引和打动读者。

非虚构叙事可以涵盖多种主题和领域，包括历史、科学、自然、传记、旅行、艺术、社会问题、个人经历等。这一体裁的作品形式多样，包括散文、报告文学、纪实文学、回忆录、散文诗等多种形式。

非虚构叙事主要包含以下特点。

（一）以真实事件和事实为依据

非虚构叙事作品的核心是对现实世界的关注，真实性是这类作品的基本特征，作者通过深入研究、采访和观察，收集关于真实事件、人物和现象的翔实信息。这些信息构成了作品的基础，使读者能够了解和认识现实世界的多样性和复杂性。在这个过程中，作者需要严格遵循事实核查和审查流程，确保所提供的信息准确无误。这种对事实的尊重和追求是非虚构叙事的基石，也是与虚构文学最明显的区别。

（二）多样叙事方式

非虚构叙事作品旨在传递知识、信息和观点，帮助读者了解和认识现实世界。通过阅读这类作品，读者可以获取关于历史、科学、社会、文化等多个方面的知识，从而拓宽视野和提高素养。

（三）个性化的细节呈现

非虚构叙事作品往往表达作者的观点和见解，以及对现实事件和事物的思考。这使得这类作品具有独特的观察和解读视角，有助于读者从不同角度审视现实世界。在表达观点和见解时，作者需要保持客观和公正，避免陷入主观臆断和偏见。同时，作者应该在作品中提供充分的论据和例证，使观点和见解具有说服力和深度。因此，非虚构叙事作品中通常包含大量的、具有个性化的细节。

（四）复杂的故事建构

虽然非虚构叙事作品关注的是真实事件和事实，但它们并非仅仅是单调冰冷的资料和数据的罗列。作者通过运用文学技巧和手法，如人物描绘、对话、情节和故事结构，赋予作品文学价值和魅力。因此，非虚构作品通常拥有复杂的故事建构。

（五）可读性强

虽然非虚构叙事作品基于真实事件和事实，但它们并非对现实事件的平铺直叙和呆板的报告。非虚构叙事作品通常注重故事性和可读性，让读者在阅读过程中既能获取信息，又能感受到文学魅力。

为了提高作品的可读性，作者需要注意语言的表达和把握。一方面，作者应该运用生动、形象的语言，使作品具有感染力和吸引力；另一方面，作者需要遵循逻辑性和条理性的表达原则，使读者能够更好地理解和接收信息。

此外，作者还可以通过设置悬念、冲突和高潮等故事元素，增强作品的戏剧性和紧张感，使读者在阅读过程中产生强烈的兴趣和好奇心。

总之，非虚构叙事作品关注真实事件和事实，注重可读性，运用文学技巧和手法来表达观点和见解、传递知识和信息，使得这类作品具有独特的魅力和价值。在当代文学领域，非虚构叙事已成为一种备受关注和推崇的文学体裁，为读者提供了丰富的知识资源和精神享受。

二、蕾切尔·卡森生态文学作品的非虚构叙事书写

蕾切尔·卡森的生态文学作品均是基于自身的田野调查以及大量科学论文或有关报告的事实文献资料的研究之上进行的创作，是一种非虚构书写。

（一）基于真实事件和事实进行书写

非虚构叙事作品关注的是真实发生的事件、人物和现象。作者需要对所涉及的事件和人物进行深入调查和研究，确保作品中的描述和细节都是以事实为基础的。这样可以使读者更好地了解和认识现实世界，提高作品的可信度和影响力。

以《寂静的春天》为例。

在《寂静的春天》的写作过程中，蕾切尔·卡森查阅了大量资料，收集了大量田野调查数据，以确保书中案例的科学性、真实性与精准性。《寂静的春天》出版前后众多领域的专家对其提供了大量帮助和支持。

其中包括，美国生物学家爱德华·奥斯本·威尔逊、美国海洋学家

和气候学家罗杰·雷维尔、美国科学家和自然作家洛伦·艾斯利、美国生态学家霍华德·T.奥德姆、英国生态学家查尔斯·艾尔顿、美国环保署的生物学家理查德·卡特、美国生物学家和生态学家保罗·艾利希、美国生物学家和社会生物学家艾德·威尔森、美国蝴蝶学家罗伯特·迈克尔·皮尔、美国生物学家理查德·利文斯顿、英国科学家詹姆斯·洛维洛克、美国生物学家林恩·玛格里斯、美国植物学家和环保活动家彼得·拉文、英国生态学家瓦妮莎·史密斯、美国生物学家托马斯·艾斯纳、英国生物学家斯图尔特·皮姆等。

（二）客观公正的态度

真实性要求作者在创作过程中保持客观和公正的态度。作者应避免对事件和人物产生主观偏见，应尊重事实，如实地描绘现实。同时，作者还需要关注不同角度的信息和观点，以多元化的视角展示事件和人物，使作品更具深度和广度。

以《寂静的春天》为例。

蕾切尔·卡森在《寂静的春天》中采取了客观公正的态度，对待问题力求客观真实，以求让读者更好地理解相关问题。

《寂静的春天》中，蕾切尔·卡森详细介绍了各种农药对生物、人类健康及环境的影响，同时对化学农药的发展历程、使用目的和作用进行了客观的评价。她并没有一概而论地否定化学农药，而是强调了人类需要审慎使用这些物质，以免对生态环境造成不可逆的破坏。

除此之外，蕾切尔·卡森在《寂静的春天》中充分展示了科学家、政府、企业和公众在面对这个问题时所扮演的角色。她对各方的立场和行为进行了全面分析，避免了片面或极端的论调。这种客观公正的态度有助于读者理性看待问题，促进人们关注和参与环保事业。

（三）准确无误的信息

为了保证作品的真实性，作者需要确保所提供的信息准确无误。这包括对数据、名词、地点等细节进行核实，避免出现错误和失实。同时，作者应关注信息的时效性和权威性，确保作品具有实用价值和参考价值。

蕾切尔·卡森在写作《寂静的春天》之初即意识到这将是一本颠覆人们观念的书籍，因此十分注重资料的搜集和信息的准确性。她采取了多种方法来获取相关信息，并在很大程度上确保了资料的真实性和可靠性。

1. 进行了大量文献研究

她阅读了大量关于环境问题、农药使用、生物学、生态学等领域的书籍、学术论文和政府工作报告。通过这些文献资料，她了解了农药使用的历史、科学原理、环境影响等方面的知识。此外，她还十分关注当时的新闻报道，以了解农药使用和环境污染问题的最新动态。

2. 对化学合成杀虫剂等农药的使用及其危害进行了实地考察

蕾切尔·卡森为了更真实地了解农药使用对环境和生物的影响，亲自走访了多个受到农药污染的地区，观察了受害者和环境的实际情况。这些实地考察使她能够更直观地感受到农药污染问题的严重性，也为她的写作提供了生动的素材。

3. 针对化学合成杀虫剂等农药的危害进行了深入访谈

蕾切尔·卡森在创作《寂静的春天》时采访了许多科学家、政府官员、农民和受害者家属等，了解他们对农药使用和环境问题的看法和经历。通过这些访谈，卡森既了解了专家的科学观点，又收集到了一手的案例故事。这些信息有助于她全面、客观地分析农药污染问题，并为她的论述提供了有力的支持。

除此之外，卡森还与一些科学家和专家进行了长期的合作和交流。她与这些专家分享自己的写作成果和观点，征求他们的意见和建议。这些专家为卡森提供了宝贵的指导和帮助，使她的论述更加严谨和科学。

在搜集和整理资料的过程中，卡森始终保持谨慎和严谨的态度。她不仅对资料进行了多次核查，还对不确定的信息保持保留和怀疑的态度。她始终坚信，真实、准确的信息是有效倡导环保观念和推动社会改革的基础。因此，她在写作过程中严格要求自己，力求使论述真实可信。

（四）真实的情感和心理描绘

在非虚构叙事作品中，作者需要真实地描绘人物的情感和心理。这要求作者深入挖掘人物内心世界，展示人物在面对现实事件和挑战时的真实感受和想法。通过真实的情感和心理描绘，作者可以增强作品的感染力和吸引力，使读者产生共鸣和认同。

蕾切尔·卡森《寂静的春天》中不仅深入地分析了化学农药对环境、生态和人类健康的危害，还通过真实的情感和心理描绘，增强了作品的感染力和说服力。具体包括对悲痛的情感描绘、对恐惧的心理描绘、对同情的情感描绘、对希望的心理描绘。

1.《寂静的春天》中对悲痛的情感描绘

《寂静的春天》中，蕾切尔·卡森通过描绘因农药而失去了鸟类鸣唱的寂静的春天，让读者产生强烈的悲痛之情。她描述了曾经鸟语花香、生机盎然的自然环境因为化学农药的滥用而变得寂静、荒凉。这种情感化的描绘唤起了读者对自然的敬畏，以及人类对生态系统所造成的破坏的反思。

2.《寂静的春天》中对恐惧的心理描绘

蕾切尔·卡森通过描述农药对人类健康的危害，引发了读者的恐惧心理。她揭示了化学农药污染水源、土壤、食物链，导致人类生活品质降低，甚至出现生殖障碍等各种疾病的可怕事实。这种恐惧心理促使读者更加关注环境问题，推动他们采取行动保护环境。

3.《寂静的春天》中对同情的情感描绘

通过讲述因农药而受害的动植物以及人类的故事，引发了读者的同情心。她描述了动植物在农药的毒害下死去，家禽、家畜、水生生物和野生动植物的生存环境遭到严重破坏，甚至导致种群数量骤减。这种情感描绘使得读者更能体会到生态系统中生物的苦难，进一步激发了他们保护环境的决心。

4.《寂静的春天》中对希望的心理描绘

尽管《寂静的春天》揭示了许多令人忧虑的问题，但卡森并未让读者陷入绝望。她向读者展示了有关替代农药、可持续农业实践和生态平衡的研究成果，提出了解决方案，鼓励读者积极参与环保事业。这种充满希望的心理描绘激发了读者对未来的信心，使他们相信人类有能力改变现状，实现人与自然的和谐共生。

（五）文学性与真实性的平衡

虽然非虚构叙事作品注重真实性，但它们同样具有文学价值。在创作过程中，作者需要平衡文学性和真实性的关系，既要保证作品的真实性，又要运用文学技巧和手法，使作品具有艺术性和可读性。

《寂静的春天》是一部非虚构叙事作品，也是一部生态文学作品，卡森十分重视文学性与真实性的平衡。

蕾切尔·卡森在《寂静的春天》中使用了生动的描绘、比喻和象征等文学手法，将复杂的科学知识和生态现象以富有文学性的方式呈现，使读者在阅读过程中既能感受到文学的魅力，又能获取到相关知识，还能使环境问题更容易被读者理解和接受。

除了《寂静的春天》之外，蕾切尔·卡森的"海洋三部曲"也采用了非虚构叙事的手法，书中所写均是其田野调查的结果。卡森同时采用大量文学创作手法创作出来具有诗意的生态文学作品。

第七章　蕾切尔·卡森生态文学作品的当代价值

第一节　蕾切尔·卡森生态文学作品的当代文学价值

蕾切尔·卡森生态文学作品至今仍然对当代文学产生着极其重要的影响，尤其是蕾切尔·卡森生态文学作品的非虚构写作，对当代文学的创作与发展仍存在重要影响，本节主要对此进行详细分析。

一、《守望家园》

继《寂静的春天》之后，中国作家徐刚也出版了《伐木者醒来》《守望家园》等书籍，这些书籍均为揭示生态危机的非虚构写作。徐刚以非虚构的方式质疑现代科技观与人类发展模式，强调人们应有危机意识与治理生态危机的紧迫感，启发人类对科学技术与人类发展关系进行全方位思考。

《守望家园》是一部关注中国环境保护问题的著作，作者徐刚通过深入挖掘中国环境问题背后的原因和各种利益关系，为读者呈现了一个关于环境保护和人类发展的现实挑战。该书旨在引起人们对环境问题的关注，提高公众环保意识，推动社会和政府采取更有力的措施来保护人类共同的家园。

在《守望家园》中，徐刚详细地分析了中国面临的各种环境问题，如空气污染、水污染、土壤污染等，以及这些问题背后的产业结构、政策制定、利益分配等多方面因素。通过深入调查和访谈，作者揭示了环境问题背后的复杂利益关系，指出了问题的症结所在和解决问题的难点。

此外，徐刚还关注中国环保事业的发展过程，介绍了政府、企业、民间组织等各方在环保事业中所扮演的角色。他认为，解决环境问题需要社会各界的共同努力，包括政府的决策、企业的自律、公众的参与和舆论的监督等多方面的协同合作。

二、《洛杉矶雾霾启示录》

洛杉矶素有"天使之城"和"科技之城"的美誉，但它其实还有另一个别名——"烟雾之都"。《洛杉矶雾霾启示录》一书描述了作为"烟雾之都"的美国洛杉矶市60多年来光化学烟雾污染的形成、发展和防治等历史细节。

20世纪40年代，美国的加利福尼亚州依赖汽车的新兴生活方式等污染所形成的烟雾，于1943年7月开始对洛杉矶市居民健康造成巨大危害，持续影响至今，而洛杉矶的居民通过数十年的努力与抗争，将洛杉矶市从烟雾蔽日恢复到蓝天白云。洛杉矶市两位记者奇普·雅各布斯和威廉·凯莉著通过深入调查，栩栩如生地刻画了事件发生时的众生相，以及该事件对美国污染治理进程的促进与对当时全球各国绿色环保发展的深远影响。

《洛杉矶雾霾启示录》这本书讲述的是洛杉矶的故事，放眼的却是整个人类的生存状态。洛杉矶治理污染的历史，是全人类环境治理的财富。而这本书采用的纪实性写作手法表现出较强的非虚构性特点。

第二节　蕾切尔·卡森生态文学作品的当代社会价值

蕾切尔·卡森及其《寂静的春天》等生态文学作品至今仍然在世界各个国家广泛传播，对当代社会的发展具有极其特殊的价值。

一、对当代国际环境保护的价值

《寂静的春天》是蕾切尔·卡森的心血之作，她用毕生的经历，凭科学严谨的调研，以真实准确的案例，用平实简单的文字向人们揭示了化学用品危害下的生态现状。

《寂静的春天》里展示出的美国所遭遇的种种环境危机，也是全球范围内生态危机的缩影。蕾切尔·卡森在《寂静的春天》中批判了传统的以人类为中心的视角，提出不应把人类利益放在价值评判的最高点，必须对人类攫取、操控、征服自然的行为予以纠正，应当创建人类与自然共生共荣的生态理念。

《寂静的春天》中呈现的一幕幕由于人类主观行为所导致的环境破坏恶果使人触目惊心，而作家通过作品所传达的生态理念更为世人带来启迪。《寂静的春天》所体现的生态文明意识和先进的科技伦理思想，对当前全球环境污染治理、科技合理开发使用和生态文明建设的进一步推进，都具有重要的启发作用和借鉴意义。

地球是全人类的生存家园，地球生态是一个整体，人类命运紧密相连、休戚与共。面对日益严峻的气候变化、环境污染和生物多样性丧失等挑战，各国应该深化环境合作，进一步携起手来，共商共治，深刻反思以往的经济发展、科技应用、工业模式等带来的弊端，处理好人类发展与生态保护的关系，努力促进社会发展与环境保护的良性循环。在人与自然和谐相处中实现人类社会的可持续发展，让春天不再寂静，让万物重获真正的春天。

受《寂静的春天》的启迪，官方和民间环境保护组织纷纷成立。

1968年，罗马俱乐部（Club of Rome）成立，这是一个以研究人口、资源、环境与发展为主要内容，以讨论未来人类命运为中心议题的国际性组织。1972年，罗马俱乐部发表了《增长的极限》研究报告，预言经济增长不可能无限持续下去，因为石油等自然资源的供给是有限的。另外，罗马俱乐部还做了世界性灾难即将来临的预测，设计了"零增长"的对策性方案，在全世界挑起了一场持续至今的大辩论。

1972年2月，经济合作发展组织（Organization for Economic Co-operation and Development）在总结环境污染产生原因的基础上，提出了污染者负担原则。

1974年，联合国环境规划署和联合国贸易与发展组织在墨西哥举行了资源利用、环境与发展战略方针的专题讨论会，指出全人类的一切基本需要都应得到满足，发展要满足人类需要，但又不能超出生物圈的极限。而协调人类发展和生态保护的方法即为环境管理。

1975年，联合国欧洲经济委员会提出了以生态为对象制定"环境经济规划"，要求在经济发展规划中自始至终考虑环境因素。

1977年，联合国环境规划署提出了"生态发展"的概念。所谓"生态发展"，就是合乎环境要求的发展，经济发展应以不违反生态规律为限度，超过这一限度，自然资源的再生增殖能力和环境的自净能力就会受到破坏，从而引发严重的环境问题，生产也就不能持续发展。对环境问题认识的转变，也导致环境保护战略思想上的转变。由过去局限于治理污染，逐渐转变为要从发展战略和发展规划上进行统筹兼顾、全面安排。

20世纪80年代以来，国际社会逐渐加强了对环境与发展二者关系的认知。

1983年3月，世界环境与发展委员会（World Commission on Environment and Development，WCED）成立，1987年，该委员会向联合国大会提交了研究报告——《我们共同的未来》。该报告从人口、粮食、物种和遗传资源、能源、工业、人类居住等方面，系统探讨了人类面临的一系列重大经济、社会和环境问题，提出了"可持续发展"（sustainable development）的概念。

1992年6月，联合国环境与发展大会（the UN Conference on Environment and Development，UNCED）在巴西里约热内卢召开。共有183个国家的代表团和70个国际组织的代表出席了会议，102位国家元首或政府首脑到会讲话。会议通过了《里约环境与发展宣言》（Rio de Janeiro Declaration on Environment and Development，又名《地球宪章》）和《21世纪议程》（The 21 Century Agenda）两个纲领性文件。

《里约环境与发展宣言》由序言和27项原则组成，集中反映了大会的主要成果。《里约环境与发展宣言》是继《人类环境宣言》以后又一个有关环境保护的世界性宣言。它不仅重申了前一个宣言所规定的国际环境保护的一系列原则、制度和措施，还在之前的基础上有了新的发展。一是在环境与发展的关系上，承认环境问题与发展问题之间具有密不可分的联系；二是提出建立新的公平的全球伙伴关系，共同应对环境与发展问题；三是在社会经济发展模式问题上，提出了可持续发展模式，摒弃了传统的发展思维；四是在环境退化的历史责任问题上提出了"共同但有区别的责任"原则。

《21世纪议程》是一份关于政府、政府间组织和非政府组织在人类活动对环境产生影响的各个方面的综合行动蓝图，旨在引导人们朝着实现可持续发展的方向努力。这是一个前所未有的全球可持续发展计划。

《21世纪议程》共20章，78个方案领域，20万余字。大体可分为可持续发展战略、社会可持续发展、经济可持续发展、资源的合理利用与环境保护四个部分。中国是签署《21世纪议程》的183个国家之一。《21世纪议程》发布后，同年我国国务院环境保护委员会组织编制了《中国21世纪议程》，并于1994年3月25日在国务院第十六次常务会议上讨论通过。

《中国21世纪议程》又称《中国21世纪人口、环境与发展白皮书》，以此作为中国可持续发展总体战略、计划和对策方案。这是中国政府制定国民经济和社会发展中长期计划的指导性文件，主要内容分为四大部分。

第一部分，可持续发展总体战略与政策。论述了提出中国可持续发展战略的背景和必要性；提出了中国可持续发展的战略目标、战略重点和重大行动，可持续发展的立法和实施，制定促进可持续发展的经济政策，参与国际环境与发展领域合作的原则立场和主要行动领域。其中特别强调了可持续发展能力建设，包括建立健全可持续发展管理体系、建立费用与资金机制、加强教育、发展科学技术、建立可持续发展的信息系统，尤其要促使妇女、青少年、少数民族、工人和科学界人士及团体参与可持续发展。

第二部分，社会可持续发展。包括人口、居民消费与社会服务，消除贫困，卫生与健康、人类住区和防灾减灾等。其中最重要的是实行计划生育、控制人口数量和提高人口素质。包括引导建立适度和健康消费的生活体系，强调尽快消除贫困；提高中国人民的卫生和健康水平；通过正确引导城市化，加强城镇用地管理，加快城镇基础设施建设和完善住区功能，促进建筑业发展，向所有人提供适当住房、改善住区环境。

第三部分，经济可持续发展。《中国 21 世纪议程》把促进经济快速增长作为消除贫困、提高人民生活水平、增强综合国力的必要条件，其中包括可持续发展的经济政策、农业与农村经济的可持续发展、工业与交通及通信业的可持续发展、可持续能源和生产消费等部分。

第四部分，资源的合理利用与环境保护。包括水、土等自然资源保护与可持续利用，还包括生物多样性保护；防治土地荒漠化，防灾减灾；保护大气层，如控制大气污染和防治酸雨；固体废物无害化管理等。

《中国 21 世纪议程》还确立了"科教兴国"和"可持续发展战略"两大发展战略。

进入 21 世纪后，"可持续发展"成为世界认同的发展方式。

2015 年 9 月 25 日，联合国的 193 个成员国在可持续发展峰会上正式通过了联合国可持续发展目标（Sustainable Development Goals，SDGs），旨在从 2015 年到 2030 年间以综合方式彻底解决社会、经济和环境三个维度的发展问题，转向可持续发展道路。可持续发展目标涵盖了 17 个可持续发展目标，以及 169 个具体目标，旨在改善人类的社会、经济和环境状况。联合国可持续发展目标的实施情况取决于各国政府的政策和行动，未来，联合国将继续加强对可持续发展目标的监督，并加强与各国政府、社会组织和企业的合作，以推动全球可持续发展。

2022 年 7 月，联合国可持续发展解决方案联盟（SDSN）与德国贝塔斯曼基金会等联合发布了《2022 年可持续发展报告》，评估了 163 个成员国 2030 议程和可持续发展目标的落实情况，并进行了全球排名和地区比较。报告所呈现的交互式指标盘，直观地展示了各国对标可持续发展目标的年度表现，以便有针对性地确定各国今后可持续发展行动的重点。

二、对农药安全使用的影响

蕾切尔·卡森在《寂静的春天》中对 DDT 等化学合成杀虫剂对自然环境和人类的危害进行了深入分析，引发了世界对农药安全使用的关注。

（一）《寂静的春天》对人类农药使用历程的影响

农药是农业用药的简称，纵观世界农药发展史，自 19 世纪人造农药诞生以来，农业中的农药产生至今，已然走过了四个历史阶段（表7-1）。

表 7-1　农药发展阶段一览表

序号	时间	阶段	特点	备注
第一阶段	19 世纪中叶前	天然药物时代	含砷矿物和防虫植物嘉草、莽草、黎芦、附子和干艾等	—
第二阶段	19 世纪中叶后至 20 世纪 40 年代前	无机合成农药时代	这一阶段的农药主要为人工制造的无机农药，其中包含亚砷酸铜、波尔多液、石硫合剂等。从总体上看，此阶段的无机农药药效较差，普遍具有用药量大、防治面窄、易产生药害的特点。这一时期还出现了少量有机合成农药，主要包括有机汞化合物、有机磷杀虫剂	1851 年，法国的 M. 格里森用等量的石灰与硫黄加水共煮制作了格里森水；1867 年，一种不纯的亚砷酸铜——巴黎绿被应用于农业生产；1882 年，法国的 P.M.A. 米拉特发明了波尔多液作为除草剂；1900 年，美国出现世界上第一个被注册的农药，即亚砷酸铜
第三阶段	20 世纪 40 年代至 60 年代末期	有机合成农药时代	这一阶段出现了大量有机合成农药，以有机氯、有机磷和氨基甲酸酯作为杀虫剂的三大支柱。有机合成农药的典型特征是防效好、对哺乳动物和有益生物毒性高，部分品种在环境中持留期长	20 世纪 40 年代以 DDT 为代表的有机氯合成杀虫剂、有机磷杀虫剂、氨基甲酸酯类杀虫剂出现；20 世纪 50 年代出现了三氮苯类除草剂、季铵盐类除草剂；20 世纪 60 年代出现了内吸杀菌剂

续　表

序　号	时　间	阶　段	特　点	备　注
第四阶段	20世纪60年代至今	当代有机农药时代	DDT等对人体和环境产生巨大危害隐患的化学合成杀虫剂相继被市场淘汰，有机农药向高效化方向发展，开始出现很多对环境影响小的农药，如菊酯类、新烟碱、双酰胺类等杀虫剂，三唑类、甲氧基丙烯酸酯、琥珀酸脱氢酶抑制剂等杀菌剂，磺酰脲类、对羟基苯基丙酮酸双氧化酶（HPPD）类等除草剂	农药研发逐渐朝着易降解、低残留、高活性、对环境影响小的方向发展

　　《寂静的春天》中描述了美国大量使用DDT、艾氏剂、狄氏剂等长残留、高风险农药后造成的野生动物、鱼类、鸟类及家畜的危害。该书出版后，极大地推动了世界各国对DDT、艾氏剂、狄氏剂等有机氯农药危害的研究。

　　经多年研究，有机氯农药对人类和自然环境的危害主要表现在以下几个方面（表7-2）。

表7-2　有机氯农药的危害一览表

类　别	方　面	说　明
对人类的危害	危害人类神经系统	有机氯农药不仅可以干扰昆虫，也会对人类的神经系统造成损害。国内外已有多项研究表明，以狄氏剂为代表的有机氯农药，是导致帕金森症的主要原因
	影响生殖系统	有机氯农药不仅会导致女性月经紊乱、各种生殖疾病，还有造成习惯性流产的可能，也会引起男性生殖系统的氧化损伤反应和细胞凋亡，从而降低精子的数量与活力，DDT还可能导致婴儿早产以及早期断奶
	诱发癌症	自20世纪70年代至今，很多研究表明，癌症病人血液中有机氯农药浓度高于普通人，长期暴露于有机氯农药环境下的人群癌症发病概率也更高

续 表

类 别	方 面	说 明
对自然生态的危害	对动物的危害	有机氯农药难以被生物体分解，这些化合物通常可以在生物体的脂肪组织中贮存相当长的时间，这种特性使得有机氯农药可以随着食物链延长，营养级的增加在生物体内逐级富集，造成动物死亡或变异
	对土壤的危害	有机氯农药对土壤的污染可以持续数十年，且在停止使用有机氯农药后还会释放相关化学物质
	对水体的危害	渗入土壤的有机氯农药可以流入地表与地下径流，不仅能进入可见的江河，甚至还可以到达深至数十米的地下水层。更重要的是，通过水体，有机氯农药能扩散到未施用农药的地区，污染范围更大

随着世界各国科学家对有机氯农药危害性的研究不断深入，越来越多的国家开始加强农药的安全管理。

（二）一些国家的农药管理

西方国家的农药管理开始于 20 世纪初期，然而，直到 20 世纪 60 年代后，伴随着《寂静的春天》的警示以及科学家对农药危害的研究，西方国家才逐渐建立起较为完善的农药管理制度。

本书主要对美国、欧盟、德国、澳大利亚以及日本的农药管理进行分析与研究（表 7-3）。

表 7-3 西方部分国家及日本的农药管理一览表

国 别	类 别	内 容
美 国	农药管理的法律框架	1910 年，美国颁布了《联邦杀虫剂法》； 1938 年，对 1906 年发布的《食品、药品和化妆品法》（FFDCA）进行了修订，开始将农药纳入其中； 1947 年颁布了《联邦杀虫剂、杀菌剂和杀鼠剂法》（FIFRA）； 1959 年将植物生长调节剂、脱叶剂、干燥剂等列入 FIFRA 管理范围； 1972 年颁布《联邦环境农药管理法》（FEPCA）
	农药登记制度	在农药上市之前，美国环保署（Environmental Protection Agency）对农药进行评审和登记，确保农药不对人、环境介质和非靶生物造成不良影响，重点对农药进行健康风险和环境风险评估，其中，健康风险评估主要关注职业健康、农药残留膳食摄入及其健康风险等，环境风险评估主要关注对有益昆虫、非靶标生物、地下水和地表水等的影响
美 国	农药环境风险评价体系	美国国家科学院于 1983 年组织编写了《联邦政府风险评价：管理过程》，系统地介绍了环境风险评价的方法，并将其作为开展风险评价的技术指南； 1986 年，EPA 发布《人体健康风险评估指南》，主要内容包括致癌风险评价、致突变风险评价、化学品混合物的健康风险、暴露风险；同年又发布了另一本《人体健康风险评估指南》取代前者，标志着有害物（包括农药）对人体造成健康风险的评估已逐步进入成熟阶段； 1992 年，EPA 公布了生态风险评价框架； 1996 年，EPA 提出了生态风险评价准则； 1998 年，EPA 发布了详细的《生态（环境）风险评估指南》，这是世界上最早的生态风险评价方面的指导文件，将生态风险评价过程分为三个主要阶段——问题表述、分析和风险表征，同时又根据不同的保护目标建立了相应的风险评价技术，包括农药对地表水、水生生物、陆生生物以及地下水的风险评价技术。各评价技术主要将焦点放在生态受体的选择、评价终点的确定、暴露评价方法及风险表征方法的选择等关键过程上，并对其中涉及的要素做了明确的规定

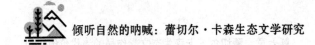

续 表

国 别	类 别	内 容
美 国	农药残留管理与残留监控计划	美国食品药品监督管理局（FDA）从 1987 年开始实施农药监控计划（Pesticide Monitoring Program, PMP）。PMP 由 FDA 下属的食品安全和应用营养中心（Center for Food Safety and Applied Nutrition, CFSAN）、兽药中心（Center for Veterinary Medicine, CVM）和法规管理监管事务办公室（Office of Regulatory Affairs, ORA）共同组织实施，至今已经形成了相对完善的监管机制和监控制度
欧 盟	农药管理法律法规	1991 年，欧盟颁布了《Directive 91/414/EEC: 关于植物保护产品投放市场的指令》（Concerning the Placing of Plant Protection Products on the Market），其中规定了农药产品市场准入的规则，后经历了上百次修订； 2009 年，欧盟颁布《Regulation1107/2009/EC: 关于植物保护产品的法令》（Concerning the Placing of Plant Protection Products on the Market and Repealing Council Directives 79/117/EEC and 91/414/EEC），并于 2011 年 6 月开始实施； 2011 年，欧盟相继发布了四部法令，分别是 544/2011/EU、545/2011/EU、546/2011/EU、547/2011/EU 法令； 2013 年 3 月颁布了 283/2013/EU 和 284/2013/EU 两个法令，分别取代法令 544/2011/EU 和 545/2011/EU
	欧盟农药登记和再登记制度	欧盟对农药有效成分进行评审，以确定是否可以登记；随后，向各使用国提出农药制剂登记申请，经评审符合要求后取得登记。对于有效成分的安全性评价只需向欧盟一次申请获准后，在其他成员国均可接受。只有在取得有效成分登记后，对于实际使用的农药制剂，方可向各个希望使用的成员国递交产品的安全资料，接受安全性评价
	农药残留管理制度	2005 年 2 月，欧洲议会和理事会颁布了 396/2005/EC 法令，对植物源及动物源食品和饲料中农药的最大残留限量（MRLs）进行了统一调整。随后，欧盟对相关法令进行了多次修订，形成了针对农药残留限量制订的系列法规文件： ①建立部分水果和蔬菜 MRLs 的理事会指令 76/895/EEC； ②建立谷类及谷类食品 MRIs 的理事会指令 86/362/EEC； ③建立部分动物源性产品 MRLs 的理事会指令 86/863/EEC； ④建立包括水果和蔬菜在内的植物性产品 MRLs 的理事会指令 90/642/EEC

续 表

国 别	类 别	内 容
德 国	农药管理法律法规	德国在1968年颁布实施了《植物保护法》，随后根据欧盟法规的修订进行了多次修改，并于2012年根据1107/2009/EC法令进行了全面修改。另外，为了规定本国农药产品的登记许可程序，2013年依据1107/2009/EC法令制定了《植物保护产品法》。除此之外，德国农药管理方面的法律法规还包括《植物保护法》《植物保护使用条例》《植物保护产品法令》《植物保护药械法令》《植物保护产品飞机喷雾法令》《植物保护治理专家资格规定》《植物保护产品费用规定》《蜜蜂保护规定》《植物保护专业细则》等
	农药管理机构	联邦消费者保护和食品安全办公室（BVL）、联邦风险评价研究院（BFR）、联邦农林生物研究中心（JK1）、联邦环境保护局（UBA）共同承担农药管理工作
澳大利亚	农药管理法律法规	包括联邦农药管理法律法规和州级农药管理法律法规，其中，联邦农药管理法律法规包括： 农药登记管理方面——《农用和兽用化学品法典》《农用和兽用化学品法案》《农用和兽用化学品（实施）法案》； 农药税收管理方面——《农用和兽用化学产品合理税收（海关）法案》《农用和兽用化学产品合理税收（国内货物税）法案》《农用和兽用化学产品合理税收（一般）法案》； 农药残留管理方面——《全国残留调查管理法》
	农药管理机构	联邦农药管理部门——农业、渔业和林业部（DAFF）；农兽药管理局 州级农药监管部门——初级产业部、环境保护局
	农药登记管理制度	澳大利亚农兽药管理局认可的生物和自然产品不需要登记，其他农药均需要登记，农药本身或者其残留物不能对人有毒副作用；不能对非靶标动植物或者环境有负面影响；不得损害贸易；必须有效 登记的农药类别包括除草剂、杀虫剂、杀菌剂、杀鼠剂和野生动物毒药、水池化学用品、卫生处理剂和工业消毒剂、生物产品（包括植物提取物）、转基因生物（仅指做农药用途的）等

国 别	类 别	内 容
澳大利亚	国家残留监控计划（NPS）	NRS监控项目包括使用农药和兽药、重金属（如汞、镉、铅等）、自然产生的化学物质、霉菌毒素（某些真菌产生的毒素）和微生物产生的残留物。具体包括用于控制动物细菌性疾病的抗生素、驱虫药、植物杀真菌剂、植物杀虫剂、除草剂、熏蒸剂和促生长激素等
日 本	农药登记管理机构	2007年，农林水产消费安全技术中心（FAMIC）成立；旗下的农药检查部内设业务检查课（类似于我国的处级部门）、检查调整课、毒性检查课、农药环境检查课、化学课、生物课、农药残留检查课、有用生物安全检查课、检查技术研究课等业务课室等机构，具体负责对农药登记申请书、各种试验资料的审查；农药样品的检验；确认准许登记的农药设定使用范围、使用方法以及使用注意事项；颁发农药登记证
	农药登记制度	农药在销售和使用前，农药生产者应到日本农林水产省的农药检查部申请登记，经由FAMIC、农林水产省消费安全局、厚生劳动省和环境省等机构审核同意后，由农林水产省颁发登记证，经FAMIC告知并交付农药登记申请者
	农药残留肯定列表制度	2003年5月，日本修订了《食品卫生法》，并于2006年5月29日正式实施肯定列表制度，执行新的食品和农产品中农业化学品残留限量标准，肯定列表制度涉及农药、兽药和添加剂等791种农用化学品
	农药登记后的安全管理	1. 农药销售申报制 2. "农药管理指导师"认定制 3. 入户现场检查制

（三）中国农药使用及管理

中国是世界上农药使用量较大的国家之一，农药在中国农业生产中扮演着重要角色。

1. 中国农药管理法律框架

中华人民共和国成立后，面对特殊的国情，我国农业生产的主要任务是解决粮食总量不足的问题。为了提升农业生产总量，在较长一段时期内，我国农药的使用是以有机汞、有机砷、有机氯类杀虫剂为主的。

20世纪70年代末，伴随着《寂静的春天》在我国的出版与发行，越来越多的科学家开始重视农药的安全使用以及对农药危害的管理。

1978年，我国国务院批转化工部、农林部、卫生部《关于加强农药管理工作的报告》，其中指出，由农林部负责审批农药新品种的投产和使用，复审农药老品种，审批进出口农药品种，督促检查农药质量和安全合理用药，并发布有关规定（经国务院批准，农林部农药检定所已恢复，具体工作由该所负责）。在审批之前，由化工部负责对农药生产技术提出意见，由卫生部负责对农药毒性做出评价。

1982年，我国开始实行农药的登记管理。

1991年，我国国务院办公厅发布《国务院办公厅关于加强农药、兽药管理的通知》。

1992年，我国国务院办公厅发布《国务院关于加强化肥、农药、农膜经营管理的通知》。

1997年5月8日，国务院令第216号发布《中华人民共和国农药管理条例》，自1997年5月8日起施行，之后进行了多次修改。

2. 中国农药登记管理机构

1963年，中华人民共和国农业部（1949年10月成立，2018年3月组建农业农村部，不再保留农业部）设立了农业部农药检定所（ICAMA，Institute for the Control of Agrochemicals，MOA）。农药检定所的职责包括组织农药登记试验，评估农药的有效性、安全性和环境影响，为农药登记提供科学依据；对申请农药登记的企业提交的农药研究数据和安全评估报告进行审查，确保农药满足国家法规和标准要求；对已经登记过的农药进行定期复审，以确保其持续符合相关法规和标准；参与制定农药登记管理相关政策、法规和技术标准；协助农业农村部进行农药市场监管工作，确保农药的合规生产、经营和使用。

20 世纪 80 年代，我国建立了以农药登记评审委员会为中心的农药登记管理体系和以农业部农药检定所为中心的农药质量监督体系。

1982 年，农药登记评审委员会成立，其职责是对申请登记的农药品种进行评价，并对我国农药管理的政策方针提出建议。

2017 年，农业部成立农药管理局，农药监督管理工作进一步规范化。

3. 中国农药登记管理制度

《农药管理条例》和《农药管理条例实施办法》中对我国农药登记进行了规定，要求首次生产的农药以及首次进口的农药需要按照有关规定提交登记材料申请登记。登记材料包括农药产地、产品化学、毒理学、药效、残留、环境影响、境外登记情况等。

2001 年，农业部颁布了《农药登记资料要求》；2007 年，农业部修订并颁布了《农药登记资料规定》，对农药登记资料提出了更加严格的规定。

4. 中国农药残留管理制度

我国十分重视农药残留管理，为了保护人民健康和环境安全，制定了一系列农药残留管理制度。

早在 20 世纪 80 年代，我国即开始禁用 DDT 等农药，截至 2005 年，我国已经对食品和农产品中的 136 种农药的残留限量进行了规定。

2009 年，《中华人民共和国食品安全法》颁布实施。2011 年，农业部组建了食品安全农药残留国家标准审评委员会，颁布实施了《食品中农药残留风险评估指南》《食品中农药最大残留限量制定指南》《用于农药最大残留限量标准制定的作物分类》等系列技术规范性文件，制定并实施了《2010—2014年农药残留标准制定规划》，并对2009年前颁布的涉及农药残留限量的国家标准、行业标准进行了全面清理。

2012年，《食品中农药最大残留限量》（GB 2763—2012）公布；之后相继公布了《食品安全国家标准食品中农药最大残留限量》（GB 2763—2014）、《食品安全国家标准食品中农药最大残留限量》（GB2763—2016）、《食品安全国家标准食品中农药最大残留限量》（GB 2763.1—2018）、《食品安全国家标准食品中农药最大残留限量》（GB 2763—2019）、《食品安全国家标准食品中农药最大残留限量》（GB 2763—2021）。

《食品安全国家标准食品中农药最大残留限量》（GB 2763—2021）于2021年9月3日正式实施，其中规定了564种农药残留限量标准，包括我国批准登记农药428种、禁限用农药49种、我国禁用农药以外的尚未登记农药87种，同时规定了豁免制定残留限量的低风险农药44种。

此外，《食品安全国家标准食品中农药最大残留限量》（GB 2763—2021）中重点突出高风险禁限用农药的监管，规定了29种禁用农药792项限量值、20种限用农药在限用作物上的345项限量值。

《食品安全国家标准食品中农药最大残留限量》（GB 2763—2021）同步发布了《食品安全国家标准　植物源性食品中331种农药及其代谢物残留量的测定　液相色谱——质谱联用法》等4项新制定的农药残留检测方法国家标准，可以作为相关农药残留限量的配套检测方法，有效解决了1 000多项农药残留限量标准"有限量、无方法"的问题。

综上所述，蕾切尔·卡森及其生态文学作品《寂静的春天》虽然已经出版了60多年，但依然对当代国际环境保护和农药的安全管理产生着深远的影响。

第三节 蕾切尔·卡森生态文学作品的当代科学价值

蕾切尔·卡森的生态文学作品除了对当代文学创作以及当代社会产生重要影响之外，在当代科学的发展方面也具有一定价值。继《寂静的春天》出版引起巨大的轰动之后，学术界开始对环境问题进行科学意义上的深入探讨，并取得了许多重大的科学研究进展。本节主要对比选取两个最具代表性的学科进行详细分析和阐释。

一、对环境心理学的影响

人类是环境的产物，又是环境的改造者。传统认知认为人类需要在同自然界的斗争中不断运用自己的智慧，通过劳动不断地改造自然，创造新的生存条件。环境心理学则致力于研究个体与周遭环境之间的相互作用，这是一个较为新颖的研究视角。

20世纪50年代末，西方学者对环境心理学的研究开始向系统方向发展。自20世纪60年代《寂静的春天》出版后，越来越多的西方学者开始从环境心理学视角对自然界进行研究，相关领域的科学家们也开始关注和反思人类行为与自然和建筑环境之间的传统联系。

1968年，北美成立了环境设计研究协会。1969年，环境心理学的重要刊物《跨学科的环境与行为》发行，成为环境心理学成立的重要标志之一。

在美国环境心理学理论和研究发展的同时，欧洲于1970年召开了首届建筑心理学国际研讨会（简称IAPC）。

1973年人—环境国际研究学会正式成立，而IAPC就此被取代，它推动着西方学术界从建筑心理学的研究方向朝着人—环境的方向转变。

1974 年，人口与环境心理学协会成立并创办了《人口与环境心理学》杂志。该学会成立之初，以改善人类行为环境与人口之间的相互作用为目的。

1979 年，《环境心理学》学术期刊正式创刊，促使欧洲的环境心理学迅速发展，并在西方环境心理学理论研究中发挥着极其重要的作用。这一时期，世界多个国家，如德国、西班牙和日本等国的学者相继召开环境心理学相关会议，并陆续在国内创办了环境心理学学术期刊，这些举动推动着环境心理学不断深入发展。由此可见，20 世纪六七十年代，环境心理学的发展取得了长足进步。

进入 20 世纪 80 年代后，随着科学技术的发展，能源和技术对人类的影响越来越深刻，引发了人们对环境问题的深层关注，心理学家从心理学的观点出发对环境问题进行更加深入的研究。

环境心理学研究的主要内容包括环境问题、环境保护与可持续性、个人空间、私密性和领域、密度与拥挤、噪声等多个方面。

（一）环境心理学研究内容之环境问题、环境保护与可持续性

环境心理学研究的主要对象为物理环境。自 20 世纪六七十年代以来，随着全球工业化和城市化的发展对自然环境带来的破坏和影响越来越大，人们对环境的关注度也越来越高，尤其是随着全球变暖、土地荒漠化等环境问题大规模爆发，引发了学者在环境心理学的研究目的、方向和价值方面的变化。环境心理学的核心即人与环境之间的关系，因此对环境问题极其关注，而在关注环境问题的同时，也对环境保护问题进行研究和关注。

可持续性作为环境问题的解决方案和环境保护的重要途径，也是环境心理学研究的重要内容。环境问题的根源在于人类自身，人类为了推动社会的发展在适应环境的同时，不可避免地会对环境进行改造。人类

对环境的改造超过了自然物理环境所能承受的范围，即会对自然物理环境造成破坏从而引发各种人类环境问题。只有进行可持续性发展才能解决环境的问题，实现环境保护。

（二）环境心理学研究内容之个人空间、私密性和领域

20 世纪 60 年代，西方学者萨默尔提出了个人空间概念，指出人类个体周围均存在着一个不可见也不可分割的空间，如果他人或外物对该空间进行侵犯则会引发个体强烈的焦虑心理。个人空间对个体具有保护的功能，而私密空间是个体对他人或其他群体可接近程度的选择性控制。个体私密空间是一种动态的、辩证的环境与行为之间的关系。个人空间、私密性和领域三者相互联系，其中个体领域的变化，会对个人空间和个体私密性产生影响。

（三）环境心理学研究内容之密度与拥挤

密度和拥挤是环境心理学研究的两个重要概念，也是社会行为中的两个重要概念。密度属于纯粹的物理概念，指在单位空间中的人数。从心理学视角来看，绝对密度值并不存在有效的社会意义。一般来说，密度是一个主观性和相对性的概念，个体对密度的理解存在差异性，同时，比较对象不同，密度也有所差异和变化。密度又可细分为社会密度与空间密度。从心理视角来看，拥挤是一个带有较强主观色彩的概念，是指一定空间内人太多时个体产生的一种主观感受，这种主观感受具有一定的消极色彩。一般来说，密度与拥挤之间并不存在严格的相关关系。这两个概念反映在城市景观规划和设计中，则会使设计师考虑城市建筑或景观的密度对个体产生的心理影响，从而避免城市景观设计中单位空间内的景观过多而引发个体产生拥挤心理。

（四）环境心理学研究内容之噪声

噪声原为物理概念，西方学者费希纳将这一概念引进物理心理学中，

使其具有了主观性和相对性的心理意义。噪声是一种对个体听觉产生强烈刺激的声音，能够引发人的厌恶心理。噪声一般不受个人主观因素的控制，且不可预知。噪声在对个体身心产生影响的同时，对个体的社会行为也会产生各种影响。噪声对个体的影响主要表现在两个方面：一方面，噪声会对个体的情绪产生影响，引发个体的不良情绪反应；另一方面，噪声会对个体的工作绩效、交往和健康等产生影响。噪声对个体的影响还具有持续性的特点。个体对噪声的影响并非只能消极、被动地忍受，同时还可以通过积极调整个体的行为，将噪声对人体的影响控制在一定程度内，从而达到减轻噪声对个体的消极影响的目的。

二、对环境经济学的影响

20 世纪 60 年代，伴随着蕾切尔·卡森《寂静的春天》的出版，人们认识到化学合成杀虫剂以及其他环境污染所造成的人类和自然界的损害是全面的、长期的、严重的，因此引发了西方环境保护浪潮。与此同时，这一现象也引起了经济学家的关注。

农药化学产业是一个大产业，从经济学的角度看，使用 DDT 等化学合成杀虫剂在一定程度上可以提高农产品产量，然而从经济成本效益方面分析，滥用或过分依赖化学合成杀虫剂是以牺牲生物多样性为代价的，这并不符合人类的长远经济利益。于是，20 世纪 60 年代末至 70 年代初，环境经济学逐渐兴起，其主要目标是促进经济增长和发展，同时减少对环境的负面影响。

环境经济学（Environmental Economics）是研究自然环境与经济活动之间相互关系的经济学分支。作为一门新兴学科，其研究内容主要包括环境问题同经济制度的关系、经济发展和环境保护的关系、外部性理论、环境资源价值理论、环境质量公共物品经济学、环境政策的公平与效率问题。

（一）环境经济学的特点

环境经济学具有综合性、交叉学科性、问题导向、政策相关性、实证分析和长期视角等特点。

1. 综合性

环境经济学关注经济、社会、政治和生态等多个领域之间的互动，研究如何实现这些领域之间的平衡与协调。这使得环境经济学具有高度的综合性。

2. 交叉学科性

环境经济学涉及许多其他学科，如生态学、地理学、社会学、政治学等。这种交叉学科性使得环境经济学可以从不同的角度分析和解决环境问题。

3. 问题导向

环境经济学着重解决实际的环境问题，如资源过度开发、环境污染、生物多样性丧失等。因此，环境经济学具有强烈的问题导向。

4. 政策相关性

环境经济学关注环境政策的制定与实施。环境经济学家研究各种环境政策工具，如排污许可、环境税收、补贴等，以便为政策制定者提供理论依据和实践指导。

5. 实证分析

环境经济学强调实证研究和数据分析，以量化方法评估环境政策的效果、资源价值和环境服务等。这有助于提高环境政策的科学性和有效性。

6. 长期视角

环境经济学关注资源的可持续利用和环境保护，强调在经济发展过程中实现环境、社会和经济三个维度的平衡。因此，环境经济学具有长期视角和发展战略思维。

（二）环境经济学的价值

环境经济学的应用有助于优化资源配置，解决环境问题中的低效率和不公平，从经济原理角度引发人类对环境保护的重视。

1. 资源配置

环境经济学有助于研究如何在有限的自然资源和环境容量的条件下实现最优的资源配置，以实现社会福利的最大化。

环境经济学认为自然资源和环境容量是有限的，强调资源的稀缺性，提醒人们在资源配置过程中要充分考虑资源有限性对经济活动的制约。环境经济学还关注资源配置与可持续发展之间的关系，提倡在资源配置过程中充分考虑生态环境因素和长远发展需求，以实现经济、社会和环境的协同发展。

2. 内部化外部性

环境经济学关注经济活动中的外部性现象，如环境污染和资源过度开发等，这些负面外部性会导致资源配置的失效。针对这些现象，环境经济学提出了内部化外部性的方法和政策，如通过征收环境税或实施排污权交易制度，将环境成本纳入企业的生产成本中，以促进资源配置的优化。

3. 成本效益分析

环境经济学强调在环境保护和经济发展决策中应运用成本效益分析，以确保资源配置的合理性。例如，在制定环境政策时，需要权衡环境保护成本与收益，选择最具成本效益的方案。

4. 环境政策制定

环境经济学为制定和评估环境政策提供了理论依据和方法支持，有助于政策制定者更好地理解和解决环境问题。

5. 可持续发展

环境经济学关注经济活动与环境保护之间的平衡，强调可持续发展的重要性，为实现人类社会的长远发展提供了理论指导。

6. 环境伦理观

环境经济学强调自然环境的非使用价值，提倡尊重自然、合理开发和保护生态环境的观念，从而提高人们的环境意识。

综上所述，蕾切尔·卡森及其《寂静的春天》的问世在一定程度上对环境心理学、环境经济学的兴起和发展产生了较大的推动作用。此外，蕾切尔·卡森及其生态文学作品对生物学、海洋学、化学、地理学等自然科学都具有一定的影响，也将在未来对相关各学科领域继续发挥其作用和影响。

参考文献

[1] LEOPOLD A. A *Sand County Almanac*[M]. New York：Oxford University Press ，1949.

[2] CARSON R. *The Sea around Us*[M]. New York：Oxford University Press，1961．

[3] CARSON R. *Silent Spring* [M]. Boston：Houghton Mifflin，1962.

[4] Sandra Steingraber. *Rachel Carson*：*The Sea Trilogy*[M].New York：Library of America，2021.

[5] CURTIN M. *Redeeming the Wasteland*：*Television Documentary and Cold War Politics*[M]. New Brunswick：Rutgers University Press，1995.

[6] 中国科学院贵阳地球化学研究所．环境地质与健康：第一号 [M]. 北京：科学出版社，1973.

[7] 雷敢，齐振平．中国当代文学 [M]. 天津：天津教育出版社，1987.

[8] 格雷厄姆．《寂静的春天》续篇 .[M]. 罗进德，薛励廉，译．北京：科学技术文献出版社，1988.

[9] 胡木贵，郑雪辉．接受学导论 [M]. 沈阳：辽宁教育出版社，1989.

[10] 朱立元．接受美学 [M]. 上海：上海人民出版社，1989.

[11] 福斯特．印度之行 [M]. 杨自俭，邵翠英，译．合肥：安徽文艺出版社，1990.

[12] 吴三元.中国当代文学 [M].西安：陕西师范大学出版社，1990.

[13] 侯文慧.征服的挽歌：美国环境意识的变迁 [M].北京：东方出版社，1995.

[14] 卡森.寂静的春天 [M].吕瑞兰，李长生，译.长春：吉林人民出版社，1997.

[15] 任继愈.中华传世文选：汉魏六朝百三家集选 [M].长春：吉林人民出版社，1998.

[16] 李培超.环境伦理 [M].北京：作家出版社，1998.

[17] 孙建军.英美小说的承袭与超越 [M].北京：中国书籍出版社，2017.

[18] 利尔.自然的见证人：蕾切尔·卡逊传 [M] 贺天同，译.北京：光明日报出版社，1999.

[19] 布鲁克斯.生命之家：蕾切尔·卡逊传 [M].叶凡，译.南昌：江西教育出版社，1999.

[20] 李晓秀，朱凤云.环境的狂澜 [M].北京：海洋出版社，2000.

[21] 许先春.走向未来之路：可持续发展的理论与实践 [M].北京：中国广播影视出版社，2002.

[22] 何怀宏.生态伦理、精神资源与哲学基础 [M].保定：河北大学出版社，2002.

[23] 王诺.欧美生态文学 [M].北京：北京大学出版社，2003.

[24] 斯坦贝克.愤怒的葡萄 [M].胡仲持，译.上海：译文出版社，2003.

[25] 李培超.伦理拓展主义的颠覆：西方环境伦理思潮研究 [M].长沙：湖南师范大学出版社，2004.

[26] 王诺.生态与心态：当代欧美文学研究 [M].南京：南京大学出版

社，2007.

[27] 斯图尔特．雷切尔·卡森 [M]．傅霞，译．杭州：浙江人民出版社，
2007.

[28] 薛敬梅．生态文学与文化 [M]．昆明：云南大学出版社，2008.

[29] 秦牧．艺海拾贝 [M]．北京：中国青年出版社，2008.

[30] 王诺．欧美生态文学 [M]．北京：北京大学出版社，2011.

[31] 严耕，王景福．中国生态文明建设 [M]．北京：国家行政学院出版
社，2013.

[32] 胡志红．西方生态批评史 [M]．北京：人民出版社．2015.

[33] 中共中央宣传部．习近平总书记系列重要讲话读本 [M]．北京：学
习出版社，人民出版社，2016.

[34] 卡森．寂静的春天 [M]．韩正，译．北京：人民教育出版社，2017.

[35] 李白，杜甫．李白杜甫诗全集 [M]．张式铭，整理．北京：北京燕
山出版社，2009.

[36] 卡森．海风下 [M]．尹萍，译．北京：北京联合出版公司，2018.

[37] 卡森．我们身边的海洋 [M]．单慧，译．成都：四川人民出版社，
2021.

[38] 卡森．寂静的春天 [M]．辛红娟，译．南京：译林出版社，2018.

[39] 苏德．更遥远的海岸 [M]．张大川，译．上海：上海科技教育出版
社，2019.

[40] 马骋，李利鹏．视觉艺术传播与管理研究 [M]．上海：上海大学出
版社，2019.

[41] 卡森．海之滨 [M]．庄安祺，译．北京：北京联合出版公司，2019.

[42] 崔鸿，李秀菊．科学教育与科学传播概论 [M]．北京：中国科学技
术出版社，2019.

[43] 刘文良. 中国当代生态文学创作理论与批评 [M]. 北京：九州出版社，2021.

[44] 张宗炳. 杀虫剂的发展现状及其展望 [J]. 生物学通报，1963（2）：15-16.

[45] 黄瑞伦. 农药残留的控制与旧农药的取代 [J]. 农药，1973（3）：48-55.

[46] VARTY. 森林大规模化学防治作业对环境的副作用 [J]. 山西林业科技，1977（2）：49-52.

[47] 申宝诚，赵殿五. 废水治理近况：上 [J]. 环境科学，1979（1）：51-56.

[48] 许弢. 寂静的春天 [J]. 世界农药，1979（3）：76-81.

[49] 陈士平. 生态热：人类意识的觉醒 [J]. 新农业，1981（16）：8-9.

[50] 王大翔. 农药发展问题的探讨 [J]. 农药，1981（6）：1-6.

[51] 沈彩虹编译.《寂静的春天》还寂静吗？：纪念美国生态学家莱切尔·卡逊发表《寂静的春天》二十周年 [J]. 世界科学，1982（11）：60-61.

[52] 孙建军. 植根自然，还原本真:《我们的小镇》的主题解读 [J]. 文艺生活，2021（21）：37-38.

[53] 沈孝辉. 人与自然 [J]. 新疆林业，1984（6）：55-56.

[54] 基鲁索夫. 生态意识是社会和自然最优相互作用的条件 [J]. 世界哲学，1986（4）：31.

[55] 黄锦霞，蒋济隆. 昆虫性信息素的作用及发展现状 [J]. 湖北化工，1987（1）：54-61.

[56] 蒲天胜. 天敌昆虫利用的现状与展望 [J]. 广西植保，1989（4）：29-34.

[57] 孙建军.亦真亦幻 亦谐亦庄:《玻璃山》的后现代主义解读 [J]. 文存阅刊, 2020 (14): 3-4.

[58] 孙小礼.从《寂静的春天》谈起:一本轰动世界的书 [J]. 环渤海经济瞭望, 1995 (6): 53-54.

[59] 董翔微. DDT 与道德:从《寂静的春天谈起》[J]. 道德与文明, 1997 (6): 2.

[60] 田苗.请倾听蕾切尔·卡逊的声音:读《自然的见证人:蕾切尔.卡逊传》[J]. 全国新书目, 1999 (10): 37.

[61] 孙建军.和谐共生 重返春天:《寂静的春天》的生态主义思想解读 [J]. 作家天地, 2022 (28): 85-87.

[62] 钟讯.环境保护政策的先声:蕾切尔.卡逊《寂静的春天》引发的故事 [J]. 政策, 2000 (1): 2.

[63] 向玉乔,龙娟.论《寂静的春天》中的生态伦理思想 [J]. 湖南社会科学, 2001 (6): 7-11.

[64] 陈士骏,刘琴.大众传媒对科学传播的影响:以《寂静的春天》为例 [J] 中国图书评论, 2003 (10): 48-50.

[65] 高国荣. 20 世纪 60 年代美国的杀虫剂辩论及其影响 [J]. 世界历史, 2003 (2): 13-15.

[66] 习习.蕾切尔·卡逊:《寂静的春天》唤醒人类 [J]. 环境教育, 2004 (2): 11-12.

[67] 徐志宁,张海飞.我国杀虫剂的开发与进展 [J]. 农药市场信息, 2004 (7): 11-12.

[68] 绿野.打破沉寂的号角:《寂静的春天》[J]. 绿色中国, 2005 (5): 76.

[69] 苏屹峰.从《寂静的春天》看卡逊的文艺生态理念 [J]. 宁波大学

学报，2006（5）：30-34.

[70] 朱先明，于冬云.从《寂静的春天》看雷切尔·卡森的生态思想[J].外国文学，2006（3）：65-69.

[71] 刘宇宁.论《寂静的春天》中的深层生态学思想[J].宜宾学院学报，2007（2）：23-26.

[72] 何书彬.她惊醒了人类[J].时代教育，2007（22）：68-70.

[73] 滕海键.战后美国环保运动的兴起与发展[J].赤峰学院学报，2007（5）：1-3.

[74] 郭华，陈云.环境保护与经济发展的博弈：《寂静的春天》读书札记[J].湘潮，2008（8）：96-97.

[75] 石蕾.《寂静的春天》的生态整体主义解读[J].山东省农业管理干部学院学报，2008（6）：133-135.

[76] 乌格.《寂静的春天》唤起人类的环保意识[J].中国减灾,2008(1)：50-51.

[77] 张庆芳.《寂静的春天》：像爱护生命一样关爱自然[J].湖北成人教育学院学报，2008（1）：74-76.

[78] 王胡.现代环境运动之母：蕾切尔·卡逊[J].环境保护与循环经济，2009（2）：60-61.

[79] 李光辉.《寂静的春天》引发对生态文学的思考[J].辽宁师专学报，2009（4）：17-19.

[80] 曾繁仁.试论生态美学[J].文艺研究，2002（5）：11-16.

[81] 钟燕.生态批评视野中的《海风下》：一个"蓝色批评"个案分析[J].湖南大学学报（社会科学版），2010，24（5）：84-88.

[82] 马秀鹏.《我们周围的大海》之生态文学价值解读[J].文艺争鸣，2018，286（5）：178-182.

[83] 孙建军.《我们身边的海洋》的生态审美意蕴[J].辽东学院学报（社会科学版），2023（3）：113–119.

[84] 薛钊.写作、海洋以及那部太著名的《寂静的春天》：记海洋生物学家蕾切尔·卡逊[J].海洋世界，2009（12）：79–80.

[85] 江晓原.理解卡森：从海洋到寂静的春天[J].全国新书目，2010（5）：64.

[86] 刘佳.《寂静的春天》中自然内在价值[J].文学界，2010（9）：6–7.

[87] 刘坤媛.艺术中的科学家：重读卡森和她的《寂静的春天》[J].吉林省教育学院学报，2010（1）：84–87.

[88] 刘玲利.经济发展之生态回归：评《寂静的春天》[J].清华法治论衡，2010（1）：88–89.

[89] 石蕾.论《寂静的春天》中的环境正义思想[J].赤峰学院学报，2010（2）：90–92.

[90] 高妍，李延龄.尼古拉·巴依科夫与蕾切尔·卡森的比较研究[J].俄罗斯文学，2010（2）：58–61.

[91] 杨晓慧.《寂静的春天》生态主义解读[J].新闻爱好者，2010（22）：146–147.

[92] 金燕，张晓鹏.《寂静的春天》的自然价值论解读[J].语文学刊，2011（15）：86–87.

[93] 董玉敏.从春天出发，何以可能：论《寂静的春天》的反乌托邦主题[J].辽宁工业大学学报，2012（5）：51–53.

[94] 王浩.从《寂静的春天》看生态美学中的生态中心主义原则[J].青年文学家，2012（7）：17–18.

[95] 杨晓敏.论蕾切尔·卡森《寂静的春天》对美国文学与社会的影响[J].内蒙古财经学院学报，2012（6）：88–90.

[96] 朱江，陈丹.《寂静的春天》对中国环境保护的启示 [J]. 参花，2012（7）：24-25.

[97] 张世海. 论出版与当代科学启蒙:《寂静的春天》出版 50 周年的思考 [J]. 中国出版，2012（18）：19-22.

[98] 张成梅. 从《寂静的春天》看蕾切尔·卡逊对资本主义的看法 [J]. 现代妇女，2013（5）：127-128.

[99] 韩秀霜. 蕾切尔·卡逊对施韦泽和利奥波德生态伦理观的运用 [J]. 理论月刊，2013（10）：174-176.

[100] 郭茂全. 论蕾切尔·卡逊的生态散文《寂静的春天》[J]. 沈阳大学学报，2014（4）：561-565.

[101] 孙霄. 从《寂静的春天》到诗意地栖居 [J]. 世界文化，2014（8）：35-37.

[102] 康响英.《寂静的春天》：生态批评的催化剂 [J]. 湖南第一师范学院学报，2014（6）：93-96.

[103] 刘芳芳.《寂静的春天》生态主义解读 [J]. 短篇小说，2014（24）：20-23.

[104] 姚晓辉. 简论《寂静的春天》的生态环保思想 [J]. 闽南师范大学学报，2014（1）：58-61.

[105] 张令千. 科学与人文互动的魅力：以《寂静的春天》英汉对照为例 [J]. 浙江万里学院学报，2014（6）：67-72.

[106] 张莉. 论蕾切尔·卡逊《寂静的春天》中的生态哲学思想 [J]. 作家，2015（18）：55-56.

[107] 韩璐. 从生态女性主义角度看《寂静的春天》[J]. 科技展望，2015（12）：248.

[108] 施锦芳. 生态文学及其动物叙事的批判性 [J]. 当代文坛，2015（1）：

25–26.

[109] 张炎 . 卡逊《寂静的春天》中的生态哲学思想及其影响 [J]. 作家，
2015（12）：32–33.

[110] 张英，吴长青 . 生态学马克思主义哲学批判视野下《寂静的春天》
生态整体主义观评述 [J]. 文教资料，2016（22）：46–48.

[111] 张志强 . 论蕾切尔·卡森《寂静的春天》中的生态观 [J]. 文学教育，
2016（12）：50–51.

[112] 廖小玲 . 生态整体主义视野中的《寂静的春天》[J]. 青年文学家，
2016（2）：76–77.

[113] 李玉艳 . 探析雷切尔·卡森《寂静的春天》中的生态思想 [J].2016
（14）：208.

[114] 史在君 . 科学家与科普 [J]. 今日科苑，2016（7）：9–12.

[115] 王蕾 .《寂静的春天》科技伦理观解读 [J]. 青年文学家,2016（14）：
94.

[116] 汪晓辰，刘丹鹤 .《寂静的春天》对公众理解科学的影响 [J]. 科技
视界，2017（12）：34–35.

[117] 郭佳 .《寂静的春天》中环境正义思想对建设中国生态文明的启
示 [J]. 低碳世界，2017（12）：28–29.

[118] 李兆虹 . 中国生态文学的发展及其形态特征 [J]. 西安文理学院学
报（社会科学版），2018（3）：11–14.

[119] 刘晓飞 . 生态文学：特征与概念 [J]. 扬子江文学评论，2022（4）：
86–90.

[120] 郑慧子 .《寂静的春天》与现代环境运动的兴起：蕾切尔·卡森
的著作出版 60 周年纪念 [J]. 福建师范大学学报（哲学社会科学
版），2022（4）：20–29，169.

[121] 唐国建."寂静的春天"：理论内涵、思想渊源及社会影响 [J]. 环境社会学，2022（2）：49-70，234.

[122] 朱新福.美国生态文学研究 [D]. 苏州：苏州大学，2005.

[123] 刘效恩.春天不再寂静：蕾切尔·卡逊与美国现代环保运动 [D]. 威海：山东大学，2007.

[124] 刘越.蕾切尔·卡森"海洋三部曲"生态思想研究 [D]. 威海：山东大学，2021.

[125] 邱志勇.后现代语境下的生态文学及其策略：以《寂静的春天》《白噪音》《羚羊与秧鸡》为例 [D]. 南昌：江西师范大学，2008.

[126] 张冬梅.《使女的故事》的生态批评解读 [D]. 南京：南京师范大学，2008.

[127] 吴桂艳.蕾切尔·卡森评传 [D]. 厦门：厦门大学，2009.

[128] 王梅.觉醒—冲突—反思：关于美国生态批评发展历程的研究 [D]. 济南：山东师范大学，2011.

[129] 陈丹.从小说《寂静的春天》看人与自然环境的关系 [D]. 长春：长春理工大学，2011.

[130] 程海艳.卡逊生态伦理思想及其现代价值 [D]. 新乡：河南师范大学，2011.

[131] 刘二艳.美国环境史研究中的价值观嬗变探析 [D]. 重庆：西南大学，2011.

[132] 邢崇.美国生态报告文学主题研究 [D]. 长春：东北师范大学，2011.

[133] 高冠楠.论《寂静的春天》中的生态哲学思想 [D]. 大连：大连理工大学，2013.

[134] 张盼.蕾切尔·卡逊与当代环境运动的兴起 [D]. 开封：河南大学，

2012.

[135] 青叶 . 从自然赞歌到生态预警:《少雨的土地》与《寂静的春天》
比较研究 [D]. 保定：河北大学，2015.

[136] 刘晶 . 生态翻译视角下的《寂静的春天》汉译研究 [D]. 哈尔滨：
哈尔滨师范大学，2015.

[137] 侯清 .《寂静的春天》的绿色语法分析 [D]. 成都：四川师范大学，
2017.